정지용 전집 1 시

정지용 전집 시

권영민 엮음

1

민음사

『정지용 전집』을 다시 펴내며

정지용(1902~1950)은 시적 언어와 기법에 대한 자각을 통해 한국 현대시의 발전에 크게 기여했다. 정지용의 문학 세계는 김학동 교수가 1988년 민음사에서 펴낸 『정지용 전집 1, 2』에서 그 전체적 윤곽이 드러나게 되었다. 김학동 교수는 정지용 시인의 시집이나 산문집에 수록되지 못한 일본어 시를 비롯한 여러 작품들을 발굴하여 함께 소개했다. 이 전집은 시와 산문을 발표 당시의 원문 중심으로 구성 편집하였으며 원문의 한자를 그대로 노출시켰다. 그러므로 이 전집은 일반 독자들이 쉽게 접근하기 어렵다는 불만이 제기되곤 했다. 더구나 이 전집 발간 이후 많은 연구자들이 정지용의 시와 산문을 새롭게 발굴 소개했다. 새로운 자료를 추가한 완결된 전집이 다시 만들어져야 한다는 의견도 많았다.

편자는 이러한 문제를 해결하기 위해 새로운 형태의 전집 발간 계획을 세웠다. 정지용의 모든 작품을 총망라하여 정지용 시의 '정본'을 확립하고, 전문 연구자들뿐 아니라 일반 독자들도 쉽게 접할 수 있도록 하는 새로운 전집을 꾸민다는 목표도 정했다. 일찍이 편자는 정지용의 시 작품만을 대상으로 하는 『정지용 시 126편 다시 읽기』(민음사, 2004)를 펴낸 바 있는데, 이 책의 내용 구성과 그 편집 방식을 전집 작업에서도 적용했다. 특히 정지용 시의 정본을 확립하기 위해 원문의 정밀한 대조와 세

밀한 주석을 붙인 것은 이 선행의 작업이 있었기 때문에 가능했다. 이러한 작업을 거쳐 정지용의 시와 산문을 전체 3권의 책으로 구성했고, 『정지용 전집 1 시』, 『정지용 전집 2 산문』, 『정지용 전집 3 미수록 작품』을 완결하게 되었다.

『정지용 전집 1 시』는 정지용이 생전에 발간했던 시집 속의 작품들로 구성했다. 널리 알려진 대로 정지용은 생전에 세 권의 시집을 펴냈다. 첫 시집은 1935년 10월 서른네 살 때 시문학사에서 간행한 『정지용 시집』이다. 이 시집에는 1920년대 후반부터 시집이 발간될 때까지 등단 초기 10년에 가까운 시작 활동을 총망라한 작품 89편이 수록되어 있다. 이 시집의 발문을 쓴 박용철은 정지용을 두고 "그는 한 군데 자안(自安)하는 시인이기보다 새로운 시경(詩境)의 개척자이려 한다. 그는 이미 사색(思索)과 감각(感覺)의 오묘한 결합을 향해 발을 내디딘 듯이 보인다. 여기 모인 89편은 말할 것 없이 그의 제1시집인 것이다."라고 말한 바 있다. 둘째 시집은 1941년 9월 마흔의 나이에 문장사에서 펴낸 『백록담』이다. 첫 시집을 간행한 후에 발표했던 33편의 작품이 실려 있다. 이 시집의 작품들은 흔히 정지용의 후반기 시로 지칭되기도 한다. 광복 직후 정지용은 1946년 6월 시선집 『지용 시선』을 펴냈다. 이 시선집에 수록한 작품은 모두 25편인데, 『정지용 시집』과 『백록담』에서 자신이 직접 가려 뽑은 것들이다. 이 세 권의 시집은 정지용이 발표했던 대부분의 작품들을 망라하고 있는 데다 시인 자신이 직접 선별 편집한 것이기 때문에 '정본'으로서의 성격을 지니고 있다. 새 전집에서는 이 세 권의 작품들을 기본 텍스트로 삼고 신문 잡지에 발표했던 원문을 찾아 함께 수록했으며, 일반 독자들의 편의를 위해 모든 작품을 현대어 표기로 바꾸어 별도로 실었다.

『정지용 전집 2 산문』은 정지용이 펴낸 산문집의 작품들로 구성했다.

정지용은 광복 직후 두 권의 산문집을 펴낸 바 있다. 하나는 1948년 2월 박문출판사에서 간행한 『문학독본』으로 37편의 시문과 수필 및 기행문이 수록되어 있다. 다른 하나는 1949년 3월 동지사에서 펴낸 산문집 『산문』이다. 총 55편이 실려 있는바, 시문, 수필, 역시(휘트먼 시) 등으로 엮였다. 이 전집에서는 앞의 두 산문집에 수록된 작품들을 일반 독자들의 편의를 위해 모두 현대어 표기로 바꾸었다. 편자의 판단에 따라 필요한 경우 한자를 병기했고 주석을 덧붙였으며, 원문의 발표 지면을 확인하여 표기했다.

『정지용 전집 3 미수록 작품』은 세 권의 시집과 두 권의 산문집에 수록되지 못한 작품들로 구성했으며, 시와 산문으로 크게 구분해 놓았다. 정지용이 자신의 시집에 수록하지 않은 시는 그리 많지 않다. 하지만 광복 직후의 몇몇 작품들은 주목할 만하다. 미수록 시 작품의 대부분은 일본 유학 시절에 발표했던 일본어 시이다. 이 가운데 상당수는 한국어로 개작되어 국내 잡지와 신문에 다시 발표되었다. 이 전집에서는 정지용의 두 개의 언어를 사용하는 시 창작 내용을 확인할 수 있도록 하기 위해 일본어 시의 원문을 모두 수록했고, 이와 관련되는 한국어 작품도 함께 실었으며, 편자의 초역도 붙였다. 정지용의 산문 가운데에는 광복 직후 펴낸 두 권의 산문집에 수록되지 못한 작품들이 많다. 특히 《경향신문》에 근무하면서 발표했던 신문 칼럼은 제대로 찾아내지 못한 것들이 남아 있을 것이다. 미수록 작품 가운데 시는 제1권의 편집 원칙을 따랐고, 산문은 제2권의 원칙을 따랐다. 다만 번역시, 번역 산문 등은 모두 발표 당시의 원문을 그대로 옮겼다.

편자가 정지용 전집 작업을 위해 전체 원고를 민음사 편집부로 넘긴 것은 2013년 봄이었다. 그동안 일본 와세다 대학교 호테이 토시히로(布

袋敏博) 교수가 정지용의 초기 일본어 시 원문을 모두 복사하여 전해 주었기 때문에 원문 자료의 수집 정리에 큰 보탬이 되었다. 국내에서는 젊은 학자들이 새로 발굴한 정지용의 시와 산문 등이 신문과 잡지에 소개되기도 했고 새로운 형태의 전집이 다른 출판사에서 발간되기도 했다. 민음사 편집부에서는 3년이 넘는 오랜 기간을 두고 이루어진 까다로운 교정 작업을 끝까지 철저하게 관리해 주었다.

새로 펴내는 『정지용 전집 1, 2, 3』을 정지용의 시를 아끼고 사랑하는 모든 사람들에게 바치고자 한다. 이 전집이 기존의 정지용 문학에 대한 여러 연구 서적들과 함께 널리 읽힐 수 있기를 바란다. 정지용의 미발굴 자료들을 찾아내어 그 문학의 세계를 더욱 풍부하게 만들어 준 국내외의 여러 학자들에게 깊이 감사드린다. 복잡한 편집 교정 작업을 잘 마무리하여 완결된 전집을 간행할 수 있도록 해 준 민음사 편집부 여러분에게도 고마움을 전한다.

2016년 가을

권영민

차례

머리말:『정지용 전집』을 다시 펴내며   4

1부   『정지용 시집(鄭芝溶詩集)』   15
       (詩文學社, 1935)

1   바다 1   17

       바다 2   23

       비로봉(毘盧峰)   28

       홍역(紅疫)   31

       비극(悲劇)   34

       시계(時計)를 죽임   37

       아침   41

       바람   46

       유리창(琉璃窓) 1   49

       유리창 2   52

       난초(蘭草)   56

       촉불과 손   59

       해협(海峽)   62

       다시 해협   66

       지도(地圖)   72

       귀로(歸路)   75

2   오월소식(五月消息)   78

       이른 봄 아침   81

       압천(鴨川)   89

       석류(柘榴)   94

발열(發熱) 98

향수(鄕愁) 101

갑판(甲板) 우 108

태극선(太極扇) 114

카페 프란스 120

슬픈 인상화(印像畵) 127

조약돌 130

피리 133

다알리아 136

홍춘(紅椿) 140

저녁 햇살 144

벗나무 열매 147

엽서에 쓴 글 151

선취(船醉) 154

봄 158

슬픈 기차(汽車) 161

황마차(幌馬車) 167

새빨간 기관차(機關車) 174

밤 177

호수(湖水) 1 180

호수 2 183

호면(湖面) 186

겨울 189

달 192

절정(絶頂) 196

풍랑몽(風浪夢) 1 199

풍랑몽 2 205

말 1 208

말 2 214

바다 1 218

바다 2 222

바다 3 225

바다 4 228

바다 5 231

갈매기 234

3   해바라기씨 237

지는 해 240

띠 243

산 너머 저쪽 246

홍시 250

무서운 시계(時計) 253

삼월(三月) 삼짇날 256

딸레 259

산소 262

종달새 265

병 268

할아버지 271

말 274

산에서 온 새 277

바람 280

별똥 282

기차(汽車) 286

고향(故鄕) 289

산엣 색씨 들녘 사내 292

내 맘에 맞는 이 298

무어래요 302

숨기내기 305

	비둘기	308
4	불사조(不死鳥)	311
	나무	314
	은혜(恩惠)	317
	별	320
	임종(臨終)	323
	갈릴레아 바다	326
	그의 반	329
	다른 하늘	332
	또 하나 다른 태양(太陽)	335
5*	밤	
	람프	
	발(跋) 박용철(朴龍喆)	338
2부	『백록담(白鹿潭)』	341
	(文章社, 1941)	
1	장수산(長壽山) 1	343
	장수산 2	346
	백록담(白鹿潭)	349
	비로봉(毘盧峰)	359
	구성동(九城洞)	365
	옥류동(玉流洞)	368
	조찬(朝餐)	375
	비	378
	인동차(忍冬茶)	383

*1부 5장의 산문 2편은 『정지용 전집 2 산문』에 수록

붉은 손 386

꽃과 벗 389

폭포(瀑布) 397

온정(溫井) 403

삽사리 406

나비 409

진달래 412

호랑나비 415

예장(禮裝) 418

2 ── 선취(船醉) 421

유선애상(流線哀傷) 425

3 ── 춘설(春雪) 431

소곡(小曲) 434

4 ── 파라솔 440

별 446

슬픈 우상(偶像) 452

5* ── 이목구비(耳目口鼻)

예양(禮讓)

비

아스팔트

노인(老人)과 꽃

꾀꼬리와 국화(菊花)

비둘기

육체(肉體)

*2부 5장의 산문 8편은 『정지용 전집 2 산문』에 수록

3부 『지용 시선(詩選)』   467
      (乙酉文化社, 1946)

1 ____ 유리창 1   469
         난초   472
         촉불과 손   475
         해협   478

2 ____ 석류   481
         발열   484
         향수   487

3 ____ 춘설   493
         고향   496

4 ____ 불사조   499
         나무   502
         다른 하늘   505
         또 하나 다른 태양   508
         임종   511

5 ____ 장수산 1   514
         장수산 2   517
         백록담   520
         옥류동   529
         인동차   535
         폭포   538
         나비   544
         진달래   547

꽃과 벗   550

6*   노인과 꽃
────   꾀꼬리와 국화

부록   557

해설: 정지용의 시, 감정의 절제와 언어 감각   ·   559
정지용 시 연보   577
정지용 연보   587

*3부 6장의 산문 2편은 『정지용 전집 2 산문』에 수록

『정지용 시집(鄭芝溶詩集)』

(詩文學社, 1935)

1

바다 1

고래가 이제 횡단한 뒤
해협이 천막처럼 퍼덕이오.

……흰 물결 피어오르는 아래로 바둑돌 자꾸자꾸 내려가고,

은방울 날리듯 떠오르는 바다종달새……

한나절 노려보오 훔켜잡아 고 빨간 살 뺏으려고.

*

미역 잎새 향기한 바위틈에
진달래꽃빛 조개가 햇살 쬐고,
청제비 제 날개에 미끄러져 도 ─ 네
유리판 같은 하늘에.
바다는 ─ 속속들이 보이오.
청댓잎처럼 푸른
바다
봄

*

꽃봉오리 줄등 켜듯한
조그만 산으로 ── 하고 있을까요.

소나무 대나무
다옥한 수풀로 ── 하고 있을까요.

노랑 검정 알롱달롱한
블랭킷 두르고 쪼그린 호랑이로 ── 하고 있을까요.

당신은 '이러한 풍경'을 더불고
흰 연기 같은
바다
멀리멀리 항해합쇼.

바다 1

고래가 이제 橫斷 한뒤
海峽이 天幕처럼 퍼덕이오.

……흰물결 피여오르는 아래로 바독돌 자꼬 자꼬 나려가고,

銀방울 날리듯 떠오르는 바다 종달새……

한나잘 노려보오 훔켜잡어 고 빩안살 빼스랴고.

*

미억닢새 향기한 바위틈에
진달레꽃빛 조개가 해ㅅ살 쪼이고,
청제비 제날개에 미끄러저 도 — 네
유리판 같은 하늘에.
바다는 — 속속 드리 보이오.
청대ㅅ닢 처럼 푸른
바다
봄

*

꽃봉오리 줄등 켜듯한
조그만 산으로 — 하고 있을까요.

솔나무 대나무
다옥한[1] 수풀로 ── 하고 있을까요.

노랑 검정 알롱 달롱한
블랑키트[2] 두르고 쪼그린 호랑이로 ── 하고 있을까요.

당신은 「이러한風景」을 데불고[3]
흰 연기 같은
바다
멀리 멀리 航海합쇼.

─『정지용 시집』, 2~4쪽

---

1   다옥하다. 나무나 풀이 무성하다. '다복하다'와 같은 의미로 쓰인다.
2   blanket. 담요.
3   더불고. 함께.

바다 1

고래가 이제 橫斷 한뒤
海峽이 天幕처럼 퍼덕이오.

……힌물결 피여오르는 알에로 바독돌 작고작고 나려가고,

銀방울 날니듯 써오르는 바다종달새……

한나잘 노려보오 훔켜잡어 고 빨간살 빼스랴고.

*

미억닙새 향기한 바위틈에
진달네꼿빗 조개가 해ㅅ살 쏘이고,
청제비 제날개에 밋그러저 도 ─ 네
유리판 가튼 한울에.
바다는 ─ 속속디리 보이오.
청대ㅅ닢 처럼 푸른
바다
봄

*

꼿봉오리 줄등 켜듯한
조그만 산으로 ─ 하고 잇슬가요.

솔나무 대나무
다옥한 수풀로 ─ 하고 잇슬가요.

노랑 검정 알롱달롱한
블랑키트 두루고 쪽으린 호랑이로 ─ 하고 잇슬가요.

당신은 「이러한 風景」을 데불고
흰 연기 가튼
바다
멀니 멀니 航海합쇼.

─《시문학(詩文學)》2호(1930. 5), 4~6쪽

바다 2

바다는 뿔뿔이
달아나려고 했다.

푸른 도마뱀 떼같이
재재발랐다.

꼬리가 이루
잡히지 않았다.

흰 발톱에 찢긴
산호보다 붉고 슬픈 생채기!

가까스로 몰아다 붙이고
변죽을 둘러 손질하여 물기를 씻었다.

이 앨쓴 해도에
손을 씻고 떼었다.

찰찰 넘치도록
돌돌 구르도록

회동그라니 받쳐 들었다!
지구는 연잎인 양 오므라들고…… 펴고……

바다 2

바다는 뿔뿔이
달어 날랴고 했다.

푸른 도마뱀떼 같이¹
재재발렀다.²

꼬리가 이루³
잡히지 않었다.

힌 발톱에 찢긴
珊瑚보다 붉고 슬픈 생채기!⁴

가까스루 몰아다 부치고
변죽⁵을 둘러 손질하여 물기를 시쳤다.⁶

이 앨쓴 海圖에⁷

---

1   원문 제2연의 "푸른 도마뱀떼 처럼"이 『정지용 시집』에서는 "푸른 도마뱀떼 같이"로 바뀌었다.
2   '재바르다'에서 비롯된 말. 몹시 재치 있고 빠르다.
3   도저히.
4   바닷물에 부딪치는 돌과 모래를 비유적으로 표현한 것. '생채기'는 손톱으로 할퀴어 생긴 작은 상처를 말함.
5   그릇이나 세간살이의 가장자리. "변죽을 둘러"에서는 바닷가 모래 위로 밀려오는 바닷물이 모래밭의 작은
    조개껍질이나 바둑돌의 가장자리를 둘러치고 다시 흘러 내려가면 물기가 모래 속으로 스며들어 없어지는
    모습을 그려 낸다.
6   씻었다. 기본형을 '시치다'(스치다)로 보아서는 안 된다. 충청도 방언에서는 '씻었다'를 '씻쳤다'라고 말한
    다. 바로 다음 연에 "손을 싯고"에도 같은 말이 등장한다.
7   바닷물이 밀려와 모래톱을 이루는 것을 해도(海圖)를 그려 놓은 것처럼 비유적으로 표현하고 있다.

손을 싯고[8] 떼었다.

찰찰 넘치도록
돌돌 굴르도록

회동그란히[9] 바쳐 들었다!
地球는 蓮닢인양 옴으라들고…… 펴고……[10]

──『정지용 시집』, 5~6쪽

---

8   씻다.
9   회동그랗다. '휘동그라지다'(휘둘리어 동그라지다)의 뜻.
10   지구 위의 바닷물을 연잎 위에 물방울이 얹혀 있는 모습에 비유하여 표현하고 있다.

바다

바다는 뿔뿔이
달어날랴고 했다.

푸른 도마뱀떼 처럼
재재발렀다.

꼬리가 이루
잡히지 않었다.

흰발톱에 찍긴
珊瑚보다 붉고 슬픈 생채기!

각가스로 몰아다 붓이고
변죽을 둘러 손질하여 물기를 썻었다.

이 앨쓴 海圖에서
손을 씻고 떼였다.

찰찰 넘치도록
돌돌 굴르도록

회동그라니 바쳐들었다!
地球는 蓮닢인양 오무라들고…… 펴고…….

─《시원(詩苑)》5호(1935. 12), 2~3쪽

비로봉

백화 수풀 앙당한 속에
계절이 쪼그리고 있다.

이곳은 육체 없는 요적한 향연장
이마에 스며드는 향료로운 자양!

해발 오천 피트 권운층 우에
그싯는 성냥불!

동해는 푸른 삽화처럼 옴직 않고
누리알이 참벌처럼 옮겨 간다.

연정은 그림자마저 벗자
산드랗게 얼어라! 귀뚜라미처럼.

毘盧峯

白樺수풀 앙당한[1] 속에
季節이 쪼그리고 있다.

이곳은 肉體없는 寥寂한 饗宴場
이마에 시며드는[2] 香料로운 滋養!

海拔五千呎 이트 卷雲層우에
그싯는 성냥불![3]

東海는 푸른 挿畵처럼 옴직 않고[4]
누뤼 알이 참벌처럼 옴겨 간다.[5]

戀情은 그림자 마자 벗쟈
산드랗게[6] 얼어라! 귀뜨람이 처럼.

—『정지용 시집』, 7쪽

---

1   앙당하다. 앙당그리다. 춥거나 겁이 날 경우 몸을 조금 움츠리다.
2   스며드는.
3   긋다. 성냥불을 긋다. 충청도 방언에서는 '그스다' 또는 '그시다'가 자연스럽게 쓰인다. 여기에서는 겨울 산
    꼭대기의 하늘에서 갑작스럽게 번갯불이 번쩍하는 모습을 그려 내고 있다.
4   옴찍 않다. 옴찍대지 않다. 조금도 움직이지 않다.
5   '누뤼'는 중부 지역의 방언으로 우박을 말함. 참벌 떼가 한꺼번에 이동하는 것처럼 우박이 쏟아지는 모습을
    표현하고 있다.
6   산드랗다. '산득하다'와 유사하게 쓰이는 말. 몸에 갑자기 찬 느낌을 받거나 놀란 느낌을 받다.

毘盧峰

白樺 수풀 앙당한 속에
季節이 쏙으리고 잇다.

이고든 肉體업는 寥寂한 饗宴場
이마에 심여드는 香料로운 滋養!

海拔七千얘이트 卷雲層 우에
그싯는 성냥불!

東海는 푸른 揷畵처럼 옴직 안코
누뤼 알이 참벌처럼 옴겨 간다.

戀情은 그림자 마자 벗자
산드라케 얼어라! 귀쏘람이 처럼.

─《가톨닉청년(靑年)》1호(1933. 6), 65쪽

홍역

석탄 속에서 피어나오는
태고연히 아름다운 불을 둘러
십이월 밤이 고요히 물러앉다.

유리도 빛나지 않고
창장도 깊이 나리운 대로 ——
문에 열쇠가 끼인 대로 ——

눈보라는 꿀벌 떼처럼
잉잉거리고 설레는데,
어느 마을에서는 홍역이 척촉처럼 난만하다.

紅疫

石炭 속에서 피여 나오는
太古然히 아름다운 불을 둘러
十二月밤이 고요히 물러 앉다.

琉璃도 빛나지 않고
窓帳도 깊이 나리운 대로 ──
門에 열쇠가 끼인 대로 ──

눈보라는 꿀벌떼 처럼
닝닝거리고 설레는데,
어느 마을에서는 紅疫이 躑躅처럼 爛漫하다.[1]

──『정지용 시집』, 8쪽

---

[1] 홍역은 돌림병이기 때문에, 여기저기 피어나듯 번진다. 홍역이 돌 때는 집안에서 어린아이의 건강을 걱정
하여 바깥출입을 삼가며 문을 걸어잠근 채 근신하게 된다.

紅疫

石炭 속에서 피여나오는
太古然히 아름다운 불을 둘러
十二月밤이 고요히 물러앉다.

琉璃도 빛나지 않고
窓帳도 깊이 나리운대로 ──
門에 열쇠가 끼인 대로 ──

눈보라는 꿀벌떼 처럼
닝닝거리고 설레는데,
어는 마을에서는 紅疫이 躑躅처럼 爛漫하다.

──《가톨닉청년》22호(1935. 3), 54쪽

비극

'비극'의 흰 얼굴을 뵌 적이 있느냐?
그 손님의 얼굴은 실로 미(美)하니라.
검은 옷에 가리워 오는 이 고귀한 심방에 사람들은 부질없이 당황한다.
실상 그가 남기고 간 자취가 얼마나 향그럽기에
오랜 후일에야 평화와 슬픔과 사랑의 선물을 두고 간 줄을 알았다.
그의 발 옮김이 또한 표범의 뒤를 따르듯 조심스럽기에
가리어 듣는 귀가 오직 그의 노크를 안다.
묵이 말라 시가 써지지 아니하는 이 밤에도
나는 맞이할 예비가 있다.
일찍이 나의 딸 하나와 아들 하나를 드린 일이 있기에
혹은 이 밤에 그가 예의를 갖추지 않고 올 양이면
문밖에서 가벼이 사양하겠다!

悲劇

「悲劇」[1]의 흰얼골을 뵈인적이 있느냐?

그손님의 얼골은 실로 美하니라.

검은 옷에 가리워 오는 이 高貴한 尋訪에 사람들은 부질없이 唐慌한다.

실상 그가 남기고 간 자최가 얼마나 香그럽기에

오랜 後日에야 平和와 슬픔과 사랑의 선물을 두고 간줄을 알었다.

그의 발옴김이 또한 표범의 뒤를 따르듯 조심스럽기에

가리어 듣는 귀가 오직 그의 노크를 안다.[2]

墨이 말러 詩가 써지지 아니하는 이 밤에도[3]

나는 맞이할 예비가 있다.

일즉이 나의 딸하나와 아들하나를 드린일이 있기에[4]

혹은 이밤에 그가 禮儀를 가추지 않고 오량이면[5]

문밖에서 가벼히 사양하겠다!

—『정지용 시집』, 9쪽

---

1   여기에서 말하는 '비극'이란 죽음을 의미한다. 인간의 삶에서 가장 커다란 비극은 삶을 마감하는 죽음이기
    때문이다.
2   인간은 예지를 통해서만이 죽음의 순간을 알아낼 수 있음을 뜻한다.
3   정신적으로 고갈되어 시가 제대로 써지지 않는 밤.
4   어린 나이에 세상을 떠난 자식들을 지칭하는 대목이다.
5   올 양이면.

悲劇

「悲劇」의 힌얼골을 뵈인적이 있느냐?

그손님의 얼골은 실로 美하니라.

검은 옷에 가리워 오는 이 高貴한 尋訪에

사람들은 부질없이 唐慌한다.

실상 그가 남기고 간 자최가 얼마나 香그럽기에 오랜 後日에야 平和와 슬픔과
사랑의 선물을 두고 간줄을 알았다.

그의 발옴김이 또한 표범의 뒤를 따르듯 조심스럽기에

가리여 듣는 귀가 오직 그의 노크를안다.

墨이 말러 詩가 써지지 아니하는 이 밤에도

나는 마지할 예비가 있다.

일즉이 나의 딸하나와 아들하나를 드린일이있기에

혹은 이밤에 그가 禮儀를 가추지 않고 오량이면

문밖에서 가벼히 사양하겠다!

―《가톨닉청년》22호(1935. 3), 55쪽

시계를 죽임

한밤에 벽시계는 불길한 탁목조!
나의 뇌수를 미싱 바늘처럼 쪼다.

일어나 쫑알거리는 '시간'을 비틀어 죽이다.
잔인한 손아귀에 감기는 가냘픈 모가지여!

오늘은 열 시간 일하였노라.
피로한 이지는 그대로 치차를 돌리다.

나의 생활은 일절 분노를 잊었노라.
유리 안에 설레는 검은 곰인 양 하품하다.

꿈과 같은 이야기는 꿈에도 아니하련다.
필요하다면 눈물도 제조할 뿐!

어쨌든 정각에 꼭 수면하는 것이
고상한 무표정이요 한 취미로 하노라!

명일! (일자가 아니어도 좋은 영원한 혼례!)
소리 없이 옮겨 가는 나의 백금 체펠린의 유유한 야간 항로여!

時計를 죽임

한밤에 壁時計는 不吉한 啄木鳥![1]
나의 腦髓를 미신바늘처럼 쫏다.[2]

일어나 중얼거리는 「時間」을 비틀어 죽이다.[3]
殘忍한 손아귀에 감기는 간열핀[4] 목아지여!

오늘은 열시간 일하였노라.
疲勞한 理智는 그대로 齒車[5]를 돌리다.

나의 生活은 일절 憤怒를 잊었노라.
琉璃안에 설레는 검은 곰 인양 하품하다.

꿈과 같은 이야기는 꿈에도 아니 하랸다.
必要하다면 눈물도 製造할뿐!

어쨋던 定刻에 꼭 睡眠하는것이
高尙한 無表情이오 한趣味로 하노라!

明日! (日字가 아니어도 좋은 永遠한 婚禮!)

---

1 한밤중에 벽시계가 똑딱거리는 소리를 딱따구리가 나무를 쪼는 소리에 비유함. 이 첫 구절을 통해 매우 고
   요하고 적막한 밤으로 시적 분위기가 설정되어 있음을 알 수 있다.
2 벽시계 소리가 마치 재봉틀 바늘처럼 신경을 자극함.
3 시계 소리가 들리지 않도록 돌아가는 시계를 정지시킴.
4 가냘픈.
5 톱니바퀴.

소리없이 옴겨가는 나의 白金체펠린⁶의 悠悠한 夜間航路여!

—『정지용 시집』, 10~11쪽

---

6 "체펠렌"은 비행선을 최초로 설계한 독일인 체펠린(Zeppelin)을 말하는데, 비행선을 지칭하는 말로 전의되
어 쓰이기도 한다. 이 구절은, 시계 소리를 죽였지만 소리 없이 시간이 흘러가는 상황을, 한밤중에 무한의
공간을 향하여 소리 없이 떠가는 비행선에 비유하여 표현한다.

39

時計를 죽임

한밤에 壁時計는 不吉한 啄木鳥!
나의 腦髓를 미신바늘처럼 쫏다.

일어나 쫑알거리는 「時間」을 비틀어 죽이다.
殘忍한 손아귀에 감기는 간열핀 짜듯한 목아지여!

오늘은 열시간 일하엿노라.
疲勞한 理智는 그대로 齒車를 돌리다.

나의 生活은 일ㅅ절 憤怒를 이젓노라.
窓琉璃안에 설네는 검은 곰 인양 하품하다.

꿈과 가튼 이야기는 꿈에도 아니 하란다.
必要하다면 눈물도 製造할쑨!

엇잿던 定刻에 꼭 睡眠하는것이
高尙한 無表情이요 한趣味로 하노라.

明日! (日字가 아니어도 조흔 永遠한 婚禮!)
소리업시 옴겨나가는 나의 白金체펠린의 悠悠한 夜間航路여!

─《가톨닉청년》5호(1933. 10), 54쪽

아침

프로펠러 소리……
선연한 커브를 돌아 나갔다.

쾌청! 짙푸른 유월 도시는 한 층계 더 자랐다.

나는 어깨를 고르다.
하품…… 목을 뽑다.
붉은 수탉 모양 하고
피어오르는 분수를 물었다…… 뿜었다……
햇살이 함빡 백공작의 꼬리를 폈다.

수련이 화판을 폈다.

오므라쳤던 잎새. 잎새. 잎새.
방울방울 수은을 받쳤다.
아아 유방처럼 솟아오른 수면!
바람이 굴고 게우가 미끄러지고 하늘이 돈다.

좋은 아침 ──
나는 탐하듯이 호흡하다.
때는 구김살 없는 흰 돛을 달다.

아츰

프로펠러 소리……
鮮妍한 커 ── 앤를 돌아나갔다.

快晴! 짙푸른 六月都市는 한層階 더자랐다.[1]

나는 어깨를 골르다.
하품…… 목을 뽑다.
붉은 숫닭모양 하고
피여 오르는 噴水를 물었다…… 뿜었다……[2]
해ㅅ살이 함빡 白孔雀의 꼬리를 폈다.[3]

睡蓮이 花瓣을 폈다.

옴으라쳤던 잎새. 잎새. 잎새.
방울 방울 水銀을 바쳤다.[4]
아아 乳房처럼 솟아오른 水面!
바람이 굴고 게우가 미끄러지고 하늘이 돈다.

좋은 아츰 ──

1 《조선지광(朝鮮之光)》 원문의 "快晴! 濃綠의 六月都市는 한層階 더잘앗다."라는 구절을 시집에 수록하면서
   "快晴! 짙푸른 六月都市는 한層階 더자랐다."로 고쳤다. 한자어인 '농록(濃綠)'을 '짙푸른'이라는 고유어로
   바꾸어 놓았다.
2 분수에서 물이 뿜어 나오다가 멈추기도 하는 모양. 여기에서는 아침에 일어나 양치질을 하며 입에서 물을
   내뿜는 모양으로 볼 수 있다.
3 백공작이 꼬리를 활짝 펴듯 햇살이 사방으로 번짐.
4 수련의 잎에 이슬이 방울방울 맺혀 있는 모양.

나는 탐하듯이 呼吸하다.
때는 구김살 없는 흰돛을 달다.[5]

──『정지용 시집』, 12~13쪽

---

5   하루가 상쾌하게 시작됨을 암시함.

아츰

프러펠러 소리……
鮮妍한 커 ― 앤를 도라나갓다.

快晴. 濃綠의 六月都市는 한層階 더자랏다.

나는 엇개를 골로다.
하품…… 목을쌥다.
불근 수ㅅ닭 모양하고
피여오르는 噴水를 무럿다. 썍멋다.
해ㅅ살이 함ㅅ박 白孔雀의 쇠리를 폇다.

睡蓮이 花瓣을 폇다.
옴으라첫던 입새, 입새, 입새.
방울 방울 水銀을 바첫다.

아아 乳房처럼 소사오른 水面 ―
바람이굴고 게우가 밋그러지고 한울이 돈다.

조흔 아츰 ―
나는 탐하드시 呼吸하다.
쌔는 구김살업는 힌돗을 다럿다.

―《문예월간(文藝月刊)》2호(1931. 12), 58~59쪽

아츰

프러펠러 소리……
鮮妍한 커 ── 쓰를 도라나갓다.
快晴! 濃綠의 六月都市는 한層階 더잘앗다.
나는 엇개를 골로다.
하품…… 목을 쏩다.
붉은 수ㅅ닭 모양하고
피여오르는 噴水를 물엇다. 쑴엇다.
해ㅅ살이 함ㅅ박 白孔雀의 쇠리를 펏다.
睡蓮이 花瓣을 펏다.
옴으라쳣던 입새, 입새, 입새.
방울 방울 水銀을 바첫다.
아아 乳房처럼 소사오른 水面 ──
바람이굴고 게우가 믹그러지고 한울이 돈다.
조흔 아츰 ──
나는 탐하드시 呼吸하다.
째는 구김살업는 힌돗을 달엇다.

──《조선지광》92호(1930. 8), 36쪽

1부 『정지용 시집』

바람

바람 속에 장미가 숨고
바람 속에 불이 깃들다.

바람에 별과 바다가 씻기우고
푸른 묏부리와 나래가 솟다.

바람은 음악의 호수.
바람은 좋은 알리움!

오롯한 사랑과 진리가 바람에 옥좌를 고이고
커다란 하나와 영원이 펴고 날다.

바람

바람 속에 薔薇가 숨고
바람 속에 불이 깃들다.

바람에 별과 바다가 씻기우고
푸른 뫼ㅅ부리와 나래가 솟다.

바람은 音樂의 湖水.
바람은 좋은 알리움![1]

오롯한 사랑과 眞理가 바람에 玉座를 고이고
커다란 하나와 永遠이 펴고 날다.

—『정지용 시집』, 14쪽

---

1 알리다. 여기에서는 바람을 '어떤 변화를 미리 알려 주는 징조'로 풀이한다.

바람

바람 속에 薔薇가 숨고
바람 속에 불이 깃들다

바람에 별과 바다가 씻기우고
푸른 뫼ㅅ부리와 나래가 솟다

바람은 音樂의 湖水
바람은 조흔 알니움!

오롯한 사랑과 眞理가 바람에 玉座를 고이고
커다란 하나와 永遠이 펴고 날다.

—《동방평론(東方評論)》1호(1932. 4), 116쪽

유리창 1

유리에 차고 슬픈 것이 어린거린다.
열없이 붙어 서서 입김을 흐리우니
길들은 양 언 날개를 파다거린다.
지우고 보고 지우고 보아도
새까만 밤이 밀려 나가고 밀려와 부딪히고,
물 먹은 별이, 반짝, 보석처럼 박힌다.
밤에 홀로 유리를 닦는 것은
외로운 황홀한 심사이어니,
고운 폐혈관이 찢어진 채로
아아, 늬는 산새처럼 날아갔구나!

琉璃窓 1

琉璃에 차고 슬픈것이 어린거린다.¹
열없이² 붙어서서 입김을 흐리우니
길들은양 언날개를 파다거린다.
지우고 보고 지우고 보아도
새까만 밤이 밀려나가고 밀려와 부디치고,
물먹은 별이,³ 반짝, 寶石처럼 백힌다.
밤에 홀로 琉璃를 닥는것은
외로운 황홀한 심사 이어니,⁴
고흔 肺血管이 찢어진 채로
아아 늬는 山ㅅ새처럼 날러 갔구나!

—『정지용 시집』, 15쪽

---

1   어른거리다. 어떤 형상이 희미하게 유리창에 얼비치어 나타났다 없어졌다 하는 모습을 형언한 말. 원문에
      는 '어린거린다'로 표기되어 있지만, 방언에서 모음 '으'와 '이'의 교체 현상이 흔하게 나타난다.
2   열없다. 조금 부끄럽다. 담이 크지 못하고 겁이 많다. 여기에서는 '조금 자연스럽지 못하고 겁을 먹은 듯이
      어색하게'의 뜻으로 풀이할 수 있다.
3   물 먹은 별. 밤하늘의 별빛이 그 가장자리로 번져서 별의 크기가 더욱 커 보이는 경우를 말한다.
4   외로움과 황홀함이라는 상반되는 두 가지의 정서를 동시에 드러낸다.

琉璃窓

琉璃에 차고 슬픈것이 어린거린다.
열업시 부터서서 입김을 흐리우니
길들은양 언날개를 파다거린다.
지우고 보고 지우고 보와도
새까만 밤이 밀녀나가고 밀녀와 부듸치고
물어린 별이, 반짝, 寶石처럼 백힌다.
밤에 홀노 琉璃를 닥는것은
외로운 황홀한 심사 이여니,
고흔肺血管이 씨저진 채로
아아, 늬는, 山ㅅ새처럼 날너갓구나!

——九二九 · 十二月——

——《조선지광》89호(1930. 1), 1쪽

유리창 2

내어다보니
아주 캄캄한 밤,
어험스런 뜰 앞 잣나무가 자꾸 커 올라간다.
돌아서서 자리로 갔다.
나는 목이 마르다.
또, 가까이 가
유리를 입으로 쪼다.
아아, 항 안에 든 금붕어처럼 갑갑하다.
별도 없다, 물도 없다, 쉬파람 부는 밤.
소증기선처럼 흔들리는 창.
투명한 보랏빛 누리알 아,
이 알몸을 끄집어내라, 때려라, 부릇내라.
나는 열이 오른다.
뺨은 차라리 연정스레이
유리에 비빈다, 차디찬 입맞춤을 마신다.
쓰라리, 아련히, 그싯는 음향 ―
머언 꽃!
도회에는 고운 화재가 오른다.

내어다보니
아조 캄캄한 밤,
어험스런[1] 뜰앞 잣나무가 자꼬 커올라간다.
돌아서서 자리로 갔다.
나는 목이 마르다.
또, 가까히 가
유리를 입으로 쫏다.[2]
아아, 항안에 든 金붕어처럼 갑갑하다.
별도 없다, 물도 없다, 쉬파람[3] 부는 밤.
小蒸氣船처럼 흔들리는 窓.
透明한 보라ㅅ빛 누뤼알[4] 아,
이 알몸을 끄집어내라, 때려라, 부릇내라.[5]
나는 熱이 오른다.
뺨은 차라리 戀情스레히
유리에 부빈다, 차디찬 입마춤을 마신다.

---

1   어험스럽다. 짐짓 위엄 있어 보이다. 텅 비고 우중충하다. 여기에서는 전자의 뜻을 따른다. 어둠 속에서 잣
나무가 위엄 있어 보이는데, 캄캄한 하늘과 맞닿아 나무의 키를 헤아리기 어려운 상태임을 알 수 있다.

2   쪼다.

3   휘파람.

4   누리 알. '누리'는 우박을 말하는 고유어인데, 일부 지방에서는 '유리'를 말하기도 한다.

5   부서뜨리다.

쓰라리, 알연히,⁶ 그싯는 音響 ── 7
머언 꽃!
都會에는 고흔 火災가 오른다.

── 『정지용 시집』, 16~17쪽

6   아련하다. 희미하게 어렴풋하다.

7   "그싯는 音響 ──"에서 '그싯는'이라는 말은 '긋다'에서 나온 방언으로 보는 것이 옳을 듯하다. 원래 충청도
     지방에서 '긋다'를 '그스다' 또는 '그시다'라고 한다. '긋다'는 타동사일 경우와 자동사일 경우 각각 그 의미
     가 다르다. 타동사일 경우에는 '줄을 긋다', '성냥을 긋다', '외상값을 장부에 치부하다', '마음속에 정하다'
     등의 의미로 쓰인다. 그러나 이 시에서는 '그싯는'이 자동사로 쓰인 것이며 '음향'을 꾸민다. 다시 말하면 '음
     향이 그싯다' 또는 '음향이 긋다' 정도로 이해된다. 이때 자동사로 쓰이는 '긋다'는 '그치다', '끊어지다', '쉬
     다' 등의 의미를 지닌다. "내리던 비가 긋는 바람에 밖에 나갔다."라고 쓴다. 이 시의 경우는 바람에 유리창이
     흔들리며 휘파람 소리 같은 바람 소리가 들리던 것이 점차 가라앉으면서 사방이 고요해지고 있음을 말한다.

내어다 보니
아주 캄캄한 밤,
어험스런 뜰앞 잣나무 자꾸 커올라간다
돌아서서 자리로 갓다.
나는 목이 마르다.
또, 가까이 가
유리를 입으로 쫏다.
아아, 항안에 든 金부어 처럼 갑갑하다
별도 없다. 물도 없다. 쉬파람 부는 밤
水蒸氣船처럼 흔들리는 窓,
透明한 보라ㅅ빛 누리알 아.
이 알몸을 끄집어내라, 때려라, 부릇내라
나는 熱이 오른다.
뺨은 차라리 戀情스레이
유리에 부빈다. 차듸찬 입마침을마신다
쓰라리, 아런히, 그싯는 音響 ─
머언 꽃,
都會에는 고은 火災가 오른다.

―《신생(新生)》27호(1931. 1), 80쪽

난초

난초 잎은
차라리 수묵색.

난초 잎에
엷은 안개와 꿈이 오다.

난초 잎은
한밤에 여는 다문 입술이 있다.

난초 잎은
별빛에 눈 떴다 돌아눕다.

난초 잎은
드러난 팔굽이를 어쩌지 못한다.

난초 잎에
적은 바람이 오다.

난초 잎은
춥다.

蘭草

蘭草닢은
차라리 水墨色.[1]

蘭草닢에
엷은 안개와 꿈이 오다.

蘭草닢은
한밤에 여는 담은[2] 입술이 있다.

蘭草닢은
별빛에 눈떴다 돌아 눕다.

蘭草닢은
드러난 팔구비를 어쨔지 못한다.

蘭草닢에
적은 바람이 오다.

蘭草닢은
칩다.[3]

—『정지용 시집』, 18~19쪽

---

1   난초 잎에서 느낄 수 있는 정취를 '수묵'의 색깔로 표현하고 있다. 시적 진술 자체가 명사 구문으로 만들어
     짐으로써 표현상 강한 여운을 느끼도록 고안되어 있다.
2   다물다. 입을 다문.
3   춥다.

蘭草　　　　　　　　　　　　　　

蘭草닢은
차라리 水墨色

蘭草닢에
엷은안개와 꿈이 오다

蘭草닢은
한밤에 여는 담은입술이 잇다

蘭草닢은
별빛에 눈떳다 도라눕다

蘭草닢은
드러난 팔구비를 엇쟈지 못한다

蘭草닢에
적은 바람이 오다.

蘭草닢은
칩다.

—《신생》 37호 (1932. 1), 40쪽

촉불과 손

고요히 그싯는 솜씨로
방 안 하나 차는 불빛!

별안간 꽃다발에 안긴 듯이
올빼미처럼 일어나 큰 눈을 뜨다.

*

그대의 붉은 손이
바위틈에 물을 따오다,
산양의 젖을 옮기다,
간소한 채소를 기르다,
오묘한 가지에
장미가 피듯이
그대 손에 초밤불이 낳도다.

촉불과 손

고요히 그싯는 손씨로[1]
방안 하나 차는 불빛!

별안간 꽃다발에 안긴듯이
올빼미처럼 일어나 큰눈을 뜨다.

*

그대의 붉은 손이[2]
바위틈에 물을 따오다,
山羊의 젓을 옮기다,
簡素한 菜蔬를 기르다,
오묘한 가지에
薔薇가 피듯이
그대 손에 초밤불[3]이 낳도다.

— 『정지용 시집』, 20~21쪽

---

1   '그싯는'은 '긋는'의 방언이며, '손씨'는 '솜씨'로 본다.
2   원문의 '그대의 붉은 손은'이 '그대의 붉은 손이'로 바뀌었다.
3   '초밤'은 '초저녁' 또는 '결혼한 첫날밤(신혼 초밤)'을 가리킨다.

촉불과 손

고요히 그싯는 손씨로
방안 하나차는 불빗!

별안간 촛다발에 안긴드시
올쌤이처럼 일어나 큰눈을쓰다

그대의 붉은 손은
바위틈에 물을 짜오다
山羊의 젓을 옴기다
簡素한 菜蔬를기르다
오묘한 가지에
薔薇가 피드시
그대 손에 초밤불이 낫도다.

―《신여성(新女性)》10권 11호(1931. 11), 4쪽

해협

포탄으로 뚫은 듯 동그란 선창으로
눈썹까지 부풀어 오른 수평이 엿뵈고,

하늘이 함폭 내려앉아
크낙한 암닭처럼 품고 있다.

투명한 어족이 행렬하는 위치에
훗하게 차지한 나의 자리여!

망토 깃에 솟은 귀는 소라 속같이
소란한 무인도의 각적을 불고—

해협 오전 두 시의 고독은 오롯한 원광을 쓰다.
서러울 리 없는 눈물을 소녀처럼 짓자.

나의 청춘은 나의 조국!
다음 날 항구의 개인 날씨여!

항해는 정히 연애처럼 비등하고,
이제 어드메쯤 한밤의 태양이 피어오른다.

海峽

砲彈으로 뚫은듯 동그란 船窓으로
눈섶까지 부풀어 오른 水平이 엿보고,[1]

하늘이 함폭 나려 앉어
큰악한[2] 암닭처럼 품고 있다.[3]

透明한 魚族이 行列하는 位置에
홋하게[4] 차지한 나의 자리여!

망토 깃에 솟은 귀는 소라ㅅ속 같이
소란한 無人島의 角笛을 불고 ── [5]

海峽午前二時의 孤獨은 오롯한 圓光을 쓰다
설어울리 없는 눈물을 少女처럼 짓쟈.

나의 靑春은 나의 祖國!
다음날 港口의 개인 날세여!

航海는 정히 戀愛처럼 沸騰하고

1   시적 화자가 선실 안에서 원형의 작은 창으로 바다를 내다보고 있다. 눈높이에 비슷하게 바닷물의 높이(수
    평)가 느껴진다.
2   크낙하다.
3   배가 물에 떠 있는 모습이 마치 암탉이 알을 품고 있듯이 느껴진다. '함폭'은 '함빡' 또는 '함뿍'과 같은 말이
    며, '꽉 차고도 남아 넘치도록 넉넉하게'라는 뜻을 지닌다.
4   홋홋하다. 홋지다. 딸린 사람이 없이 홀가분하다.
5   귓속에 배의 기적 소리가 들려옴.

이제 어드메쯤 한밤의 太陽이 피여오른다.

─『정지용 시집』, 22~23쪽

海峽의 午前 二時

砲彈으로 쑬은듯 동그란 船窓으로
눈섭까지 부풀어 오른 水平이 엿보고,

한울이 함폭 나려 안저
큰악한 암닭처럼 품고 잇다.

透明한 魚族이 行列하는 位置에
훗하게 차지한 나의 자리여!

망쏘 기체 솟은 귀는 소라ㅅ속 가치
소란한 無人島의 角笛을 불고 ─

海峽 午前二時의孤獨은 오롯한 圓光을 쓰다.
서러울 리 업는 눈물을 少女처럼 짓쟈.

나의 靑春은 나의 祖國!
다음날 港口의 개인 날세여!

航海는 정히 戀愛처럼 沸騰하고
이제 어드메쯤 한밤의 太陽이 피여오른다.

─《가톨늭청년》1호(1933. 6), 64~64쪽

다시 해협

정오 가까운 해협은
백묵 흔적이 적력한 원주!

마스트 끝에 붉은 기가 하늘보다 곱다.
감람 포기포기 솟아오르듯 무성한 물이랑이여!

반마같이 해구같이 어여쁜 섬들이 달려오건만
일일이 만져 주지 않고 지나가다.

해협이 물거울 쓰러지듯 휘뚝 하였다.
해협은 엎질러지지 않았다.

지구 위로 기어가는 것이
이다지도 호수운 것이냐!

외진 곳 지날 제 기적은 무서워서 운다.
당나귀처럼 처량하구나.

해협의 칠월 햇살은
달빛보다 시원타.

화통 옆 사닥다리에 나란히
제주도 사투리 하는 이와 아주 친했다.

스물한 살 적 첫 항로에
연애보다 담배를 먼저 배웠다.

다시 海峽

正午 가까운 海峽은
白墨痕迹이 的歷한 圓周![1]

마스트 끝에 붉은旗가 하늘 보다 곱다.
甘藍 포기 포기 솟아 오르듯 茂盛한 물이랑이어![2]

班馬[3]같이 海狗 같이 어여쁜 섬들이 달려오건만
——히 만저주지 않고 지나가다.

海峽이 물거울 쓰러지듯 휘뚝 하였다.[4]
海峽은 업지러지지 않었다.[5]

地球우로 기여가는것이
이다지도 호수운[6] 것이냐!

외진곳 지날제 汽笛은 무서워서 운다.
당나귀처럼 凄凉하구나.

---

1   하얀 백묵으로 원을 그린 것처럼 뚜렷하게 보이는 바다. '적력하다'는 '분명하고 뚜렷하다'는 뜻을 지님.
2   '감람'은 양배추를 뜻함. 양배추를 포기포기 심어 놓은 것처럼 푸른 파도가 물결을 이루는 모양.
3   반마(斑馬)의 오기. 얼룩말.
4   파도에 배가 기우뚱거리자 마치 거울이 쓰러지듯 휘뚝 바다의 수면이 눈에 비침. 원문의 '海峽이 몸거울 쓰러지듯 휘뚝 하였다.'를 시집에서 '海峽이 물거울 쓰러지듯 휘뚝하였다.'로 고쳤다. '몸거울'을 '물거울'이라는 말로 바꾸었다.
5   배가 기우뚱거려도 바닷물은 흘러넘치지 않음.
6   호숩다. 중부 지역 방언에서는 '호삽다'도 함께 쓰임. '그네 타거나 무등 태울 때처럼 높은 곳에서 무엇을 탈때 긴장되고 짜릿하다'는 뜻임.

海峽의 七月해ㅅ살은
달빛 보담 시원타.

火筒옆 사닥다리에 나란히
濟州島사투리 하는이와 아주 친했다.

수물 한살 적 첫 航路에
戀愛보담 담배를 먼저 배웠다.

──『정지용 시집』, 24~25쪽

다시 海峽

正午 가까운 海峽은
白墨痕迹이 的歷한 圓周!

마스트 끝에 붉은旗가 하늘 보다 곱다.
甘藍 포기 포기 솟아올으듯 茂盛한 물이랑이여!

班馬같이 옷도세이 같이 어여쁜 섬들이 달려오건만
――히 만저 주지않고 지나가다.

海峽이 몸거울 쓰러지듯 휘뚝 하였다.
海峽은 업지러지지 않었다.

地球우로 기여가는것이
이다지도 호수운것이냐!

외진곳 지날제 汽笛은 무서워서 운다.
당나귀 처럼 凄凉하구나.

海峽의 七月해ㅅ살은
달빛 보담 시원타.

火筒옆 사닥다리에 나란히
濟州道사투리 하는이와 아조 친했다.

스물 한살 적 첫航路에

戀愛보다도 담배를 먼저 배웠다.

―《조선문단(朝鮮文壇)》24호(1935. 8), 92~93쪽

지도

지리 교실 전용 지도는
다시 돌아와 보는 미려한 칠월의 정원.
천도열도 부근 가장 짙푸른 곳은 진실한 바다보다 깊다.
한가운데 검푸른 점으로 뛰어들기가 얼마나 황홀한 해학이냐!
의자 우에서 다이빙 자세를 취할 수 있는 순간,
교원실의 칠월은 진실한 바다보다 적막하다.

地圖

地理教室專用地圖는
다시 돌아와 보는 美麗한 七月의庭園.
千島列島附近[1] 가장 짙푸른 곳은 眞實한 바다 보다 깊다.
한가운데 검푸른 點으로 뛰여들기가 얼마나 恍惚한 諧謔이냐!
椅子우에서 따이빙姿勢를 取할수있는 瞬間,[2]
敎員室의 七月은 眞實한 바다보담 寂寞하다.

—『정지용 시집』, 26쪽

1　千島列島. 일본 열도의 북쪽에 시베리아 대륙과 잇달아 있는 쿠릴 열도.
2　의자 위에 앉아 지도에 표시된 검푸른 바다로 뛰어 들어갈 듯이 앞으로 구부린 자세를 취하는 것을 말하고
　있다. 그러나 실제로는 의자에 앉아 앞으로 구부린 채 한가롭게 졸고 있는 모습을 그린 것으로 본다.

地圖

地理教室專用地圖는
다시 돌아와 보는 美麗한 七月의 庭園.
千島列島附近 가장 짙푸른 곳은 眞實한 바다보다도 깊다.
한가운데 검푸른 點으로 뛰여들기가 얼마나 恍惚한 諧謔이냐!
椅子·우에서 따이빙 姿勢를 取할수있는 瞬間,
教員室의 七月은 眞實한 바다보담 寂寞하다.

— 《조선문단》, 24호(1935. 8), 93쪽

귀로

포도로 내리는 밤안개에
어깨가 저윽이 무거웁다.

이마에 촉하는 쌍그란 계절의 입술
거리에 등불이 함폭! 눈물겹구나.

제비도 가고 장미도 숨고
마음은 안으로 상장을 차다.

걸음은 절로 디딜 데 디디는 삼십적 분별
영탄도 아닌 불길한 그림자가 길게 누이다.

밤이면 으레 홀로 돌아오는
붉은 술도 부르지 않는 적막한 습관이여!

歸路

鋪道로 나리는 밤안개에
어깨가 저윽이 무거웁다.

이마에 觸하는[1] 쌍그란[2] 季節의 입술
거리에 燈불이 함폭! 눈물겹구나.

제비도 가고 薔薇도 숨고
마음은 안으로 喪章을 차다.[3]

걸음은 절로 드딀데 드디는 三十적 分別[4]
咏嘆도 아닌 不吉한 그림자가 길게 누이다.

밤이면 으레 홀로 돌아오는
붉은 술도 부르지않는 寂寞한 習慣이여!

—『정지용 시집』, 27쪽

---

1 닿다.
2 쌍그렇다. 바람이 차갑고 쓸쓸한 느낌을 주다.
3 애닯고 쓸쓸한 마음이 들다.
4 나이 서른 살에 접어들어 분별력을 가진 사람처럼 함부로 몸을 놀리지 않음. 걸음을 제대로 걸으면서 몸을 함부로 하지 않음.

歸路

鋪道로 나리는 밤안개에
엇개가 저윽이 무거웁다.

이마에 觸하는 쌍그란 季節의 입술
거리에 燈불이 함폭! 눈물 겹구나.

제비도 가고 薔薇도 숨고
마음은 안으로 喪章을 차다.

거름은 절노 듸딜데 듸디는 三十人적 分別
咏嘆도 아닌 不吉한 그림자가 길게 누이다.

밤이면 으레 홀노 도라오는
붉은 술도 불으지안는 寂寞한 習慣이여!

—《가톨닉청년》5호(1933.10), 55쪽

1부 『정지용 시집』

오월 소식

오동나무 꽃으로 불 밝힌 이곳 첫여름이 그립지 아니한가?
어린 나그네 꿈이 시시로 파랑새가 되어 오려니.
나무 밑으로 가나 책상 턱에 이마를 고일 때나,
네가 남기고 간 기억만이 소곤소곤거리는구나.

모처럼만에 날아온 소식에 반가운 마음이 울렁거리어
가여운 글자마다 먼 황해가 남실거리나니.

……나는 갈매기 같은 종선을 한창 치달리고 있다……

쾌활한 오월 넥타이가 내처 난데없는 순풍이 되어,
하늘과 딱 닿은 푸른 물결 우에 솟은,
외따른 섬 로맨틱을 찾아갈까나.

일본말과 아라비아 글씨를 가르치러 간
쬐그만 이 페스탈로치야, 꾀꼬리 같은 선생님이야,
날마다 밤마다 섬 둘레가 근심스런 풍랑에 씹히는가 하노니,
은은히 밀려오는 듯 머얼리 우는 오르간 소리……

五月 消息

梧桐나무 꽃으로 불밝힌 이곳 첫여름이 그립지 아니한가?
어린 나그내 꿈이 시시로[1] 파랑새가 되여오려니.
나무 밑으로 가나 책상 턱에 이마를 고일 때나,
네가 남기고 간 記憶만이 소근 소근거리는구나.

모초롬만에 날러온 소식에 반가운 마음이 울렁거리여
가여운 글자마다 먼 黃海가 남설거리나니.[2]

……나는 갈메기 같은 종선[3]을 한창 치달리고 있다……

快活한 五月 넥타이가 내처 난데없는 順風이 되여,[4]
하늘과 딱닿은 푸른 물결우에 솟은,
외따른 섬 로만틱를 찾어 갈가나.

일본말과 아라비아 글씨를 아르키러간
쬐그만 이 페스탈로치야, 꾀꼬리 같은 선생님 이야,
날마다 밤마다 섬둘레가 근심스런 風浪에 씹히는가 하노니,
은은히 밀려 오는듯 머얼리 우는 오르간 소리……

—『정지용 시집』, 30~31쪽

---

1 때때로. 가끔.
2 편지의 글자마다 먼 황해 바다의 물결이 어린다.
3 종선(從船). 큰 배에 딸려 있는 작은 배를 뜻하지만, 이 시에서는 '배를 따르다'로 풀이할 수 있다.
4 '넥타이'를 '순풍'의 이미지로 바꾸고 있다. 이 구절은 '유쾌한 기분으로 오월 순풍에 넥타이를 날리며' 정도로 풀이할 수 있다.

五月 消息

梧桐나무 쇠츠 로 불발킨 이 곳 첫녀름 이 그립지 안이 한가?
어린 나그내 쑴 이 시시 로 파랑새 가 되여 오리니.
나무 미트 로 가나 책상 턱 에 이마 를 고일 째 나,
늬 가 남기 고 간 記憶 만이 소근 소근 거리 는 구나.

모초롬만 에 날러 온 소식 에 반가운 마음 이 울렁 거리 여
가여운 글자 마다 머언 黃海가 남실 거리 나니.

……나 는 갈메기 가튼 종선 을 한창 치달니 고 잇다……

快活 한 五月 넥타이가 내쳐 난대 업는 順風 이 되여,
한울 과 싹 다흔 푸른 물결 우 에 소슨,
외짜른 섬 로만티크 를 차저 갈 가나.

일본 말 과 아라비야 글씨 를 배우러 간
쬐그만 페스탈로치야, 쬐꼬리 가튼 선생님 이야.
날 마다 밤 마다 섬둘레 가 근심 스런 風浪 에 씹 히 는가 하노니,
은은 이 밀녀 오는 듯 머 얼 니 우는 오르간 소디[1]……

                        ── 一九二七 · 五月 · 京都 ──

                        ──《조선지광》68호(1927. 6), 21~22쪽

---

[1] '소리' 의 오식.

이른 봄 아침

귀에 설은 새소리가 새어 들어와
참한 은시계로 자근자근 얻어맞은 듯,
마음이 이 일 저 일 보살필 일로 갈라져,
수은 방울처럼 동글동글 나동그라져,
춥기는 하고 진정 일어나기 싫어라.

*

쥐나 한 마리 훔켜잡을 듯이
미닫이를 살포 — 시 열고 보니
사루마다 바람으론 오호! 추워라.

마른 새삼넝쿨 사이사이로
빠알간 산새 새끼가 물레 북 드나들 듯.

*

새 새끼와도 언어 수작을 능히 할까 싶어라.
날카롭고도 보드라운 마음씨가 파다거리여.
새 새끼와 내가 하는 에스페란토는 회파람이라.
새 새끼야, 한종일 날아가지 말고 울어나 다오,

오늘 아침에는 나이 어린 코끼리처럼 외로워라.

*

산봉우리 — 저쪽으로 돌린 프로필 —
패랭이꽃빛으로 볼그레하다,
씩씩 뽑아 올라간, 밋밋하게
깎아 세운 대리석 기둥인 듯,
간덩이 같은 해가 이글거리는
아침 하늘을 일심으로 떠받치고 섰다.
봄바람이 허리띠처럼 휘이 감돌아서서
사알랑 사알랑 날아오노니,
새 새끼도 포르르포르르 불려왔구나.

이른 봄 아침

귀에 설은 새소리가 새여 들어와
참한 은시계로 자근자근 얻어맞은듯,[1]
마음이 이일 저일 보살필 일로 갈러저,
수은방울처럼 동글 동글 나동그라저,
춥기는 하고 진정 일어나기 싫어라.

*

쥐나 한마리 홈켜 잡을 듯이
미다지를 살포 ── 시 열고 보노니
사루마다[2] 바람 으론 오호! 치워라.

마른 새삼넝쿨[3] 새이 새이로
빠알간 산새새끼가 물레ㅅ북 드나들듯.[4]

*

새새끼와도 언어수작을 능히 할가 싶어라.
날카롭고도 보드라운 마음씨가 파다거리여.

---

1   새소리가 마치 은시계에서 들리는 작은 시계 소리처럼 귀에 들리고 있음을 표현함.
2   짧은 아래 속옷을 말하는 일본어. 팬츠.
3   황갈색의 줄기가 철사 모양으로 다른 식물을 감고 올라가는 일년생의 기생 덩굴 식물.
4   물레의 북. 베틀에 딸린 기구의 하나로 씨줄이 되는 실 꾸러미를 넣고 북 바늘로 고정시켜 날줄 사이를 오가
    며 실을 풀어주어 피륙이 짜지게 하는 배 모양의 나무통. 실제로 북은 물레에서는 사용하지 않았으므로 여
    기에서는 베틀 북이라고 해야 바른 표현이 됨.

새새끼와 내가 하는 에스페란토는 회파람이라.[5]
새새끼야, 한종일 날어가지 말고 울어나 다오,
오늘 아침에는 나이 어린 코끼리처럼 외로워라.

*

산봉오리 —— 저쪽으로 돌린 푸로우옜일 ——
페랑이꽃[6] 빛으로 볼그레 하다.[7]
씩 씩 뽑아 올라간, 밋밋 하게
깎어 세운 대리석 기둥 인듯,
간ㅅ뎅이 같은 해가 익을거리는
아침 하늘을 일심으로 떠바치고 섰다,
봄ㅅ바람이 허리띄처럼 휘이 감돌아서서
사알랑 사알랑 날러 오노니,
새새끼도 포르르 포르르 불려 왔구나.

—『정지용 시집』, 32~33쪽

---

5   시적 화자가 새의 울음소리를 흉내내어 휘파람 소리를 내는 것을 말함.
6   패랭이꽃.
7   아침 햇살과 뿌연 안개가 어리어 산빛이 패랭이 꽃빛으로 보임.

이른 봄 아츰

귀 에 서른 새소리 가 새여 드러 와
참한 은시게 로 자근자근 으더마진 듯,
마음 이 이일 저일 보살필일 로 갈러저,
수은방울 처럼 동글동글 나동그라저,
춥기는 하고 진정 일어나기 실허라.

쥐 나 한마리 훔켜 잡을 드시
미다지 를 살포 - 시 열고 보노니
사루마다 바람 으론 오호 치워라.

마른 새삼넝쿨 새이 새이 로
쌔알간 산ㅅ새색기 가 물네ㅅ북 드나들 덧.

새색기 와도 언어수작 을 능히할가 십허라.
날카랍 고도 보드라운 마음씨 가 파다거리여.
새색기 와 내 가 하는 에스페란토 는 회파람 이라.
새색기 야, 한종일 날어가지 말고 울어나 다오,
오늘아츰 에는 나이어린 코끼리 처럼 외로워 라.

산봉오리 저 쪽 으로 돌닌 푸로우에일 —
폐랑이 곳 비츠 로 볼그레 하구나.
씩 씩 쏩아 올라간 밋 밋 하게,
쌁거 세운 대리석 기둥 인듯.
간쎙이 가튼 해 가 익을거리 는,
아츰 한울을 일심 으로 쩌바치 고 잇다.

봄바람 이 허리씩 처럼 휘이 감돌아서서
사알랑 사알랑 날녀 오노니,
새색기 도 포르르 포르르 불녀 왔다.

산 에서 새색기 가 차저를 왔다.
쌔알간 쏘네트 를 쓰고 왔다.
쌔알간 쏘네트 가 하나 잇섯스먼 ─
사철 발버슨 어린 누이 씨워 주고
호 · 호 · 호 · 손색 치며 놀녀대 볼가.
내 어린 누이 도
산 에서 온 조그마한 손님 이여니.

─ 一九二六, 三月, 京都에서 ─

─《신민(新民)》22호(1927. 2), 124~125쪽

일은 봄 아츰

귀에 설은 새소리가 새여 들어와
참한 은시게로 자근자근 으더마진듯,
마음이 이일 저일 보살필 일로 갈러저,
수은방울 처럼 동글 동글 나동그라저,
춥기는 하고 진정 일어나기 실허라.

*

쥐나 한마리 홈켜 잡을 드시
미다지를 살포 — 시 열고 보노니
사루마다 바람 으론 오호! 치워라.

말은 새삼넝쿨 새이새이 로
쌔알간 산ㅅ새색기가 물네ㅅ북 드나들덧.

*

새색기 와도 언어수작 을 능히할가 십허라.
날카롭고도 보드라운 마음씨 가 파다거리여.
새색기와 내가 하는 에스페란토 는 회파람이라.
새색기야 한종일 날어가지 말고 울어나다오,
오늘아츰 에는 나이어린 코끼리 처럼 외로워라.

*

산봉오리 ── 저쪽으로 돌닌 푸로우애일 ──
페랑이꼿 빗으로 볼그레 하다,
씩 씩 쏩아 올라간, 밋 밋 하게
깎거 세운 대리석 기동 인듯,
간ㅅ뎅이 가튼 해가 익을거리는
아츰 한울을 일심으로 써바치고 섯다.
봄ㅅ바람 이 허리띄 처럼 휘이 감돌아서서
사알랑 사알랑 날러 오노니,
새색기 도 포르르 포르르 불녀 왓구나.

*

산에서 새색기가 차저 왓다.
쎄알간 쏘니ㅌ 를 쓰고 왓다.
쎄알간 쏘니ㅌ가 하나 잇섯스면 ──
사철 발버슨 어린 누이 씨워주고
호호호 손ㅅ벽 치며 놀녀대 볼가.
내 어린누이 도
아아, 산에서 온 조그마한 손님 이어니.

── 1926년 3월 ──

──《시문학(詩文學)》1호(1930. 3), 13~14쪽

압천

압천 십 리 벌에
해는 저물어…… 저물어……

날이 날마다 님 보내기
목이 자졌다…… 여울 물소리……

찬 모래알 쥐어짜는 찬 사람의 마음,
쥐어짜라. 바시여라. 시원치도 않아라.

여뀌풀 우거진 보금자리
뜸부기 홀어멈 울음 울고,

제비 한 쌍 떴다,
비맞이 춤을 추어.

수박 냄새 품어오는 저녁 물바람.
오랑쥬 껍질 씹는 젊은 나그네의 시름.

압천 십 리 벌에
해가 저물어…… 저물어……

鴨川

鴨川 十里ㅅ벌에
해는 저물어…… 저물어……

날이 날마다 님 보내기
목이 자졌다…… 여울 물소리 ……[1]

찬 모래알 쥐여 짜는 찬 사람의 마음,
쥐여 짜라. 바시여라.[2] 시언치도 않어라.

역구풀[3] 욱어진 보금자리
뜸북이 홀어멈 울음 울고,

제비 한쌍 떠ㅅ다,
비마지 춤을 추어.[4]

수박 냄새 품어오는 저녁 물바람.[5]
오랑쥬[6] 껍질 씹는 젊은 나그네의 시름.

鴨川 十里ㅅ벌에

---

1   이 구절은 앞뒤의 맥락으로 본다면 '여울물 소리 목이 자졌다'로 자연스럽게 읽을 수 있다. 여울의 물소리가
      마치 임과의 이별이 서러워 목이 잦아(잠겨)들어 버린 것처럼 들린다.
2   바수다. 두드리어 잘게 깨뜨리다.
3   여뀌. 마디풀과의 일년초이며 홍갈색을 띠는 줄기에 여름철에 흰 꽃이 피는 야생 식물.
4   비가 올 듯할 때 제비가 낮게 날아드는 모습을 보고, 마치 제비가 비를 맞이하는 춤을 추는 것처럼 표현함.
5   강이나 바다 같은 물에서 불어오는 바람.
6   오렌지.

해가 저물어······ 저물어······

—『정지용 시집』, 34~35쪽

京都鴨川

鴨川 十里ㅅ벌 에
해는 점으러●●● 점으러●●●●

날이 날마다 님 보내기
목이 자젓다●●● 여울물 소리●●●●

찬 모래알 쥐여짜는 찬 사람의 마음,
쥐여 짜라. 바시여라. 시연치도 안어라.

역구풀 욱어진 보금자리
쓈북이 홀어멈 우름 울고,

제비 한쌍 써ㅅ다,
비마지 춤을 추어.

수박냄새 품어오는 저녁 물ㅅ바람.
오랑쥬 껍질 씹는 젊은 나그내의 시름.

鴨川 十里ㅅ벌 에
해가 점으러●●● 점으러●●●●

—《시문학》1호(1930. 3), 16~18쪽

鴨川

鴨川 十里 벌 에
해 는 점 으 러. 점 으 러.

날 이 날 마닥 님 보내 기,
목 이 자젓 다. 여울 물 소리.

찬 모래 알 쥐여 짜는 찬 사람 의 마음.
쥐여 짜라. 바시 여라. 시연치 도 안어라.

역구 풀 욱어진 보금 자리,
쓸북이 홀어멈 울음 울 고.

제비 한 쌍 써엇 다,
비마지 춤 을 추 어.

수박 냄새 품어 오는 저녁 물 바람.
오렌쥐 썹질 씹는 젊은 나그내 의 시름.

鴨川 十里 벌에
해 는 점으 러. 점으 러.

　　　　　── 一九二三·七·京都鴨川에서 ──

　　　　　──《학조(學潮)》2호(1927. 6), 78~79쪽

　　　　　　　　　　1부 『정지용 시집』

석류

장미꽃처럼 곱게 피어 가는 화로에 숯불,
입춘 때 밤은 마른 풀 사르는 냄새가 난다.

한겨울 지난 석류 열매를 쪼개어
홍보석 같은 알을 한 알 두 알 맛보노니,

투명한 옛 생각, 새론 시름의 무지개여,
금붕어처럼 어린 여릿여릿한 느낌이여.

이 열매는 지난해 시월 상달, 우리 둘의
조그마한 이야기가 비롯될 때 익은 것이어니.

작은 아씨야, 가녀린 동무야, 남몰래 깃들인
네 가슴에 졸음 조는 옥토끼가 한 쌍.

옛 못 속에 헤엄치는 흰 고기의 손가락, 손가락,
외롭게 가볍게 스스로 떠는 은실, 은실,

아아 석류알을 알알이 비추어 보며
신라 천년의 푸른 하늘을 꿈꾸노니.

薔薇꽃 처럼 곱게 피여 가는 화로에 숫불,
立春때 밤은 마른풀 사르는 냄새가 난다.

한 겨울 지난 柘榴열매를 쪼기여
紅寶石 같은 알을 한알 두알 맛 보노니,

透明한 옛 생각, 새론[2] 시름의 무지개여,
金붕어 처럼 어린 녀릿 녀릿한[3] 느낌이여.

이 열매는 지난 해 시월 상ㅅ달, 우리 둘의
조그마한 이야기가 비롯될 때 익은것이어니.

자근아씨야, 가녀린 동무야, 남몰래 깃들인
네 가슴에 조름 조는 옥토끼가 한쌍.

옛 못 속에 헤염치는 흰고기의 손가락, 손가락,
외롭게 가볍게 스스로 떠는 銀실, 銀실,[4]

아아 柘榴알을 알알히 비추어 보며
新羅千年의 푸른 하늘을 꿈꾸노니.

─『정지용 시집』, 36~37쪽

---

1   제목의 한자 '柘榴(자류)'는 일본어 식 표기임. 한국어에서는 석류(石榴)임.
2   새로운.
3   여릿여릿하다. 부드럽고 연하다.
4   '은(銀)실 은(銀)실'. 물고기 지느러미가 하얗게 움직이는 모습을 시늉하여 쓴 말.

柘榴

薔薇꽃 처럼 곱게 피여 가는 화로 에 숫불,
立春째 밤 은 마른풀 사르는 냄새 가 난다.

한 겨울 지난 柘榴열매 를 쪽이 여
紅寶石 가튼 알 을 한알 두알식 맛 보노니,

透明한 넷 생각, 새론 시름 의 무지개여,
金붕어 처럼 어린 녀릿 녀릿한 늑김이여.

이 열매 는 지난 해 시월 상ㅅ달, 우리 둘의
조그마한 니야기가 비롯될 째 익은것이어니.

자근아씨 야, 가녀린 동무 야, 남몰내 깃들인
네 가슴 에 조름 조는 옥톡기 가 한쌍.

넷못 속에 혜염치는 흰고기 의 손까락. 손까락.
외롭 게 가볍 게 스스로 써는 銀실. 銀실.

아아 柘榴알 을 알 알 히 비추어 보며
新羅 千年 의 푸른 한울을 쑴 쑤노니.

— 1924. 2 —

—《조선지광》 65호(1927. 3), 15쪽

柘榴

薔薇꽃 처럼 곱게 피여가는 화로에 숫불,
立春때 밤은 마른풀 사르는 냄새가 난다.

한겨울 지난 柘榴열매를 쪼기여
紅寶石가튼 알을 한알 두알 맛보노니,

透明한 넷생각, 새론 시름의 무지개여.
金붕어 처럼 어린 녀릿 녀릿한 늣김이여.

이열매는 지난해 시월 상ㅅ달, 우리들의
조고마한 니야기가 비롯할때 이근것이여니.

자근아씨야, 가녀린 동무야, 남몰리 깃드린
네 가슴에 조름조는 옥톡기가 한쌍.

넷 못속에 헤염치는 힌고기의 손가락. 손ㅅ가락.
외롭게 가볍게 스스로 써는 銀실. 銀실.

아아 柘榴알을 알알히 비추어 보며
新羅千年의 푸른 하눌을 숨 꾸노니.

—《시문학》3호(1931. 10), 13~14쪽

발열

처마 끝에 서린 연기 따라
포도 순이 기어 나가는 밤, 소리 없이,
가물음 땅에 스며든 더운 김이
등에 서리나니, 훈훈히,
아아, 이 애 몸이 또 달아오르노나.
가쁜 숨결을 드내쉬노니, 박나비처럼,
가녀린 머리, 주사 찍은 자리에, 입술을 붙이고
나는 중얼거리다, 나는 중얼거리다,
부끄러운 줄도 모르는 다신교도와도 같이.
아아, 이 애가 애자지게 보채노나!
불도 약도 달도 없는 밤,
아득한 하늘에는
별들이 참벌 날듯 하여라.

發熱

처마 끝에 서린 연기 따러

葡萄순이 기여 나가는 밤, 소리 없이,

가믈음[1] 땅에 시며든[2] 더운 김이

등에 서리나니, 훈훈히,

아아, 이 애 몸이 또 달어 오르노나.

가쁜 숨결을 드내 쉬노니,[3] 박나비 처럼,[4]

가녀린 머리, 주사[5] 찍은 자리에, 입술을 붙이고

나는 중얼거리다, 나는 중얼거리다,

부끄러운줄도 모르는 多神敎徒와도 같이.

아아, 이 애가 애자지게[6] 보채노나!

불도 약도 달도 없는 밤,

아득한 하늘에는

별들이 참벌 날으듯 하여라.

—『정지용 시집』, 38쪽

---

1 가뭄.

2 스며들다.

3 드내쉬다. 숨을 들이쉬고 내쉬다.

4 박나방. 박각시나비. 배를 벌떡이며 앉은 박각시나비의 모습처럼 숨을 힐떡이는 어린애의 모습을 그림.

5 주사(朱砂). 짙은 홍색의 광물이며 수은과 유황의 화합물이다. 정제하여 염료나 한방의 약재로 사용하기도 하는데, 성질이 차다고 하여 경기(驚氣)가 일었을 때 진정제로 사용한다.

6 애자지다. 애끓다. 마음이 너무 슬퍼서 창자가 끊어질 듯하다.

처마 스 테 서린 연기 짤어
葡萄순 이 버더 나가는 밤, 소리 업시,
감으름 짱 에 심여 든 더운 김 이
등 에 서리 나니, 훈훈 이,
아아. 이 애 몸 이 쏘 달어 오르 노나.
갓븐 숨결 을 드 내 쉬노니, 박나븨 처럼,
가녀린 머리, 주사 찍은 자리 에, 입술 을 부치 고
나 는 중얼거리 다. 나 는 중얼거리 다.
붓그러운 줄도 몰으는 多神敎徒 와도 가티.
아아. 이 애 가 애자지게 보채 노나.
불 도, 약 도, 달 도 업는 밤,
아득 한 한울 에 는,
별 들 이 참벌 날으 듯 하여라.

— 1927. 6月. 沃川 —

—《조선지광》69호(1927. 7), 10쪽

향수

넓은 벌 동쪽 끝으로
옛이야기 지줄대는 실개천이 회돌아 나가고,
얼룩빼기 황소가
해설피 금빛 게으른 울음을 우는 곳,

— 그곳이 차마 꿈엔들 잊힐리야.

질화로에 재가 식어지면
비인 밭에 밤바람 소리 말을 달리고,
엷은 졸음에 겨운 늙으신 아버지가
짚베개를 돋아 고이시는 곳,

— 그곳이 차마 꿈엔들 잊힐리야.

흙에서 자란 내 마음
파아란 하늘빛이 그리워
함부로 쏜 화살을 찾으려
풀섶 이슬에 함추름 휘적시던 곳,

— 그곳이 차마 꿈엔들 잊힐리야.

전설 바다에 춤추는 밤물결 같은
검은 귀밑머리 날리는 어린 누이와
아무렇지도 않고 예쁠 것도 없는
사철 발 벗은 안해가
따가운 햇살을 등에 지고 이삭 줍던 곳,

— 그곳이 차마 꿈엔들 잊힐리야.

하늘에는 성긴 별
알 수도 없는 모래성으로 발을 옮기고,
서리까마귀 우지짖고 지나가는 초라한 지붕,
흐릿한 불빛에 돌아앉아 도란도란거리는 곳,

— 그곳이 차마 꿈엔들 잊힐리야.

鄕愁

넓은 벌 동쪽 끝으로
옛이야기 지줄대는[1] 실개천이 회돌아[2] 나가고,
얼룩백이 황소[3]가
해설피[4] 금빛[5] 게으른 울음[6]을 우는 곳,

— 그 곳이 참하[7] 꿈엔들 잊힐리야.

질화로에 재가 식어지면
뷔인 밭[8]에 밤바람 소리 말을 달리고,[9]
엷은 졸음에 겨운 늙으신 아버지가
짚벼개를 돋아 고이시는[10] 곳,

— 그 곳이 참하 꿈엔들 잊힐리야.

흙에서 자란 내 마음
파아란 하늘 빛이 그립어

---

1 지줄대다. '지절대다'의 방언. 수다스럽게 지껄이다.
2 회돌다. 휘돌다.
3 칡소. 온몸에 거무스레한 짙은 갈색의 무늬를 지닌 소.
4 해가 설핏할 때. 저물녘. 해가 저물어 점차 어둑해질 때.
5 해 질 녘의 붉은 노을을 비유적으로 표시한 말.
6 하루 일을 끝낸 뒤에 여유롭고 한가하게 우는 소의 울음소리.
7 차마.
8 곡식을 다 걷어 들인 텅 빈 밭.
9 밤바람 소리가 마치 말이 달리는 것처럼 세차게 들려옴.
10 돋우어 괴다. 밑을 높아지게 하여 괴다.

함부로 쏜 활살을 찾으려[11]
풀섶 이슬에 함추름[12] 휘적시든 곳,

— 그 곳이 참하 꿈엔들 잊힐리야.

傳說바다[13]에 춤추는 밤물결 같은
검은 귀밑머리 날리는 어린 누의와
아무러치도 않고 여쁠것도[14] 없는
사철 발벗은 안해가
따가운 해ㅅ살을 등에지고 이삭 줏던[15] 곳,

— 그 곳이 참하 꿈엔들 잊힐리야.

하늘에는 석근[16] 별
알 수도 없는 모래성으로 발을 옮기고,
서리 까마귀[17] 우지짖고 지나가는 초라한 집웅,

---

11 《조선지광》의 원문은 '되는대로 쏜 화살을 차지려'였는데, 시집에서 '함부로 쏜 활살을 찾으려'로 바꾸었다.
12 함초롬. '함초롬하다'에서 나온 말. 가지런하고 곱다.
13 전설의 바다. 전설에 나오는 바다.
14 예쁠 것도.
15 줍다. 떨어진 것을 집어 올리다.
16 성기다. 사이가 배지 아니하고 뜨다. 이 말은 《조선지광》에 처음 발표될 때 '석근'으로 표기되었고, 『정지용 시집』에도 마찬가지였다가 『지용 시선』(1946)에서 성근으로 고쳐졌다. '성글다'는 '성기다'라는 말의 방언이다.
17 갈가마귀.

흐릿한 불빛에 돌아 앉어 도란 도란거리는 곳,

── 그 곳이 참하 꿈엔들 잊힐리야.

──『정지용 시집』, 39~41쪽

鄕愁

넓은 벌 동쪽 끄트 로
넷니야기 지줄대는 실개천 이 회돌아 나가고,
얼룩백이 황소 가
해설피 금빗 게으른 우름 을 우는 곳,

──그 곳 이 참하 쭘 엔들 니칠니야.

질화로 에 재 가 식어 지면
뷔인 바테 밤ㅅ바람 소리 말 을 달니고,
엷은 조름 에 겨운 늙으신 아버지
집벼개 를 도다 고이시는 곳,

──그 곳 이 참하 쭘 엔들 니칠니야.

흙 에서 자란 내 마음
파아란 한울 비치 그립어 서
되는대 로 쏜 화살 을 차지려
풀섭 이슬 에 함추룸 휘적시 든 곳,

──그 곳 이 참하 쭘 엔들 니칠니야.

傳說바다 에 춤 추는 밤물결 가튼
검은 귀밋머리 날니 는 누의 와,
아무러치 도 안코 엽블것 도 업는
사철 발 버슨 안해 가,

싸가운 해쌀 을 지고 이삭 줏 든 곳,

── 그 곳 이 참하 쉼 엔들 니칠니야.

한울 에는 석근 별
알수 도 업는 모래성 으로 발 을 옴기고,
서리 싸막이 우지짓 고 지나가는 초라한 집웅
흐릿한 불비체 돌아안저 도란도란 거리는 곳,

── 그 곳 이 참하 쉼 엔들 니칠니야.

── 1923. 3 ──

──《조선지광》65호(1927. 3), 13~14쪽

1부『정지용 시집』

갑판 위

나지익한 하늘은 백금 빛으로 빛나고
물결은 유리판처럼 부서지며 끓어오른다.
동글동글 굴러오는 짠바람에 뺨마다 고운 피가 고이고
배는 화려한 짐승처럼 짖으며 달려 나간다.
문득 앞을 가리는 검은 해적 같은 외딴섬이
흩어져 나는 갈매기 떼 날개 뒤로 문짓문짓 물러 나가고,
어디로 돌아다보든지 하이얀 큰 팔굽이에 안기어
지구덩이가 동그랗다는 것이 즐겁구나.
넥타이는 시원스럽게 날리고 서로 기대선 어깨에 유월 볕이 스며들고
한없이 나가는 눈길은 수평선 저쪽까지 기폭처럼 퍼덕인다.

*

바닷바람이 그대 머리에 아른대는구료,
그대 머리는 슬픈 듯 하늘거리고.

바닷바람이 그대 치마폭에 이치대는구료,
그대 치마는 부끄러운 듯 나부끼고.

그대는 바람보고 꾸짖는구료.

*

별안간 뛰어들삼아도 설마 죽을라구요.
바나나 껍질로 바다를 놀려 대노니,

젊은 마음 꼬이는 굽이도는 물굽이
둘이 함께 굽어보며 가비얍게 웃노니.

甲板 우

나지익 한 하늘은 白金빛으로 빛나고
물결은 유리판 처럼 부서지며 끓어오른다.
동글동글 굴러오는 짠바람에 뺨마다 고흔피가 고이고
배는 華麗한 김승처럼 짓으며[1] 달려나간다.
문득 앞을 가리는 검은 海賊같은 외딴섬이
흩어저 날으는 갈메기떼 날개 뒤로 문짓 문짓[2] 물러나가고,
어디로 돌아다보든지 하이한 큰 팔구비에 안기여[3]
地球덩이가 동그랐타는것이 길겁구나.[4]
넥타이는 시언스럽게[5] 날리고 서로 기대슨 어깨에 六月볕이 시며들고
한없이 나가는 눈ㅅ길은 水平線 저쪽까지 旗폭처럼 퍼덕인다.

*

바다 바람이 그대 머리에 아른대는구료,
그대 머리는 슬픈듯 하늘거리고.

바다 바람이 그대 치마폭에 니치 대는구료,[6]

---

1   짖다.
2   뭉깃뭉깃. 뭉긋뭉긋. 제자리에 앉은 채로 나아가듯 비비대는 모습.
3   하늘과 맞닿은 수평선 아래 둥글게 뵈는 바다를 하얀 팔 굽이에 안겨 있는 것처럼 묘사함.
4   즐겁구나.
5   시원스럽다.
6   이치다. '이아치다'의 준말. 그 뜻은 '거치적거리어 일을 방해하거나 손해를 끼치다'로 풀이한다. 여기에서
    는 바닷바람이 불어서 계속 치마폭을 귀찮게도 날리는 것(옷자락을 쥐고 날리지 않도록 할 수밖에 없다.)을
    의미한다.

그대 치마는 부끄러운듯 나붓기고.
그대는 바람 보고 꾸짖는구료.

*

별안간 뛰여들삼어도[7] 설마 죽을라구요.
빠나나 껍질로 바다를 놀려대노니,

젊은 마음 꼬이는[8] 구비도는 물구비
두리 함끠 굽어보며 가비얍게[9] 웃노니.

—『정지용시집』, 42~43쪽

---

7   뛰어든다 해도.
8   꾀는. 유혹하는.
9   가볍게.

甲板 우

나지익 한 한울은 白金비츠로 빗나고
물결은 유리판 처럼 부서지며 쓸어오른다.
동글동글 굴러오는 짠바람에 뺨마다 고흔피가 고이고
배는 華麗한 김승처럼 지스며 달녀나간다.
문득 아플가리는 검은海賊가튼 외딴섬이
흐터저 날으는 갈메기떼 날개뒤로 문짓 문짓 문짓 물너나가고,
어데로 돌아다보던지 하이얀 큰 팔구비에 안기여
地球떵이가 똥그랏 타는것이 길겁구나.
넥타이 는 시연스럽게 날니고 서로기대슨 억개에 六月벼치 심여들고
한업시 나가는 눈ㅅ길은 水平線 저쪽까지 旗폭처럼 퍼덕인다.

*

바다 바람이 그대 머리에 알는대는구료,
그대 머리는 슬푼듯 하늘거리고.

바다 바람이 그대 치마폭에 니쳐대는구료,
그대 치마는 붓그러운듯 나붓기고.

그대는 바람 보고 꾸짓는구료.

*

별안간 뛰어들삼어도 설마 죽을나구요.
빠나나 껍질노 바다를 놀녀대노니,

젊은 마음 꼬이는 구비도는 물구비
두리 함끠 구버보며 가비얍게 웃노니.

―《시문학》2호(1930. 5), 8~9쪽

태극선

이 아이는 고무 볼을 따라
흰 산양이 서로 부르는 푸른 잔디 위로 달리는지도 모른다.

이 아이는 범나비 뒤를 그리어
소스라치게 위태한 절벽 가를 내닫는지도 모른다.

이 아이는 내처 날개가 돋혀
꽃잠자리 저자를 선 하늘로 도는지도 모른다.

(이 아이가 내 무릎 우에 누운 것이 아니라)

새와 꽃, 인형 납병정 기관차들을 거느리고
모래밭과 바다, 달과 별 사이로
다리 긴 왕자처럼 다니는 것이려니,

(나도 일찍이, 점두록 흐르는 강가에
이 아이를 뜻도 아니한 시름에 겨워
풀피리만 찢은 일이 있다)

이 아이의 비단결 숨소리를 보라.
이 아이의 씩씩하고도 보드라운 모습을 보라.

이 아이 입술에 깃들인 박꽃 웃음을 보라.

(나는, 쌀, 돈 셈, 지붕 샐 것이 문득 마음 키인다)

반딧불 하릿하게 날고
지렁이 기름불만치 우는 밤,
모아드는 훗훗한 바람에
슬프지도 않은 태극선 자루가 나부끼다.

太極扇¹

이 아이는 고무뿔²을 따러
힌山羊이 서로 부르는 푸른 잔디 우로 달리는지도 모른다.

이 아이는 범나비 뒤를 그리여
소소라치게 위태한 절벽 갓을 내닷는지도 모른다.

이 아이는 내처 날개가 돋혀
꽃잠자리 제자를 슨 하늘³로 도는지도 모른다.

(이 아이가 내 무릎 우에 누은것이 아니라)

새와 꽃, 인형 납병정 기관차들을 거나리고
모래밭과 바다, 달과 별사이로
다리 긴 王子처럼 다니는것이려니,

(나도 일즉이, 점두록⁴ 흐르는 강가에
이 아이를 뜻도 아니한 시름에 겨워
풀피리만 찟은일이 있다)

---

1 《조선지광》(70호, 1927. 8, 21~22쪽)에 발표됨. 원문의 제목이 "太極扇에 날니는 쉄"으로 되어 있었는데, 시집에 수록되면서 바꾸었다.
2 고무 공.
3 이 대목은 꽃잠자리가 마치 장을 선 것처럼 많이 모여 하늘에 떠 있음을 말한다. '저자(제자)'는 '시장거리'를 말함.
4 저물도록. 날이 저물 때까지.

이 아이의 비단결 숨소리를 보라.
이 아이의 씩씩하고도 보드라운 모습을 보라.
이 아이 입술에 깃드린 박꽃 웃음을 보라.

(나는, 쌀, 돈셈, 집웅샐것이 문득 마음 키인다⁵)

반디ㅅ불 하릿하게⁶ 날고
지렁이 기름불 만치 우는⁷ 밤,
모와 드는 훗훗한⁸ 바람에
슬프지도 않은 태극선 자루가 나붓기다.

──『정지용 시집』, 44~45쪽

---

5   마음 쓰이다. 마음 켕기다.
6   하릿하다. 조금 흐릿하다.
7   지렁이의 울음소리를 기름 불 타는 소리에 비유하고 있다. '찌 ──' 하는 지렁이의 울음소리가 마치 기름불
    타는 소리처럼 들리는 것이다.
8   훗훗하다. 약간 답답할 정도로 훈훈하게 덥다.

1부『정지용 시집』

太極扇에날니는꿈

이 아이 는 고무 쏠을 짤어
흰 山羊 이 서로 불으는 푸른 잔듸 우로 달니는 지도 몰은 다.

이 아이는 범나븨 뒤 를 그리여
소소라치게 위태한 절벽 갓 을 내닷는 지도 몰은 다.

이 아이는 내처 날개 가 도처
쏫잠자리 제자를 슨 한울 로 도는 지도 몰은 다.

(이 아이 가 내 무릅 우에 누운 것이 아니라)

새 와 쏫, 인형 납병정 기관차 들 을 거나리 고
모래 밧 과 바다, 달 과 별 사이 로
다리 긴 王子 처럼 다니는 것 이려 니,

(나 도 일즉이, 점두록 흘으는 강 가에서
이 아이 를 쯧 도 아니 한 시름 에 겨워
풀피리 만 씨즌 일 이 잇다)

이 아이 의 비단ㅅ결 숨ㅅ소리 를 보 라.
이 아이 의 씩씩 하고 도 부드라운 모습 을 보 라.
이 아이 입술 에 깃 드린 박쏫 우슴 을 보 라.

(나 는, 쌀, 돈셈, 집웅 샐 것이 문득 마음 키인 다)

반디ㅅ불 하릿 하게 날 고
지렁이 기름ㅅ불 만치 우는 밤,
모와 드는 훗훗한 바람 에
슬프 지도 안은 태극선 자루 가 나붓기 노니.

(1927. 6. 沃川)

—《조선지광》70호(1927. 8), 21~22쪽

카페 프란스

옮겨다 심은 종려나무 밑에
비뚜로 선 장명등,
카페 프란스에 가자.

이놈은 루바슈카
또 한 놈은 보헤미안 넥타이
뺏적 마른 놈이 앞장을 섰다.

밤비는 뱀눈처럼 가는데
페이브먼트에 흐느이는 불빛
카페 프란스에 가자.

이놈의 머리는 빛 두른 능금
또 한 놈의 심장은 벌레 먹은 장미
제비처럼 젖은 놈이 뛰어간다.

*

"오오 패롯(앵무) 서방! 굿 이브닝!"

"굿 이브닝!"(이 친구 어떠하시오?)

울금향 아가씨는 이 밤에도
경사 커튼 밑에서 조시는구려!

나는 자작의 아들도 아무것도 아니란다.
남달리 손이 희어서 슬프구나!

나는 나라도 집도 없단다.
대리석 테이블에 닿는 내 뺨이 슬프구나!

오오, 이국종 강아지야
내 발을 빨아 다오.
내 발을 빨아 다오.

카ᅄᅦ·ᅋ란스

옮겨다 심은 棕櫚나무[1] 밑에
빗두루 슨 장명등,[2]
카ᅄᅦ·ᅋ란스에 가쟈.

이놈은 루바쉬카[3]
또 한놈은 보헤미안 넥타이
뻣적 마른 놈이 압장을 섰다

밤비는 뱀눈 처럼 가는데[4]
페이브멘트에 흐늙이는 불빛[5]
카ᅄᅦ·ᅋ란스에 가쟈.

이 놈의 머리는 빗두른[6] 능금
또 한놈의 心臟은 벌레 먹은 薔薇[7]
제비처럼 젖은 놈이 뛰여 간다.

---

1 종려나무. 야자과에 속하는 상록 교목.
2 장명등(長明燈). 문밖이나 처마 끝에 달아 두고 밤이 되면 켜는 유리등이 비스듬하게 서 있는 모양.
3 러시아풍의 남성 의상. 품이 넉넉하고 옷깃을 세워 왼쪽 앞가슴에 단추로 여미도록 되어 있으며 허리를 끈으로 둘러매는 겉옷.
4 가늘다. 빗방울이 가늘게 떨어지는 모양을 말함.
5 흐느적이다. 불빛이 포장도로에 가늘게 비치면서 가볍게 흔들리는 모양.
6 빛 두른. 갓 익어 붉은 색깔이 도는. 여기에서는 무언가 조금 아는 것이 있지만 설익은 지식뿐이라는 자조적 표현을 쓰고 있다. 《학조(學潮)》에는 '갓익은'이라고 표기되어 있는데 시집에 수록되면서 '빗두른'으로 고쳤다.
7 열정을 지녔으나 상심한.

*

「오오 패롯(鸚鵡) 서방! 꾿 이브닝!」[8]

「꾿 이브닝!」(이 친구 어떠하시오?)[9]

鬱金香 아가씨[10]는 이밤에도
更紗 커 ── 틴 밑에서 조시는구려!

나는 子爵의 아들도 아모것도 아니란다.
남달리 손이 히여서 슬프구나!

나는 나라도 집도 없단다.
大理石 테이블에 닷는 내뺨이 슬프구나!

오오, 異國種강아지야[11]
내발을 빨어다오.[12]

8 카페의 여급이 카페에 들어서는 시적 화자를 포함한 손님들에게 던지는 인사. "패롯 서방"은 두 손님 중 한 사람에게 여급이 붙여 놓은 별명으로 추측된다. 카페의 앵무새로 보기도 한다.
9 시적 화자와 카페에 들어선 친구가 카페의 여급에게 함께 던진 인사. 앵무새가 따라하는 소리를 나타낸 것으로 설명하는 학자도 있다.
10 '패롯 서방'이 손님의 별명인 것과 마찬가지로, '울금향 아가씨'도 카페 여급의 별명이라고 할 수 있다.
11 카페의 일본인 여급을 지칭함.
12 육체적인 위안 또는 위무(慰撫)를 암시하는 말. 《학조》의 원문은 "오오. 異國種 강아지 야/ 내 발을 할터다오./ 내 발을 할터다오."였는데, 이를 시집에서는 "오오, 異國種강아지 야/ 내 발을 빨어다오./ 내 발을 빨어다오."로 바꾸었다.

내발을 빨어다오.

—『정지용 시집』, 46~47쪽

카페 ─ · 프란스

A

옴겨다 심은 棕櫚나무 미테
빗두루 슨 장명등.
카페 ─ · 프란쓰 에 가자.

이 놈은 루파스카.
쏘 한놈은 보헤미안 네ㄱ타이.
쌧적 마른놈이 압장을 섯다.

밤ㅅ비는 배ㅁ눈 처럼 가는데
페이브메ㄴ트 에 흐늑이는 불빗.
카페 ─ · 프란쓰 에 가자.

이 놈의 머리는 갓익은 능금.
쏘 한놈의 心臟은 벌레먹은 薔薇.
제비 처름 저진 놈이 쮜여간다.

B

「오 ─ 파로트(鸚鵡)서방! 굿 이부닝!」

「이부닝!」

─ 이 친구. 엇더 하시오? ─

추립브(鬱金香)아가씨 는
이밤 에도
更紗 커―튼 미테서 조시는 구려.

나 는 子爵의아들 도 아무것도 아니란다.
남달니 손 이 희여서 슯흐구나.

나 는 나라도 집도 업단다.
大理石 테이불 에 닷는
내 쌔ㅁ이 슯흐구나.

오오. 異國種 강아지 야
내 발을 할터다오.
내 발을 할터다오.

―《학조(學潮)》1호(1926. 6), 89~90쪽

슬픈 인상화

수박 냄새 품어 오는
첫여름의 저녁때……

먼 해안 쪽
길 옆 나무에 늘어선
전등. 전등.
헤엄쳐 나온 듯이 깜박거리고 빛나노나.

침울하게 울려오는
축항의 기적 소리…… 기적 소리……
이국 정조로 펴덕이는
세관의 깃발. 깃발.

시멘트 깐 인도 측으로 사뭇사뭇 옮기는
하이얀 양장의 점경!

그는 흘러가는 실심한 풍경이어니……
부질없이 오랑쥬 껍질 씹는 시름……

아아, 애시리(愛施利) · 황(黃)!
그대는 상해로 가는구료……

슬픈 印像畵

원문 1

수박냄새 품어 오는
첫녀름의 저녁 때……

먼 海岸 쪽
길옆나무에 느러 슨
電燈. 電燈.
헤엄처 나온듯이 깜박어리고 빛나노나.

沈鬱하게 울려 오는
築港의 汽笛소리…… 汽笛소리……
異國情調로 퍼덕이는
稅關의 旗ㅅ발. 旗ㅅ발.

세멘트 깐 人道側으로 사폿 사폿[1] 옴기는
하이한 洋裝의 點景!

그는 흘러가는 失心한 風景이여니……
부즐없이 오랑쥬 껍질 씹는 시름……

아아, 愛利施 · 黃!
그대는 上海로 가는구려……

—『정지용 시집』, 48~49쪽

---

1   발을 살짝 가볍고도 급하게 내딛는 모양이나 소리.

슬픈 印象畵

수박 내ㅁ새 품어오는
후주군 한 첫녀름의 저녁째

머 — ㄴ 海岸 쪽
포풀아 — 늘어슨 큰기ㄹ로
　　　電 — 燈. — 電 — 燈.
　　　電 — 燈. — 電 — 燈.
혜염처 나온것 처름
흐늑이며 쌈박어리는 구나.

침울 하게 울녀오는
築港의 汽笛소리 ● ● ● 汽笛소리 ● ● ●
異國情調 로 퍼덕이는
稅關의
　　　旗ㅅ발.
　　　旗ㅅ발
세메ㄴㅌ 깐 人道側 으로
사폿 사폿 옴겨가는 하이얀 洋裝의 點景.
그는 흘너가는 失心한 風景이여니.
부질업시 오레ㄴ지 껍질을 씹는 슯흠이여니.

아아. 愛利施 · 黃!
그대는 上海로 가는구료……

—《학조》1호(1926. 6), 90쪽

조약돌

조약돌 도글도글……
그는 나의 혼의 조각이러뇨.

앓는 피에로의 설움과
첫길에 고달픈
청제비의 푸념 겨운 지줄댐과,
꾀집어 아직 붉어 오르는
피에 맺혀,
비 날리는 이국 거리를
탄식하며 헤매노나.

조약돌 도글도글……
그는 나의 혼의 조각이러뇨.

조약돌

조약돌 도글 도글[1]......
그는 나의 魂의 조각 이러뇨.

알는[2] 피에로의 설음과
첫길에 고달픈
靑제비의 푸념 겨운 지줄댐과,
꾀집어[3] 아즉 붉어 오르는
피에 맺혀,
비날리는 異國거리를
嘆息하며 헤매노나.

조약돌 도글 도글......
그는 나의 魂의 조각 이러뇨.

—『정지용 시집』, 50쪽

---

1 작고 무거운 것이 굴러가는 모양.
2 앓다.
3 '꼬집다'의 방언.

조약돌

조약돌 도글 도글,,,,
그는 나의 魂의조각 이러뇨.

알는 픠에로의 서름과,
첫길에 고달핀
靑제비의 푸념겨운 지즐댐과,
쬐집어 아즉 붉어 오르는
피에 매치여,
비날니는 異國거리를
嘆息하며 헤매노나.

조약돌 도글 도글,,,,
그는 나의 魂의조각 이여니.

—《동방평론》4호(1932. 7), 178쪽

피리

자네는 인어를 잡아
아씨를 삼을 수 있나?

달이 이리 창백한 밤엔
따뜻한 바닷속에 여행도 하려니.

자네는 유리 같은 유령이 되어
뼈만 앙상하게 보일 수 있나?

달이 이리 창백한 밤엔
풍선을 잡아타고
화분 날리는 하늘로 둥둥 떠오르기도 하려니.

아무도 없는 나무 그늘 속에서
피리와 단둘이 이야기하노니.

피리

자네는 人魚를 잡아
아씨를 삼을수 있나?

달이 이리 蒼白한 밤엔
따뜻한 바다속에 旅行도 하려니.

자네는 琉璃같은 幽靈이되여
뼈만 앙사하게[1] 보일수 있나?

달이 이리 蒼白한 밤엔
風船을 잡어타고
花粉날리는 하늘로 둥 둥 떠오르기도 하려니.

아모도 없는 나무 그늘 속에서
피리와 단둘이 이야기 하노니.

—『정지용 시집』, 51쪽

---

1 앙상하다.

피리

자네는 人魚를 잡어
아씨를 삼을수 잇나?

달이 이리 蒼白한 밤엔
따듯한 바다속에 旅行도 하려니.

자네는 琉璃가튼 幽靈이 되여
뼈만 앙사하게 보일수 잇나?

달이 이리 蒼白한 밤엔
風船을 잡어타고
花粉날니는 한울로 둥 둥 떠올으기도 하려니.

아모도 업는 나무그늘 속에서
피리 와 단둘이 이약이 하노니.

—《시문학》 2호(1930. 5), 6~7쪽

다알리아

가을볕 째앵하게
내려쪼이는 잔디밭.

함빡 피어난 다알리아.
한낮에 함빡 핀 다알리아.

시약시야, 네 살빛도
익을 대로 익었구나.

젖가슴과 부끄럼성이
익을 대로 익었구나.

시약시야, 순하디순하여 다오.
암사슴처럼 뛰어다녀 보아라.

물오리 떠돌아다니는
흰 못물 같은 하늘 밑에,

함빡 피어 나온 다알리아.
피다 못해 터져 나오는 다알리아.

따알리아

가을 볕 째앵 하게
내려 쪼이는 잔디밭.

함빡 피여난 따알리아.
한낮에 함빡 핀 따알리아.

시약시야,[1] 네 살빛도
익을 대로 익었구나.

젖가슴과 붓그럼성[2]이
익을 대로 익었구나.

시약시야, 순하디 순하여 다오.
암사심[3]처럼 뛰여 다녀 보아라.

물오리 떠 돌아 다니는
흰 못물 같은 하눌 밑에,

함빡 피여 나온 따알리아.
피다 못해 터저 나오는 따알리아.

—『정지용 시집』, 52~53쪽

---

1   《신민》의 원문은 모두 "기집아이야"로 적혀 있었는데, 《시문학》에 재수록되면서 "시약시야"로 고쳐졌다.
2   부끄럼을 타는 듯한 숫된 모습 또는 성질.
3   암사슴.

Dahlia

가을 볏 째앵 하게
내려 쏘이는 잔디밧.

함쌕 픠여난 짜알리아.
한나제 함쌕 픤 짜알리아.

시약씨 야, 네 살빗 도
익을 째로 익엇 구나.

젓가슴 과 북그럼성 이
익을 째로 익엇 구나.

시약씨 야, 순하디 순하여 다오.
암사심 처럼 쒸여 다녀 보아라.

물오리 써 돌아다니는
힌 못물 가튼 한울 미테,

함쌕 픠여 나온 짜알리아.
픠다 못해 터저 나오는 짜알리아.

─《시문학》1호(1930. 3) 15~16쪽

Dahlia

가을 볏 째 ─ ㅇ 하게
내려 쬬이는 잔듸 밧.

함쌕 픠여난 짜알리아.
한나제 함쌕 핀 짜알리아.

기집아이 야, 네 살빗 도
익을 대로 익엇 구나.

젓가슴 과 북그럼성 이
익을 대로 익엇 구나.

기집아이 야, 순하듸 순하여 다오
암사슴 처럼 쒸여다녀 보아라.

물오리 써 돌아다니는
흰 못물 가튼 한울 미테

함쌕 픠여나온 짜알리아.
픠다 못해 터저 나오는 짜알리아.

─ (一九二四·十一月·京都植物園에서) ─

─《신민》19호(1926. 11), 70~71쪽

홍춘

춘나무 꽃 피 뱉은 듯 붉게 타고
더딘 봄날 반은 기울어
물방아 시름없이 돌아간다.

어린아이들 제춤에 뜻 없는 노래를 부르고
솜병아리 양지 쪽에 모이를 가리고 있다.

아지랑이 조름 조는 마을길에 고달퍼
아름아름 알아질 일도 몰라서
여윈 볼만 만지고 돌아오노니.

紅椿

椿나무 꽃¹ 피뱉은 듯 붉게 타고
더딘 봄날² 반은 기울어
물방아 시름없이 돌아간다.

어린아이들 제춤³에 뜻없는 노래를 부르고
솜병아리⁴ 양지쪽에 모이를 가리고 있다.

아지랑이 졸음조는 마을길에 고달펴
아름 아름 알어질 일⁵도 몰라서
여읜 볼만 만지고 돌아 오노니.

—『정지용 시집』, 54쪽

---

1 동백꽃. 일본에서는 동백을 '쓰바키〔椿〕'라고 한다.
2 해가 길어진 봄날.
3 제풀에. 남이 시키지 않고 제 힘으로.
4 알에서 깐 지 얼마 되지 않는 어린 병아리. 그 털이 솜과 같이 보드러움.
5 "아름 아름 알어질 일"이란 '서서히 이리저리 살펴 몸에 익어 알 수 있게 되는 일'이라는 뜻.

紅椿

椿나무 꼿 피배튼 듯 붉게 타고
더듼 봄날 반은 기울어
물방아 시름업시 돌아간다.

어린아이들 제춤에 뜻업는 노래를 불으고
솜병아리 양지쪽에 모이를 가리고잇다.

아지랑이 조름조는 마을길에 고달펴
아름 아름 알어질 일도 몰라서
여윈 볼만 만지고 돌아오노니.

—《시문학》2호(1930. 5), 10쪽

紅椿

椿나무 솟 피배튼 듯 붉게 타고
더된 봄날 반은 기울어
물방아 시름업시 돌아 가는구나.

어린아이들 제춤에 씃업는 노래를 부르고
솜병아리 양지쪽에 모이를 가리고 잇다.

아지랑이 조름조는 마을길에 고달펴
아름 아름 알어질 일도 몰라서
여윈 볼만 만지고 돌아오노니.

— (一九二四·四月·鴨川上流에서) —

—《신민》19호(1926. 11), 71쪽

저녁 햇살

불 피어오르듯 하는 술
한숨에 키어도 아아 배고파라.

수줍은 듯 놓인 유리컵
바작바작 씹는대도 배고프리.

네 눈은 고만스런 흑단추.
네 입술은 서운한 가을철 수박 한 점.

빨아도 빨아도 배고프리.

술집 창문에 붉은 저녁 햇살
연연하게 탄다, 아아 배고파라.

저녁 해ㅅ살

불 피여오르듯하는 술
한숨에 키여도[1] 아아 배곺아라.

수저븐[2] 듯 노힌 유리 컵
바쟉 바쟉[3] 씹는대도 배곺으리.

네 눈은 高慢스런[4] 黑단초.[5]
네입술은 서운한 가을철 수박 한점.

빨어도 빨어도 배곺으리.

술집 창문에 붉은 저녁 해ㅅ살
연연하게[6] 탄다, 아아 배곺아라.

—『정지용 시집』, 55쪽

---

1   켜다. 술이나 물을 한꺼번에 많이 마시다.
2   수줍은.
3   바작바작.
4   고만하다. 교만(驕慢)스럽다. 젠체하고 뽐내며 방자하다.
5   흑단추. 제복에 다는 검정색 단추.
6   연연(娟娟)하다. 빛이 엷고 곱다.

저녁 햇살

불 피여오르듯하는 술
한숨에 키여도 아아 배곱하라.

수저븐듯 노힌 글라스 컵
바쟉 바쟉 씹는대도 배곱흐리.

네 눈은 高慢스런 黑단초.
네 입술은 서운한 가을철 수박 한점.

빨어도 빨어도 배곱하라.

술집 창문에 붉은 저녁해ㅅ살
연연하게 탄다, 아아 배곱하라.

(1926)

—《시문학》2호(1930. 5), 7~8쪽

벚나무 열매

웃입술에 그 벚나무 열매가 다 나았니?
그래 그 벚나무 열매가 지운 듯 스러졌니?
그끄제 밤에 늬가 참벌처럼 잉잉거리고 간 뒤로 —
불빛은 송홧가루 뻐운 듯 무리를 둘러쓰고
문풍지에 아름풋이 얼음 풀린 먼 여울이 떠는구나.
바람세는 연 사흘 두고 유달리도 미끄러워
한창때 삭신이 덧나기도 쉽단다.
외로운 섬 강화도로 떠날 임시 해서 —
웃입술에 그 벚나무 열매가 안 나아서 쓰겠니?
그래 그 벚나무 열매를 그대로 달고 가랴니?

뺏나무 열매

웃 입술에 그 뺏나무 열매[1]가 다 나섰니?[2]

그래 그 뺏나무 열매가 지운듯 스러졌니?[3]

그끄제 밤에 늬가 참버리처럼 닝닝거리고[4] 간뒤로 ──

불빛은 송화ㅅ가루 삐운듯[5] 무리를 둘러 쓰고[6]

문풍지에 아름푸시[7] 어름 풀린 먼 여울이 떠는구나.[8]

바람세[9]는 연사흘 두고 유달리도 밋그러워

한창때 삭신이 덧나기도[10] 쉬웁단다.

외로운 섬 강화도로 떠날 림시[11] 해서 ── [12]

웃 입술에 그 뺏나무 열매가 안나서서 쓰겠니?

그래 그 뺏나무 열매를 그대로 달고 가랴니?

──『정지용 시집』, 56쪽

1   입술에 난 부스럼을 비유적으로 표현한 말. 순종(脣腫).

2   낫다. 중부 지방 방언에서는 '나았니?'를 '나섰니?'로 말함.

3   스러지다. 형태나 모양이 점차 희미해지면서 없어지다.

4   참벌처럼 잉잉거리다. 마치 참벌이 잉잉거리는 것처럼 울며 떠나다.

5   삐우다. 씨를 빼다. '뿌리다'에 해당하는 충청도 지역의 방언. 여기에서는 '송홧가루 뿌린 듯 뿌연'으로 풀이
    한다.

6   무리를 둘러쓰다. 햇무리 달무리처럼, 해나 달의 주위에 빛의 굴절과 반사 작용에 의해 둥그렇게 하얀 테두
    리가 생기듯이, 불빛에 뿌연 테두리가 생김.

7   어렴풋이.

8   문풍지가 먼 여울의 어름을 풀어낸 바람에 떠는 것을 말함. 문풍지 떠는 것을 먼 여울이 떤다고 표현함으
    로써 특이한 시적 변용을 가능하게 함. 바로 뒤의 행에 '바람세'가 나타남.

9   바람의 강약. 풍세(風勢).

10   몸의 근육과 뼈마디에 탈이 나서 아프다.

11   임시(臨時). 때가 됨.

12   《조선지광》의 원문에는 "외로운 섬 강화도 로 비둘기 날어가 듯 써날 님시 해서"로 되어 있었는데, 시집에
    수록되면서 "외로운 섬 강화도로 떠날 림시 해서 ──"로 바뀌었다.

뺏나무열매
── (엇던 脣腫알른이 에 게 餞別하기 위한) ──

웃입술에 그 뺏나무 열매가 다 나섯니?

그래 그 뺏나무 열매가 지운듯 스러젓니?

그끄제 밤에 늬가 참버리처럼 닝닝거리고 간뒤로 ──

불빛은 松花ㅅ가루 삐운드시 무리를 둘러쓰고

문풍지에 아름푸시 어름풀린 먼 여울이 쩌는구나.

바람세는 연사흘두고 유달리도 밋그러워

한창때 삭신이 덧나기도 쉬웁단다.

외로운 섬 江華島로 비들기 나러가듯 떠날님시 해서

웃 입술에 그 뺏나무 열매가 안나서서 쓰게ㅅ니?

그래 그 뺏나무 열매를 그대로 달고 가랴니?

──《시문학》3호(1931. 10), 14~15쪽

쌧나무열매

To Sister P —

웃 입술 에 그 쌧나무 열매 가 다 나섯니?

그래 그 쌧나무 열매 가 지운 듯 슬어젓니?

그젓제 밤 에 늬가 참버리 처럼 닝닝거리고 간 뒤 로 —

불 비츤 송화 가루 쎄운 드시 무리를 둘 러 쓰고

문풍지 에 아름푸시 어름풀닌 먼 여울 이 써 는구나.

바람 세 는 연사흘 두고 유달니도 밋그러 워

한창 째 삭신 이 덧 나기 도 쉬웁 단다.

외로운 섬 강화도 로 비둘기 날어가 듯 써날 님시 해서

웃 입술에 그 쌧나무 열매 가 안나서서 쓰겟니?

그래 그 쌧나무 열매를 그 대로 달고가랴니?

—— 一九二七·三·京都 ——

——《조선지광》67호(1927. 5), 88쪽

엽서에 쓴 글

나비가 한 마리 날아 들어온 양하고
이 종잇장에 불빛을 돌려 대보시압.
제대로 한동안 파다거리오리다.
── 대수롭지도 않은 산 목숨과도 같이.
그러나 당신의 열적은 오라범 하나가
먼 데 가까운 데 가운데 불을 헤이며 헤이며
찬비에 함추름 적시고 왔소.
── 서럽지도 않은 이야기와도 같이.
누나, 검은 이 밤이 다 희도록
참한 뮤즈처럼 주무시압.
해발 이천 피트 산봉우리 우에서
이제 바람이 나려옵니다.

엽서에 쓴 글

나비가 한마리 날러 들어온 양 하고
이 종히ㅅ장에 불빛을 돌려대 보시압.[1]
제대로 한동안 파다거리 오리다.
── 대수롭지도 않은 산목숨과도 같이.
그러나 당신의 열적은[2] 오라범 하나가
먼데 갓가운데 가운데 불을 헤이며 헤이며
찬비에 함추름[3] 휙적시고 왔오.
── 스럽지도[4] 안은 이야기와도 같이.
누나, 검은 이밤이 다 희도록
참한 뮤 ─ 쓰처럼 쥬므시압.[5]
海拔 二千얘이트 산 봉오리 우에서
이제 바람이 나려 옵니다.

──『정지용 시집』, 57쪽

---

1 《조선지광》의 원문은 "이 종히ㅅ장 에 불비 츨 돌녀대 보시요."로 되어 있다.
2 열적다. 열없다. 성질이 묽고 째이지 못하다.
3 함초롬하다. 가지런하고 곱다. 여기에서는 '비에 젖어 모양이 가지런하고 차분해짐'을 뜻함.
4 스럽다. '서럽다'의 충청도 방언.
5 《조선지광》의 원문에는 "참 한 하나님 처럼 쥬므 십시요."로 되어 있다.

엽서에 쓴 글 원문 2

나븨 가 한 마리 날러들어 온 양 하고,
이 종히ㅅ장 에 불비 츨 돌녀대 보시요.
제대로 한 동안 파다거리 오리다.
── 대수롭지 도 안은 산목숨 과도 가치.
그러나 당신 의 넗적은 오라범 하나 가
먼데 각가운데 가운데 불 을 헤이며 헤이 며

찬 비에 함추름 휘적시 고 왓 소.
── 스럽지 도 안은 니야기 와도 가치
누나. 검은 이 밤 이 다 희 도록
참 한 하나님 처럼 쥬므 십시요.
海拔 二千 에이트 산 봉오리 우에서
이제 바람 이 내려 옵니다.

── 一九二七·三·京都 ──

──《조선지광》67호(1927. 5), 88~89쪽

선취

배 난간에 기대서서 회파람을 날리나니
새까만 등솔기에 팔월달 햇살이 따가워라.

금단추 다섯 개 달은 자랑스러움, 내처 시달픔.
아리랑조라도 찾아볼까, 그 전날 부르던,

아리랑조 그도 저도 다 잊었읍네, 인제는 버얼써,
금단추 다섯 개를 삐우고 가자, 파아란 바다 우에.

담배도 못 피우는, 수닭 같은 머언 사랑을
홀로 피우며 가노니, 늬긋늬긋 흔들 흔들리면서.

船醉

배난간에 기대 서서 회파람을 날리나니
새까만 등솔기[1]에 八月달 해ㅅ살이 따가워라.

金단초 다섯개 달은 자랑스러움, 내처 시달품.[2]
아리랑 쪼라도 찾어 볼가, 그전날 불으던,

아리랑 쪼 그도 저도 다 닛었읍네, 인제는 버얼서,
금단초 다섯개를 떼우고[3] 가쟈, 파아란 바다 우에.

담배도 못 피우는, 숫닭같은 머언 사랑을[4]
홀로 피우며 가노니, 늬긋 늬긋[5] 흔들 흔들리면서.

―『정지용 시집』, 58쪽

---

1   등솔. 옷의 뒷길을 맞붙여 꿰맨 솔기.
2   '시달프다'의 명사형. 시달(들)프다. 마음에 맞갖잖고(바로 들지 않고) 시들하다. 금단추를 다섯 개나 달고
     있는 제복을 입은 모습을 자랑스럽게 여기다가 이내(내처) 그런 생각이 마음에 들지 않고 시들해짐을 말함.
3   금단추 달린 제복을 자랑스럽게 여기다가 그런 마음이 시들해지자, 금단추를 떼어 내어서 바다 위에 뿌리고
     (떼우고) 가자고 말한다. 격식과 허울을 벗어던지자는 뜻으로도 해석할 수 있으며, 식민지 청년으로서 제
     복을 입고 있는 자신의 모습에 대한 자괴감을 암시하는 것으로 볼 수 있음.
4   뱃멀미에 취하여 얼빠진 모습을 수탉이 두리번거리며 허둥대는 모습에 비유함.
5   늬긋늬긋. 뱃멀미에 속이 메슥거리는 상태를 말함.

船醉

배난간 에 기대서서 회파람 을 날니나니
색싸만 등솔기 에 八月ㅅ달 혜ㅅ살이 짜가워라.

金단초 다섯개 달은 자랑스러움, 내처 시달품.
아리라랑 쏘 라도 차져 볼가, 그전날 불으던,

아리라랑 쏘 그도저도 다 니젓습네, 인제는 버얼서,
金단초 다섯개 를 쎄우고 가쟈, 파아란 바다 우에.

담배 도 못피우는, 숫닭 가튼 머언 사랑 을
홀로 피우며 가노니, 늬긋 늬긋 흔들 흔들 니면서.

—《시문학》1호(1930. 3), 18쪽

배 난간 에 기대 서서 회파람 을 날니 나니,
색감은 등솔기 에 팔월달 해쌀 이 짜가 워라.

금 단초 다섯 개 다른 자랑스러 움, 내처 시달 픔.
아리라랑 쏘 라도 차저 볼 까, 그 전 날 불으 던,

아리라랑 쏘 그도 저도 다 니짓 습네, 인제는 버얼서,
금단 초 다 섯 개 를 쎄우고 가자, 파아란 바다우 에.

담배도 못 먹고 온, 숫닭 가튼 머언 사랑 을
홀 로 피우며 가노니, 늬긋늬긋 흔들 흔들니 면서.

　　　　　　　── 一九二六·八·玄海灘우에서 ──

──《학조》2호(1927. 6), 78쪽

봄

윗가마귀 울며 날은 알로
허울한 돌기둥 넷이 서고
이끼 흔적 푸르른데
황혼이 붉게 물들다.

거북등 솟아오른 다리
길기도한 다리
바람이 수면에 옮기니
휘이 비껴 쏠리다.

봄

외ㅅ가마귀[1] 울며 나른 알로[2]
허울한[3] 돌기둥 넷이 스고,
이끼 흔적 푸르른데
黃昏이 붉게 물들다.

거북 등 솟아오른 다리
길기도한 다리,
바람이 水面에 옴기니
휘이 비껴 쏠리다.[4]

— 『정지용 시집』, 59쪽

---

1   혼자서 날아가는 가마귀. '외기러기'에서와 같은 의미의 '외-'가 붙어 있다.
2   아래로.
3   허울하다. 비어 있는 듯 허전하다.
4   바람이 불자 물결이 일어나면서 수면 위의 다리 그림자가 보이지 않음을 나타냄.

봄

외ㅅ가마귀 울며나른 알로 허울한 돌기동 넷이 스고
익기 흔적 푸르른데 黃昏이 붉게 물들다.

거북 등 소사오른 다리, 길기도한 다리
바람이 水面에 옴기니 휘이 빗겨 쏠리다.

—《동방평론》1호(1932. 4), 116쪽

슬픈 기차

우리들의 기차는 아지랑이 남실거리는 섬나라 봄날 왼하루를 익살스
런 마도로스 파이프로 피우며 간 단 다.
우리들의 기차는 느으릿 느으릿 유월 소 걸어가듯 간 단 다.

우리들의 기차는 노오란 배추꽃 비탈밭 새로
헐레벌떡거리며 지나 간 단 다.

나는 언제든지 슬프기는 슬프나마 마음만은 가벼워
나는 차창에 기댄 대로 휘파람이나 날리자.

먼 데 산이 군마(軍馬)처럼 뛰어오고 가까운 데 수풀이 바람처럼 불
려 가고
유리판을 펼친 듯, 세도나이가이〔瀬戸內海〕 퍼언한 물. 물. 물. 물.
손가락을 담그면 포돗빛이 들으렸다.
입술에 적시면 탄산수처럼 끓으렸다.
복스런 돛폭에 바람을 안고 뭇 배가 팽이처럼 밀려가 다 간,
나비가 되어 날아간다.

나는 차창에 기댄 대로 옥토끼처럼 고마운 잠이나 들자.
청만틀 깃자락에 마담·R의 고달픈 뺨이 붉으레 피었다, 고운 석탄불
처럼 이글거린다.

당치도 않은 어린아이 잠재기 노래를 부르심은 무슨 뜻이뇨?

잠들어라.
가여운 내 아들아.
잠들어라.

나는 아들이 아닌 것을, 웃수염 자리잡혀 가는, 어린 아들이 버얼써
아닌 것을.
나는 유리쪽에 갑갑한 입김을 비추어 내가 제일 좋아하는 이름이나
그시며 가 자.
나는 늬긋늬긋한 가슴을 밀감 쪽으로나 씻어내리자.

대수풀 울타리마다 요염한 관능과 같은 홍춘이 피맺혀 있다.
마당마다 솜병아리 털이 폭신폭신하고,
지붕마다 연기도 아니 뵈는 햇볕이 타고 있다.
오오, 개인 날씨야, 사랑과 같은 어질머리야, 어질머리야.

청만틀 깃 자락에 마담·R의 가여운 입술이 여태껏 떨고 있다.
누나다운 입술을 오늘이야 실컷 절하며 갚노라.
나는 언제든지 슬프기는 슬프나마,
오오, 나는 차보다 더 날아가려지는 아니 하련다.

슬픈 汽車

우리들의 汽車는 아지랑이 남실거리는 섬나라 봄날 왼하로¹를 익살스런 마드로스 파이프로 피우며 간 단 다.

우리들의 汽車는 느으릿 느으릿 유월소 걸어가듯 간 단 다.

우리들의 汽車는 노오란 배추꽃 비탈밭 새로
헐레벌덕어리며 지나 간 단 다.

나는 언제든지 슬프기는 슬프나마 마음만은 가벼워
나는 車窓에 기댄 대로 회파람이나 날리쟈.

먼 데 산이 軍馬처럼 뛰어오고 가까운 데 수풀이 바람처럼 불려 가고
유리판을 펼친듯, 瀬戸内海² 퍼언한³ 물. 물. 물. 물.
손까락을 담그면 葡萄빛이 들으렸다.
입술에 적시면 炭酸水처럼 끓으렸다.
복스런 돛폭에 바람을 안고 뭇배가 팽이 처럼 밀려가 다 간,
나비가 되여 날러간다.

나는 車窓에 기댄대로 옥토끼처럼 고마운 잠이나 들쟈.
青만틀⁴ 깃자락에 마담·R의 고달픈 뺨이 붉으레 피였다, 고은 石炭불처럼 이글 거린다.
당치도 않은 어린아이 잠재기 노래를 부르심은 무슨 뜻이뇨?

---

1 하루 종일.
2 일본 혼슈의 서부 지역과 규슈, 시코쿠에 둘러싸인 내해.
3 퍼언하다. 펀펀하다. 넓게 펼쳐지다.
4 푸른색의 망토.

잠 들어라.
가여운 내 아들아.
잠 들어라.

나는 아들이 아닌것을, 웃수염 자리 잡혀가는[5], 어린 아들이 버얼서 아닌것을.
나는 유리쪽에 가깝한 입김을 비추어 내가 제일 좋아하는 이름이나 그시며[6] 가 쟈.
나는 늬긋 늬긋한[7] 가슴을 蜜柑쪽으로나 씻어나리쟈.

대수풀 울타리마다 妖艶한 官能과 같은 紅椿[8]이 피맷혀 있다.
마당마다 솜병아리[9] 털이 폭신 폭신 하고,
집웅마다 연기도 아니뵈는 해ㅅ별이 타고 있다.
오오, 개인 날세야, 사랑과 같은 어질머리[10]야, 어질머리야.

靑만틀 깃자락에 마담·R의 가여운 입술이 여태껏 떨고 있다.
누나다운 입술을 오늘이야 싫것 절하며 갑노라.
나는 언제든지 슬프기는 슬프나마,
오오, 나는 차보다 더 날러 가쟈지는[11] 아니하랸다.

—『정지용 시집』, 60~62쪽

5   웃수염이 뚜렷하게 자란. 나이 든 청년임을 암시함.
6   긋다. '그시다'는 방언. 여기에서는 '글씨를 쓰다'의 뜻.
7   늬긋늬긋하다. 차멀미에 속이 메슥거리는 상태.
8   붉은 동백꽃.
9   알에서 깨어 나온 지 얼마 안 되는 어린 병아리.
10   어질병. 기차 멀미에 머리가 어질어질함.
11   빨리 가려 하지는. 여기서 '날러'는 기본형이 날다'가 아니라 '날래다'임.

슬픈 汽車

우리 들 의 기차는 아지랑이 남실거리는 섬나라 봄날 왼 하루를 익살스런 마드로스 파이프 로 피우며 간 단 다.

우리 들 의 기차는 느으릿 느으릿 유월소 걸어가 듯 걸어 간 단 다.

우리 들 의 기차는 노오란 배추 꽃 비탈밧 새 로 헐레벌덕어리 며 지나 간단 다.

나 는 언제 든지 슬프기는 슬프나 마 마음만은 가벼 워

나 는 차창 에 기댄 대 로 회파람 이나 날 니자.

먼 데 산이 軍馬 처럼 쒸여오 고 각가운데 수풀이 바람 처럼 불녀가 고,

유리판 을 펼친 듯, 瀨戶內海 퍼언 한 물. 물. 물. 물.

손가락 을 담그 면 葡萄 비치 들으렷 다.

입술에 적시 면 炭酸水 처럼 슬으렷 다.

복스런 돗폭에 바람 을 안 고 뭇 배 가 팽이 처럼 밀녀가 다 간,

나븨 가 되여 날러 간 다.

나 는 차창 에 기댄 대 로 옥톡기 처럼 고마운 잠 이나 들 자.

靑 만틀 깃 자락 에 매담 R의 고달핀 쌤이 붉으레 피여 잇다. 고흔 石炭불 처럼 익을거린다.

당치 도 안은 어린 아이 잠재기 노래 를 불음은 무삼 뜻이뇨?

　잠 들어 라.

　가여 운 내 아들 아.

　잠 들어 라.

나 는 아들 이 아닌것 을, 웃 수염 자리 잡혀가 는, 어린 아들이 버얼서 아닌것 을.

나 는 유리 쪽 에 각갑한 입김 을 비추어 내 가 제일 조하 하는 일음 이나 그시며 가 자.

나는 늬긋 늬긋 한 가슴 을 蜜柑 쪽으로 나 씨서 나리 자.

대수풀 울타리 마다 妖艶한 官能 과 가튼 紅椿 이 피매쳐 잇다.

마당 마다 솜병아리 털 이 폭신 폭신 하고,

집웅 마다 연기 도 안이 뵈는 해ㅅ벼치 타고 잇다.

오오. 개인 날세 야. 사랑 과 가튼 어질 머리야. 어질 머리야.

靑 만틀 깃 자락에 매담 R의 가여운 입술 이 여태ㅅ것 썰 고 잇다.

누나 다운 입술 을 오늘이야 실컷 절 하며 감 노라.

나 는 언제 든지 슬프기는 하나마,

오오, 나 는 차 보다 더 날러가랴 지는 안이 하랸 다.

— 一九二七·三·日本東海道線車中 —

—《조선지광》67호(1927. 5), 89~91쪽, '散文詩一篇' 이라는 표제 아래 발표됨

황마차

이제 마악 돌아 나가는 곳은 시계집 모퉁이, 낮에는 처마 끝에 달아맨 종달새란 놈이 도회 바람에 나이를 먹어 조금 연기 끼인 듯한 소리로 사람 흘러 내려가는 쪽으로 그저 지줄지줄거립데다.

그 고달픈 듯이 깜박깜박 졸고 있는 모양이 — 가여운 잠의 한 점이랄지요 — 부칠 데 없는 내 맘에 떠오릅니다. 쓰다듬어 주고 싶은, 쓰다듬을 받고 싶은 마음이올시다. 가엾은 내 그림자는 검은 상복처럼 지향 없이 흘러 내려갑니다. 촉촉이 젖은 리본 떨어진 낭만풍의 모자 밑에는 금붕어의 분류와 같은 밤경치가 흘러 내려갑니다. 길옆에 늘어선 어린 은행나무들은 이국 척후병의 걸음제로 조용히 흘러 내려갑니다.

　　슬픈 은안경이 흐릿하게
　　밤비는 옆으로 무지개를 그린다.

이따금 지나가는 늦은 전차가 끼이익 돌아 나가는 소리에 내 조고만 혼이 놀란 듯이 파다거리나이다. 가고 싶어 따뜻한 화롯가를 찾아가고 싶어. 좋아하는 코란경을 읽으면서 남경콩이나 까먹고 싶어, 그러나 나는 찾아 돌아갈 데가 있을라구요?

네거리 모퉁이에 썩썩 뽑아 올라간 붉은 벽돌집 탑에서는 거만스런 XII시가 피뢰침에게 위엄 있는 손가락을 치어들었소. 이제야 내 모가지가 쭐뺏 떨어질 듯도 하구려. 솔잎새 같은 모양새를 하고 걸어가는 나를 높다란 데서 굽어보는 것은 아주 재미있을 게지요. 마음 놓고 술 술 소변이라도 볼까요. 헬멧 쓴 야경순사가 필름처럼 쫓아오겠지요!

네거리 모퉁이 붉은 담벼락이 흠씩 젖었소. 슬픈 도회의 뺨이 젖었소. 마음은 열없이 사랑의 낙서를 하고 있소. 홀로 글썽글썽 눈물짓고 있는 것은 가엾은 소니야의 신세를 비추는 빨간 전등의 눈알이외다. 우리들의 그전날 밤은 이다지도 슬픈지요. 이다지도 외로운지요. 그러면 여기서 두 손을 가슴에 여미고 당신을 기다리고 있으릿가?

길이 아주 질어 터져서 뱀눈알 같은 것이 반작반작 어리고 있오. 구두가 어찌나 크던동 걸어가면서 졸림이 오십니다. 진흙에 착 붙어 버릴 듯 하오. 철없이 그리워 동그스레한 당신의 어깨가 그리워. 거기에 내 머리를 대이면 언제든지 머언 따뜻한 바다 울음이 들려오더니……

……아아, 아무리 기다려도 못 오실 이를……

기다려도 못 오실 이 때문에 졸리운 마음은 황마차를 부르노니, 회파람처럼 불려오는 황마차를 부르노니, 은으로 만들은 슬픔을 실은 원앙새털 깔은 황마차, 꼬옥 당신처럼 참한 황마차, 찰 찰찰 황마차를 기다리노니.

幌馬車

이제 마악 돌아 나가는 곳은 時計집 모통이, 낮에는 처마 끝에 달아맨 종달새란 놈이 都會바람에 나이를 먹어 조금 연기 끼인듯한 소리로 사람 흘러나려가는 쪽으로 그저 지줄 지줄거립데다.

그 고달픈 듯이 깜박 깜박 졸고 있는 모양이 ― 가여운 잠의 한점이랄지요 ― 부칠 데 없는 내맘에 떠오릅니다. 쓰다듬어 주고 싶은, 쓰다듬을 받고 싶은 마음이올시다. 가엾은 내그림자는 검은 喪服처럼 지향 없이 흘러나려 갑니다. 촉촉이 젖은 리본 떨어진 浪漫風의 帽子밑에는 金붕어의 奔流와 같은 밤경치가 흘러 나려 갑니다. 길옆에 늘어슨 어린 銀杏나무들은 異國斥候兵의 걸음제[1]로 조용 조용히 흘러 나려갑니다.

> 슬픈 銀眼鏡이 흐릿하게
> 밤비는 옆으로 무지개를 그린다.[2]

이따금 지나가는 늦인 電車가 끼이익 돌아나가는 소리에 내 조고만 魂이 놀란듯이 파다거리나이다. 가고 싶어 따뜻한 화로갚를 찾어가고싶어. 좋아하는 코 ― 란經을 읽으면서[3] 南京콩[4]이나 까먹고 싶어, 그러나 나는 찾어 돌아갈데가 있을라구요?

네거리 모통이에 씩 씩 뽑아 올라간 붉은 벽돌집 塔에서는 거만스런 XII時가 避

---

1 걸음새. 걸음걸이.
2 밤비가 불빛을 받으면서 비스듬히 떨어지는 모습.
3 《조선지광》의 원문에는 "조하 하는 馬太傳 五章 을 읽으면서"로 되어 있다.
4 땅콩.

雷針에게 위엄있는 손가락을 치여 들었소.[5] 이제야 내 목아지가 쭐 뺏 떨어질듯도 하구료. 솔닢새 같은 모양새를 하고 걸어가는 나를 높다란데서 굽어 보는것은 아주 재미 있을게지요. 마음 놓고 술 술 소변이라도 볼까요. 헬멜 쓴 夜警巡査가 애일림 처럼 쫓아오겠지요!

네거리 모통이 붉은 담벼락이 흠씩 젖었오. 슬픈 都會의 뺨이 젖었소. 마음은 열 없이 사랑의 落書를 하고있소. 홀로 글성 글성 눈물짓고 있는 것은 가엾은 소 — 니야의 신세를 비추는 빩안 電燈의 눈알이외다. 우리들의 그전날 밤은 이다지도 슬픈 지요. 이다지도 외로운지요. 그러면 여기서 두손을 가슴에 넘이고 당신을 기다리고 있으릿가?

길이 아조 질어 터져서[6] 뱀눈알 같은 것이 반쟉 반쟉 어리고 있오. 구두가 어찌 나 크던동[7] 거러가면서 졸님[8]이 오십니다. 진흙에 챡 붙어 버릴듯 하오. 철없이 그리워 동그스레한 당신의 어깨가 그리워. 거기에 내머리를 대이면 언제든지 머언 따듯한 바다울음이 들려 오더니……

……아아, 아모리 기다려도 못 오실니를……

기다려도 못 오실 니 때문에 졸리운 마음은 幌馬車[9]를 부르노니, 회파람처럼 불

---

5 첨탑의 시계가 밤 12시를 가리키고 있는 모습. 마치 시곗바늘이 피뢰침을 향해 손가락을 치켜들고 있는 것 처럼 보임.
6 길바닥이 몹시 질컥거리다.
7 크던지.
8 졸음.
9 여기서 '황마차'는 그리운 사람을 향한 마음을 상징적으로 표현함.

려오는 幌馬車를 부르노니, 銀으로 만들은 슬픔을 실은 鴛鴦새 털 깔은 幌馬車, 꼬옥 당신처럼 참한 幌馬車, 찰 찰찰 幌馬車를 기다리노니.

—『정지용 시집』, 63~65쪽

幌馬車

이제 마악 돌아 나가는 고 슨 時計집 모롱이, 나제 는 처마 쓰테 달어맨 종달새 란 놈이 都會바람에 나이 를 먹어 죽음 연기 씨인 듯 한 소리 로 사람 흘러 나려가는 쪽 으로 그저 지줄 지줄 거립데다.

그 고달핀 드시 깜박 깜박 졸고 잇는 모양 이 — 가여운 잠 의 한점 이랄지 요 — 부칠 데 업는 내맘 에 써 오릅니다. 씨다 들어 주고 시픈, 씨다듬 을 밧고 시픈 마음 이올시다. 가엽슨 내 그림자 는 검은 喪服 처럼 지향 업시 흘러 나려 갑니다. 촉 촉이 저즌 리본 썰어진 浪漫風 의 帽子 미테 는 金붕 어의 奔流 와 가튼 밤경치 가 흘 러 나려 갑니다. 길 여폐 늘어슨 어린 銀杏나무 들 은 異國斥候兵 의 거름제 로 조용 조용 히 흘러 나려 갑니다.

······슬픈 銀眼鏡 이 흐릿 하게
······밤비 는 여프 로 무지개 를 그린 다.

이짜금 지나가 는 느진 電車 가 끼이이익 돌아 나가는 소리 에 내 조고만 魂 이 놀난 드시 파다거리 나이다. 가고 시퍼 싸뜻 한 화로 가 슬 차저 가고 시퍼. 조하 하는 馬 太傳 五章 을 읽으면서 南京콩 이나 싸먹고 시퍼. 그러나 나 는 차저 돌아 갈데 가 잇 슬나구요?

네거리 모통이에 씩 씩 쑵아 올라 간 붉은 벽돌집 塔 에서는 거만스런 XII時 가 避雷 針 에게 위엄잇는 손가락 을 치여 들엇소. 이제야 내 목아지 가 쑬 쎗 떨어질 뜻도 하 구려. 솔닙새 가튼 모양새 를 하고 걸어 가는 나 를 놉다란 데서 굽어 보는 것 은 아 조 재미 잇슬 게지요. 마음 노코 술 술 소변 이라도 볼 가요. 헬메트 쓴 夜警巡査가 왜일림 처럼 쏘차 오겟지요!

네거리 모통이 붉은 담벼락 이 흠씩 저젓소. 슬픈 都會의 쌤이 저젓소. 마음 은 열업시 사랑 의 落書 를 하고 잇소. 홀로 글성 글성 눈물 짓고 잇는 것은 언제 보아도 가엽슨 쏘 — 니야 의 신세를 비추 는 쌀간 電燈 의 눈알 이외다. 우리들 의 그 전 날 밤 은 이다지 도 슬픈지요. 이다지도 외로운지요. 그러면 여게서 두 손 을 가슴 에 넘 이 고 당신 을 기달니 고 잇스릿가?

길 이 아조 질어 터져서 뱀 눈알 가튼 것이 반작 반작 어리고 잇소. 구쓰 가 엇지나 크던 동 거러가면서 졸님 이 옵니다. 진흙 에 착 부터 버릴 쯧 하오. 철 업시 그리워 동그스레 한 당신 의 억개가 그리워. 거기 에 내 머리 를 대이면 언제 든지 머언 짜쯧 한 바다 우름이 들녀 오더니 —

    ……아, 아모리 기달녀 도 못 오실 니 를!

기달녀 도 못 오실 니 째문 에 졸니운 마음 은 幌馬車 를 불으노니. 회파람 처럼 불녀 오는 幌馬車를 불으노니. 銀으로 만드른 슬픔 을 실른 鴛鴦새 털 깔은 幌馬車. 쓰 옥 당신 처럼 참한 幌馬車. 찰 찰찰 幌馬車 를 기달니 노니.

— 一九二五·十一月·京都 —

—《조선지광》68호(1927. 6), 22~23쪽

새빨간 기관차

느으릿 느으릿 한눈파는 겨를에
사랑이 수이 알아질까도 싶구나.
어린아이야, 달려가자.
두 뺨에 피어오른 어여쁜 불이
일찍 꺼져 버리면 어찌하자니?
줄달음질쳐 가자.
바람은 휘잉. 휘잉.
만틀 자락에 몸이 떠오를 듯.
눈보라는 풀. 풀.
붕어 새끼 꾀어내는 모이 같다.
어린아이야, 아무것도 모르는
새빨간 기관차처럼 달려가자!

새빩안 機關車

느으릿 느으릿 한눈 파는 겨를에
사랑이 수히[1] 알어질가도 싶구나.
어린아이야, 달려가쟈,
두뺨에 피여오른 어여쁜 불이
일즉 꺼저버리면 어찌 하쟈니?
줄 다름질 처 가쟈.
바람은 휘잉. 휘잉.
만틀 자락에 몸이 떠오를 듯.[2]
눈보라는 풀. 풀.
붕어새끼 꾀여내는 모이 같다.
어린아이야, 아무것도 모르는
새빩안 기관차 처럼 달려 가쟈!

— 『정지용 시집』, 66쪽

---

1   쉽게.
2   바람에 날리는 망토 자락에 휩싸여 몸이 떠오를 것 같음.

샛밝안 機關車

느리잇 느리잇 한눈파는 겨를 에
사랑이 수히 알아질가 도 십구나.
어린아이 야, 달녀가자.
두쌤 에 피여오른 어엽븐 불이
일즉 써저버리면 엇지 하자니?
줄 다름질 처 달녀가자.
바람 은 휘잉. 휘잉.
만틀 자락에 몸이 써오를 뜻.
눈보라 는 풀. 풀.
붕어색기 쇠어내는 모이 갓다.
어린아이 야, 아무것도 몰으는
샛밝안 기관차 처럼 달녀가자.

―― 一九二五·一月·京都 ――

――《조선지광》64호(1927. 2), 99쪽

밤

눈 머금은 구름 새로
흰 달이 흐르고,

처마에 서린 탱자나무가 흐르고,

외로운 촛불이, 물새의 보금자리가 흐르고……

표범 껍질에 호젓하이 싸이어
나는 이 밤, '적막한 홍수'를 누워 건너다.

밤

눈 머금은 구름 새로
흰달이 흐르고,

처마에 서린 탱자나무가 흐르고,[1]

외로운 촉불이, 물새의 보금자리가 흐르고⋯⋯

표범 껍질에 호젓하이 쌓이여
나는 이밤,「적막한 홍수」[2]를 누어 건늬다.

—『정지용 시집』, 67쪽

---

1 이 구절은 처마에까지 닿을 듯 자라난 탱자나무가 흐르는 달빛에 싸여 있는 모습을 그린 것으로 볼 수 있지
만, 달빛에 비친 탱자나무 그림자가 처마에 서리어 있는 모습을 말하는 것으로 보는 것이 시적 정황에 더 어
울린다.

2 여기서 '적막한 홍수'는 시의 1연부터 3연까지 "눈 머금은⋯⋯보금자리가 흐르고⋯⋯"에서 그려 낸 달빛에
흐르는 적막한 밤의 정경을 지칭한다.

밤

눈 먹음은 구름 새로
힌달이 흐르고,

처마에 서린 탱자나무가 흐르고,

외로운 촉불이, 물새의 보금자리가 흐르고……

표범 껍질에 호젓하이 싸이여
나는 이밤, 「적막한 홍수」를 누어 건늬다.

—《신생》(1932. 1), 40쪽

호수 1

얼굴 하나야
손바닥 둘로
폭 가리지만,

보고 싶은 마음
호수만 하니
눈 감을밖에.

湖水 1

얼골 하나 야
손바닥 둘 로
폭 가리지 만,

보고 싶은 마음
湖水 만 하니
눈 감을 밖에.

—『정지용 시집』, 68쪽

湖水

얼골 하나 야
손바닥 둘 로
폭 가리지 만,

보고 시픈 맘
湖水 만 하니
눈 감을 박게.

—《시문학》2호(1930. 5), 11쪽

호수 2

오리 모가지는
호수를 감는다.

오리 모가지는
자꾸 간지러워.

湖水 2

오리 목아지는
湖水를 감는다.[1]

오리 목아지는
자꼬 간지러워.

──『정지용 시집』, 69쪽

1 감다. 머리나 몸을 물에 담가 씻다.

湖水

오리 목아지 는
湖水 를 감는다.

오리 목아지 는
작고 간지러워.

—《시문학》2호(1930. 5), 11쪽

호면

손바닥을 울리는 소리
곱드랗게 건너간다.

그 뒤로 흰 게우가 미끄러진다.

湖面

손 바닥을 울리는 소리
곱드랗게 건너 간다.

그뒤로 힌게우[1]가 미끄러진다.

──『정지용 시집』, 70쪽

[1] 하얀 거위.

湖面

손 바닥을 울니 는 소리
곱드라 케 건너 간다.

그뒤로 힌게우 가 밋그러진다.

—— 一九二六·十月·京都 ——

——《조선지광》64호(1927. 2), 99쪽

겨울

빗방울 내리다 누뤼알로 구을러
한밤중 잉크빛 바다를 건너다.

겨을

비ㅅ방울 나리다 누뤼알¹로 구을러
한 밤중 잉크빛 바다를 건늬다.²

—『정지용 시집』, 71쪽

---

1   우박 알. 비가 내리다가 우박으로 변함.
2   《조선지광》의 원문은 '건닌다.'라는 현재형을 사용하였으나, 시집에서 '건늬다.'라는
    기본형으로 바뀌었다.

겨울

비ㅅ방울 나리다 우박알 노 구을너
한밤ㅅ중, 잉크ㅅ빗 바다를 건넌다.

—《조선지광》89호(1930. 1), 1쪽

달

선뜻! 뜨인 눈에 하나 차는 영창
달이 이제 밀물처럼 밀려오다.

미욱한 잠과 베개를 벗어나
부르는 이 없이 불려 나가다.

*

한밤에 홀로 보는 나의 마당은
호수같이 둥긋이 차고 넘치노나.

쪼그리고 앉은 한옆에 흰 돌도
이마가 유달리 함초롬 고와라.

연연턴 녹음(綠陰), 수묵색으로 짙은데
한창때 곤한 잠인 양 숨소리 설키도다.

비둘기는 무엇이 궁거워 구구 우느뇨,
오동나무 꽃이야 못 견디게 향그럽다.

달

선뜻! 뜨인 눈에 하나차는[1] 영창[2]
달이 이제 밀물처럼 밀려 오다.

미욱한[3] 잠과 벼개를 벗어나
부르는이 없이 불려 나가다.

*

한밤에 홀로 보는 나의 마당은
湖水같이 둥그시 차고 넘치노나.

쪼그리고 앉은 한옆에 힌돌도
이마가 유달리 함초롬[4] 곻아라.

연연턴[5] 綠陰, 水墨色으로 짙은데
한창때 곤한 잠인양 숨소리 설키도다.[6]

비듥이는 무엇이 궁거워[7] 구구 우느뇨,

---

1   하나 가득 차다.
2   영창(映窓). 방을 밝게 하기 위해 방과 마루 사이에 낸 두 쪽의 미닫이.
3   미욱하다. 어리석고 미련하다. 여기에서는 '잠에서 채 깨어나지 못한 상태'를 말함.
4   함초롬하다. 가지런하고 곱다.
5   연연(娟娟)하다. 빛이 엷고 곱다.
6   설키다. 전에 듣던 것과는 달리 고르지 못하고 거칠다.
7   궁겁다. 궁금하다.

梧桐나무 꽃이야 못견디게 香그럽다.

— 『정지용 시집』, 72~73쪽

달

선뜻! 뜨인 눈에 하나차는 영창
달이 이제 밀물처럼 밀려왓서라.

미욱한 잠과 벼개를 버서나
불으는이 없이 불려 나가다.

*

한밤에 홀로 보는 나의 마당은
湖水같이 둥그시 차고 넘치노나.

쪽으리고 앉은 한옆에 흰돌 도
이마가 유달니 함초롬 고화 라.

연연턴 綠陰, 水墨色으로 짙은데
한창때 곤한 잠인양 숨소리 설키도다.

비들기는 무엇이 궁거워 구구 우느뇨,
梧桐나무 꽃이야 못견듸게 좋긔롭어라.

—《신생》(1932. 6), 42쪽

절정

석벽에는
주사가 찍혀 있소.
이슬 같은 물이 흐르오.
나래 붉은 새가
위태한 데 앉아 따먹으오.
산포도 순이 지나갔소.
향그런 꽃뱀이
고원 꿈에 옴치고 있소.
거대한 주검 같은 장엄한 이마,
기후조가 첫 번 돌아오는 곳,
상현달이 사라지는 곳,
쌍무지개 다리 디디는 곳,
아래서 볼 때 오리온성좌와 키가 나란하오.
나는 이제 상상봉에 섰소.
별만 한 흰 꽃이 하늘대오.
민들레 같은 두 다리 간조롱해지오.
해 솟아오르는 동해 ——
바람에 향하는 먼 기폭처럼
뺨에 나부끼오.

絶頂

石壁에는
朱砂[1]가 찍혀 있오.
이슬같은 물이 흐르오.
나래 붉은 새가
위태한데 앉어 따먹으오.
山葡萄순이 지나갔오.
좁그런 꽃뱀이
高原꿈에 옴치고[2] 있오.
巨大한 죽엄 같은 莊嚴한 이마,
氣候鳥[3]가 첫번 돌아오는 곳,
上弦달이 살어지는[4] 곳,
쌍무지개 다리 드디는[5] 곳,
아래서 볼때 오리옹 星座와 키가 나란하오.
나는 이제 上上峰에 섰오.
별만한 흰꽃이 하늘대오.
밈들레[6] 같은 두다리 간조롱 해지오[7]
해솟아 오르는 東海 ――
바람에 향하는 먼 旗폭 처럼
뺨에 나붓기오.

―『정지용 시집』, 74~75쪽

---

1 주사(朱砂). 짙은 홍색의 광물이며 수은과 유황의 화합물.「발열」이라는 시에도 이 말이 등장한다.
2 옴치다. 옴츠리다.
3 철새.
4 사라지다. '상현(上弦)달'은 음력 7~8일경의 반달을 뜻함.
5 쌍무지개가 서는 곳.
6 민들레.
7 간조롱해지다. 가지런해지다.

絶頂

石壁에는
朱砂가 찍혀 잇소.
이실가튼 물이 흐르오.
나래붉은 새가
위태한데 안저 싸먹으오.
山葡萄순이 지나갓소.
香그런 꼿뱀이
高原쑴에 옴치고 잇소.
巨大한 죽엄가튼 莊嚴한 이마,
氣候鳥가 첫번 도라오는 곳,
上弦달이 사라지는 곳,
쌍무지개 다리 디디는 곳,
알에서 볼째 오리옹 星座와 키가 나란하오.
나는 이제 上上峰에 섯소.
별만한 힌꼿이 하늘대오.
민들레 가튼 두다리 간조롱 해지오.
해소사 오르는 東海 ──
바람에 향하는 먼 旗폭 처럼
쌤에 나붓기오.

──《학생(學生)》2권 9호(1930. 10), 22~23쪽

풍랑몽 1

당신께서 오신다니
당신은 어찌나 오시랴십니까.

끝없는 울음 바다를 안으올 때
포도빛 밤이 밀려오듯이,
그 모양으로 오시랴십니까.

당신께서 오신다니
당신은 어찌나 오시랴십니까.

물 건너 외딴섬, 은회색 거인이
바람 사나운 날, 덮쳐 오듯이,
그 모양으로 오시랴십니까.

당신께서 오신다니
당신은 어찌나 오시랴십니까.

창밖에는 참새 떼 눈초리 무거웁고
창안에는 시름겨워 턱을 고일 때,
은고리 같은 새벽달
붓그럼성스런 낯가림을 벗듯이,

그 모양으로 오시랴십니까.

외로운 졸음, 풍랑에 어리울 때
앞 포구에는 궂은비 자욱히 둘리고
행선 배 북이 웁니다, 북이 웁니다.

風浪夢 1

당신 께서 오신다니
당신은 어찌나 오시랴십니가.

끝없는 우름 바다를 안으올때
葡萄빛 밤이 밀려 오듯이,
그모양으로 오시랴십니가.

당신 께서 오신다니
당신은 어찌나 오시랴십니가.

물건너 외딴 섬, 銀灰色 巨人¹이
바람 사나운 날, 덮쳐 오듯이,
그모양으로 오시랴십니가.

당신 께서 오신다니
당신은 어찌나 오시랴십니가.

窓밖에는 참새떼 눈초리 무거웁고
窓안에는 시름겨워 턱을 고일때,
銀고리 같은 새벽달
붓그럼성 스런² 낯가림³을 벗듯이,
그모양으로 오시랴십니가.

---

1   '은회색의 거인'은 하얗게 물보라를 일으키며 외딴섬으로 몰려오는 거대한 파도를 의인화한 것임.
2   부끄럼성스럽다. 부끄럼을 타는 성질이 있어 보이다.
3   친하고 친하지 않음을 갈라봄. 전체 구절을 '부끄러움을 타는 듯한 낯가림'으로 이해할 수 있다.

외로운 조름, 風浪에 어리울때
앞 浦口에는 궂은비 자욱히 둘리고
行船배 북이 웁니다, 북이 웁니다.

──『정지용 시집』, 76~77쪽

風浪夢

당신 게서 오신 다니
당신 은 엇지나 오시랴 십니가.

싯 업는 우름, 바다 를 안으올 째
葡萄빗 밤 이 밀녀 오 드시,
그 모양으로 오시랴 십니가.

당신 게서 오신 다니
당신 은 엇지나 오시랴 십니가.

물 건너 외짠 섬, 銀灰色 巨人이
바람 사나운 날, 덥처 오 드시,
그 모양 으로 오시랴 십니가.

당신 게서 오신 다니
당신 은 엇지나 오시랴 십니가.

窓 박게 는 참새 째 눈초리 묵어웁 고
窓 안에 는 시름겨워 턱 을 고일 째,
銀고리 가튼 새벽 달
북그럼 성 스런 낫가림 을 벗드시,
그 모양 으로 오시랴 십니가.

괴로운 조름, 風浪 에 어리울 째
압 浦口 에는 구진 비 자욱히 둘니 고

203

行船배 북이 웁니다, 북이 웁니다.

——九二二·三月·麻浦下流玄石里 ——

——《조선지광》69호(1927. 7), 11~12쪽

풍랑몽 2

바람은 이렇게 몹시도 부읍는데
저 달 영원의 등화!
꺼질 법도 아니 하옵거니,
엊저녁 풍랑 우에 님 실려 보내고
아닌 밤중 무서운 꿈에 소스라처 깨옵니다.

風浪夢 2

바람은 이렇게 몹시도 부옵는데
저달 永遠의 燈火!
꺼질법도 아니하옵거니,
엇저녁 風浪우에 님 실려 보내고
아닌 밤중 무서운 꿈에 소스라처 깨옵니다.

—『정지용 시집』, 78쪽

바람은 부웁는데

바람은 이러케 몹시도 부웁는데
저달 永遠의 燈火
써질법도 아니하옵거니
아닌밤중 무서운꿈에 소스라처 깨옵니다.

──《시문학》3호(1931. 10), 15쪽

말 1

청대나무 뿌리를 우여어차! 잡아 뽑다가 궁둥이를 찧었네.

짠 조수물에 흠뻑 불리어 획획 내두르니 보랏빛으로 피어오른 하늘이 만만하게 비어진다.

채축에서 바다가 운다.

바다 우에 갈매기가 흩어진다.

오동나무 그늘에서 그리운 양 졸리운 양 한 내 형제 말님을 찾아갔지.

"형제여, 좋은 아침이오."

말님 눈동자에 엊저녁 초사흘 달이 하릿하게 돌아간다.

"형제여 뺨을 돌려 대소. 왕왕."

말님의 하이한 이빨에 바다가 시리다.

푸른 물들 듯한 어덕에 햇살이 자개처럼 반작거린다.

"형제여, 날세가 이리 휘양창 개인 날은 사랑이 부질없오라."

바다가 치마폭 잔주름을 잡아 온다.

"형제여, 내가 부끄러운 데를 싸매었으니

그대는 코를 불으라."

구름이 대리석 빛으로 퍼져 나간다.

채축이 번뜻 배암을 그린다.

"오호! 호! 호! 호! 호! 호! 호!"

말님의 앞발이 뒷발이요 뒷발이 앞발이라.
바다가 네 귀로 돈다.
쉿! 쉿! 쉿!
말님의 발이 여덟이요 열여섯이라.
바다가 이리 떼처럼 짖으며 온다.
쉿! 쉿! 쉿!
어깨 우로 넘어닫는 마파람이 휘파람을 불고
물에서 뭍에서 팔월이 퍼덕인다.

"형제여, 오오, 이 꼬리 긴 영웅이야!
날세가 이리 휘양창 개인 날은 곱슬머리가 자랑스럽소라!"

청대나무 뿌리를 우여어차! 잡아 뽑다가 궁둥이를 찌였네.

짠 조수물에 흠뻑 불리워 획 획 내둘으니 보라ㅅ빛으로 피여오른 하늘이 만만하게 비여진다.[1]

채축에서 바다가 운다.[2]

바다 우에 갈메기가 흩어진다.

오동나무 그늘에서 그리운 양 졸리운 양한 내 형제 말님을 찾어 갔지.

「형제여, 좋은 아침이오.」

말님 눈동자에 엇저녁 초사흘달이 하릿하게[3] 돌아간다.

「형제여 뺨을 돌려 대소. 왕왕.」[4]

말님의 하이한 이빨에 바다가 시리다.

푸른 물 들뜻한 어덕에 해ㅅ살이 자개처럼 반쟈거린다.

「형제여, 날세가 이리 휘양창 개인날은 사랑이 부질없오라.」

바다가 치마폭 잔주름을 잡어 온다.[5]

「형제여, 내가 부끄러운 데를 싸매였으니

그대는 코를 불으라.」

---

1 비어지다. 베어지다. 청대나무로 만든 채찍을 획 내두르니 허공을 가르는 모양이 마치 하늘을 베어 놓는 것처럼 보임.
2 채찍이 허공을 가르는 소리가 마치 바다가 우는 소리처럼 들린다.
3 '흐릿하다'의 작은 말.
4 이따금. 왕왕(往往). 말의 콧소리를 흉내 낸 말로 볼 수도 있음.
5 바다 위에 잔잔한 물결이 밀려오는 모양을 묘사함.

구름이 대리석 빛으로 퍼져 나간다.
채축이 번뜻 배암을 그린다.
「오호! 호! 호! 호! 호! 호!」

말님의 앞발이 뒤ㅅ발이오 뒤ㅅ발이 앞발이라.
바다가 네귀로 돈다.
쉿! 쉿! 쉿!
말님의 발이 여덟이오 열여섯이라.⁶
바다가 이리떼처럼 짓으며 온다.
쉿! 쉿! 쉿!
어깨우로 넘어닷는 마파람⁷이 휘파람을 불고
물에서 뭍에서 팔월이 퍼덕인다.⁸

「형제여, 오오, 이 꼬리 긴 英雄이야!
날세가 이리 휘양청 개인날은 곱슬머리가 자랑스럽소라!」

—『정지용 시집』, 79~81쪽

---

6 채찍을 휘두르자 말이 달리기 시작하는 모습을 그린 대목. 처음에는 말의 앞발과 뒷발이 서로 겹치는 것처럼 보이더니, 나중에는 여덟 개, 열여섯 개로 보일 정도로 빠르게 달린다. 바다가 네 귀퉁이로 빙빙 도는 것처럼 느껴진다. 바람 스치는 소리가 마치 이리떼가 짖으며 몰려드는 것처럼 들린다.
7 남쪽에서 불어오는 바람. 경풍(景風).
8 물에서는 8월의 바다가 출렁이고, 땅에서는 8월의 마파람이 불어온다.

말

청대나무 쑤리를 우여어차! 잡 어 쏩다가 궁둥이 를 찌엿 네
짠 조수물 에 흠쌕 불니워 휙 휙 내둘으니 보라ㅅ비 츠로 피여오른 한울 이 만만
하게 비여진 다.
채축 에서 바다 가 운 다.
바다 우에 갈메기 가 흐터진 다.

오동나무 그늘 에서 그리운 양 졸니운 양한 내 형뎨, 말님 을 차저 갓 지.
「형뎨 여, 조흔 아츰 이요」
말님 눈동자 에 엇저녁 초사흘 달 이 하릿하게 돌아 간 다.
「형뎨 여 쌤을 돌녀 대소. 왕왕」

말님 의 하이얀 이쌜에 바다 가 시리다.
푸른 물 을 쯧한 언덕 에 해쌀 이 자개처럼 반쟈거린 다.
「형뎨 여, 날세 가 이리 휘양창 개인날 은 사랑 이 부질업 소라」

바다 가 치마 폭 잔주름 을 잡어 온 다.
「형뎨 여, 내 가 붓그러운 데 를 싸매엿 스니
그대 는 코 를 불으라」

구름 이 대리석 비 츠로 퍼져 나간 다.
채축 이 번쯧 배암 을 그린 다.
「오호! 호! 호! 호! 호! 호」

말님 의 압발 이 뒤ㅅ발 이요 뒤ㅅ발 이 압발 이라.
바다 가 네귀 로 돌아 간다.

쉿! 쉿! 쉿!
말님 의 발 이 여덜 이요 열여섯 이라.
바다 가 이리 쎄 처럼 지스며 온 다.
쉿! 쉿! 쉿!
억개 우로 넘어닷는 마파람 이 휘파람 을 불 고
물 에서 무 체서 八月 이 퍼덕인 다.

「형데 여, 오오, 이 쇠리 긴 英雄 이야!
날세 가 이리 휘양창 개인날 은
곱슬머리 가 자랑스럽 소라」

(1·9·2·7·8)

—《조선지광》71호(1927. 9), 1~2쪽

말 2

까치가 앞서 날고,

말이 따라가고,

바람 소올 소올, 물소리 쫄 쫄 쫄,

유월 하늘이 동그라하다, 앞에는 퍼언한 벌,

아아, 사방이 우리나라로구나.

아아, 웃통 벗기 좋다, 회파람 불기 좋다. 채칙이 돈다, 돈다, 돈다, 돈다.

말아,

누가 났나? 늬를. 늬는 몰라.

말아,

누가 났나? 나를. 내도 몰라.

늬는 시골 듬에서

사람스런 숨소리를 숨기고 살고

내사 대처 한복판에서

말스런 숨소리를 숨기고 다 자랐다.

시골로나 대처로나 가나 오나

양친 못 보아 서럽더라.

말아,

멩아리 소리 쩌르렁! 하게 울어라,

슬픈 놋방울소리 맞춰 내 한마디 할라니.

해는 하늘 한복판, 금빛 해바라기가 돌아가고,

파랑콩 꽃타리 하늘대는 두둑 위로
머언 흰 바다가 치어드네.
말아,
가자, 가자니, 고대와 같은 나그넷길 떠나가자.
말은 간다.
까치가 따라온다.

말 2

까치가 앞서 날고,

말이 따러 가고,

바람 소올 소올, 물소리 쫄 쫄 쫄,

六月하늘이 동그라하다, 앞에는 퍼언한[1] 벌,

아아, 四方이 우리 나라 라구나.

아아, 우통[2] 벗기 좋다, 회파람 불기 좋다. 채칙이 돈다, 돈다, 돈다, 돈다.

말아,

누가 났나? 늬를. 늬는 몰라.

말아,

누가 났나? 나를. 내도 몰라.

늬는 시골 듬[3]에서

사람스런 숨소리를 숨기고 살고

내사 대처[4] 한복판에서

말스런 숨소리[5]를 숨기고 다 자랐다.

시골로나 대처로나 가나 오나

량친 몬보아[6] 스럽더라.[7]

말아,

멩아리[8] 소리 쩌르렁! 하게 울어라,

---

1   펀하다. 펀펀하다.
2   웃통. 윗도리에 입는 옷.
3   두메.
4   도회지.
5   말과 같은 동물의 야성적 기질.
6   못 보아.
7   스럽다. 서럽더라.
8   메아리.

슬픈 놋방울소리 마춰 내 한마디 할라니.
해는 하늘 한복판, 금빛 해바라기가 돌아가고,
파랑콩 꽃타리⁹ 하늘대는 두둑 위로
머언 힌 바다가 치여드네.¹⁰
말아,
가자, 가자니. 古代와 같은 나그내ㅅ길 떠나가자.
말은 간다.
까치가 따라온다.

──『정지용 시집』, 82~83쪽

---

9 꼬투리의 방언. 콩과 식물의 열매를 싸고 있는 껍질. 익으면 벌어져서 씨가 쏟아짐.
10 치어들다. 위로 드러나다.

바다 1

오 ● 오 ● 오 ● 오 ● 오 ● 소리치며 달려가니
오 ● 오 ● 오 ● 오 ● 오 ● 연달아서 몰아온다.

간밤에 잠 살포시
머언 뇌성이 울더니,

오늘 아침 바다는
포돗빛으로 부풀어졌다.

철썩, 처얼썩, 철썩, 처얼썩, 철썩,
제비 날아들 듯 물결 사이사이로 춤을 추어.

바다 1

오 ● 오 ● 오 ● 오 ● 오 ● 소리치며 달려 가니
오 ● 오 ● 오 ● 오 ● 오 ● 연달어서 몰아 온다.

간밤에 잠 살포시
머언 뇌성이 울더니,

오늘 아침 바다는
포도빛으로 부풀어졌다.

철석, 처얼석, 철석, 처얼석, 철석,
제비 날어 들듯 물결 새이새이로 춤을추어.

—『정지용 시집』, 84쪽

바다

오 ● 오 ● 오 ● 오 ● 오 ● 오 ● 소리치며 달녀가니
오 ● 오 ● 오 ● 오 ● 오 ● 오 ● 연달어서 몰아온다.

간밤에 잠설푸시 먼 ── ㄴ 뇌성이 울더니
오늘아츰 바다는 포도비츠로 부푸러젓다.

철석 ● 처얼석 ● 철석 ● 처얼석 ● 철석 ● 처얼석
제비날아들듯 물결 새이새이로 춤을추어

○

한백년 진흙속에 숨엇다 나온드시
긔처럼 녀프로 기여가 보노니
머 ── ㄴ 푸른 한울미트로 가이업는 모래밧.

○

외로운 마음이 한종일 두고

바다 를 불러 ──

바다 우로 밤이 걸어온다.

○

후주근한 물결소리 등에지고 홀로 돌아가노니
어데선지 그누구 썰어저 우름 우는듯 한기척,

돌아서서 보니 먼 燈臺가 쨘작 쨘작 깜박이고
갈메기쎄 씨루룩 씨루룩 비를불으며 날어간다.

우름우는 이는 燈臺도 아니고 갈메기도 아니고
어덴지 홀로 썰어진 이름도모를 스러움이 하나.

—一九二六·六·京都—

—《조선지광》64호(1927. 2), 98쪽

바다 2

한 백년 진흙 속에
숨었다 나온 듯이,

게처럼 옆으로
기어가 보노니,

머언 푸른 하늘 알로
가이없는 모래밭.

바다 2

한 백년 진흙 속에
숨었다 나온 듯이,

게처럼 옆으로
기여가 보노니,

머언 푸른 하늘 알로
가이 없는 모래 밭.

—『정지용 시집』, 85쪽

바다

한백년 진흙속에 숨엇다 나온드시
긔처럼 녀프로 기여가 보노니,
머 ― ㄴ 푸른 한울미트로 가이업는 모래밧.

—《조선지광》64호(1927. 2), 98쪽, 「바다」의 제2연

바다 3

외로운 마음이
한종일 두고

바다를 불러 ─

바다 우로
밤이
걸어온다.

바다 3

외로운 마음이
한종일 두고

바다를 불러 ―

바다 우로
밤이
걸어 온다.

―『정지용 시집』, 86쪽

바다

외로운 마음이 한종일 두고

바다 를 불러 ──

바다 우로 밤이 걸어온다.

──《조선지광》64호(1927. 2), 98쪽, 「바다」의 제3연

바다 4

후주근한 물결 소리 등에 지고 홀로 돌아가노니
어디선지 그 누구 쓰러져 울음 우는 듯한 기척,

돌아서서 보니 먼 등대가 반짝반짝 깜박이고
갈매기 떼 끼루룩끼루룩 비를 부르며 날아간다.

울음 우는 이는 등대도 아니고 갈매기도 아니고
어딘지 홀로 떨어진 이름 모를 서러움이 하나.

바다 4

후주근한 물결소리 등에 지고 홀로 돌아가노니
어데선지 그누구 씨러져[1] 울음 우는듯한 기척,

돌아 서서 보니 먼 燈臺가 반짝 반짝 깜박이고
갈메기떼 끼루룩 끼루룩 비를 부르며 날어간다.

울음 우는 이는 燈臺도 아니고 갈메기도 아니고
어덴지 홀로 떠러진 이름 모를 스러움[2]이 하나.

—『정지용 시집』, 87쪽

---

1   쓰러지다.
2   서러움.

후주근한 물결소리 등에지고 홀로 돌아가노니
어데선지 그누구 썰어저 우름 우는듯 한기척,

돌아서서 보니 먼 燈臺가 깜작 깜작 깜박이고
갈메기쎼 씨루룩 씨루룩 비를불으며 날어간다.

우름우는 이는 燈臺도 아니고 갈메기도 아니고
어덴지 홀로 썰어진 이름도모를 스러움이 하나.

— 一九二六·六·京都 —

—《조선지광》64호(1927. 2), 98쪽, 「바다」의 제4연

바다 5

바둑돌은
내 손아귀에 만져지는 것이
퍽은 좋은가 보아.

그러나 나는
푸른 바다 한복판에 던졌지.

바둑돌은
바다로 거꾸로 떨어지는 것이
퍽은 신기한가 보아.

당신도 인제는
나를 그만만 만지시고,
귀를 들어 팽개를 치십시오.

나라는 나도
바다로 거꾸로 떨어지는 것이,
퍽은 시원해요.

바둑돌의 마음과
이내 심사는
아아무도 모르지라요.

바다 5

바독 돌 은
내 손아귀에 만져지는것이
퍽은 좋은가 보아.

그러나 나는
푸른바다 한복판에 던졌지.

바독돌은
바다로 각구로[1] 떨어지는것이
퍽은 신기 한가 보아.

당신 도 인제는
나를 그만만 만지시고,
귀를 들어 팽개를 치십시요.

나 라는 나도
바다로 각구로 떨어지는 것이,
퍽은 시원 해요.

바독 돌의 마음과
이 내 심사는
아아무도 모르지라요.

—『정지용 시집』, 88~89쪽

---

1   거꾸로.

바다

바독 돌 은
내 손아귀 에 만저지는 것이,
픅은 조흔 가보아.

그러나 나 는
푸른 바다 한복판 에 던젓 지.

바둑 돌 은
바다 로 각구로 써러지는 것이,
픅은 신기 한가 보아.

당신 도 이제는
나 를 그만 만 만지시 고,
귀 를 들어 팽개 를 치십시요.

나 라는 나 도
바다 로 각구로 써러지는 것이,
픅은 시원 해요.

바독 돌 의 마음 과
이 내 심사 는,
아아무 도 몰으지라 요.

—— 一九二五·四·——

——《조선지광》65호(1927. 3), 14쪽

갈매기

돌아다보아야 언덕 하나 없다, 소나무 하나 떠는 풀잎 하나 없다.

해는 하늘 한복판에 백금 도가니처럼 끓고 똥그란 바다는 이제 팽이처럼 돌아간다.

갈매기야, 갈매기야, 늬는 고양이 소리를 하는구나.

고양이가 이런 데 살 리야 있나, 늬는 어데서 났니? 목이야 희기도 희다, 나래도 희다, 발톱이 깨끗하다, 뛰는 고기를 문다.

흰 물결이 치어들 때 푸른 물굽이 내려앉을 때,

갈매기야, 갈매기야, 아는 듯 모르는 듯 늬는 생겨났지?

내사 검은 밤비가 섬돌 우에 울 때 호롱불 앞에 났다더라.

내사 어머니도 있다, 아버지도 있다, 그이들은 머리가 희시다.

나는 허리가 가는 청년이라, 내 홀로 사모한 이도 있다, 대추나무 꽃 피는 동네다 두고 왔단다.

갈매기야, 갈매기야, 늬는 목으로 물결을 감는다, 발톱으로 민다.

물속을 든다, 솟는다, 떠돈다, 모로 날은다.

늬는 쌀을 아니 먹어도 사나? 내손이사 짓부풀어졌다.

수평선 우에 구름이 이상하다, 돛폭에 바람이 이상하다.

팔뚝을 끼고 눈을 감았다, 바다의 외로움이 검은 넥타이처럼 만져진다.

갈메기

돌아다 보아야 언덕 하나 없다, 솔나무 하나 떠는 풀잎 하나 없다.

해는 하늘 한 복판에 白金도가니처럼 끓고 똥그란 바다는 이제 팽이처럼 돌아간다.

갈메기야, 갈메기야, 늬는 고양이 소리를 하는구나.

고양이가 이런데 살리야 있나, 늬는 어데서 났니? 목이야 히기도 히다, 나래도 히다, 발톱이 깨끗하다, 뛰는 고기를 문다.

흰물결이 치여들때 푸른 물구비가 나려 앉을때,

갈메기야, 갈메기야, 아는듯 모르는듯 늬는 생겨났지?

내사 검은 밤ㅅ비가 섬돌우에 울때 호롱ㅅ불앞에 낫다더라.

내사 어머니도 있다, 아버지도 있다, 그이들은 머리가 히시다.

나는 허리가 가는 청년이라, 내홀로 사모한이도 있다, 대추나무 꽃 피는 동네다 두고 왔단다.

갈메기야, 갈메기야, 늬는 목으로 물결을 감는다, 발톱으로 민다.

물속을 든다,[1] 솟는다, 떠돈다, 모로 날은다.[2]

늬는 쌀을 아니 먹어도 사나? 내 손이사 짓부러졌다.

水平線우에 구름이 이상하다, 돛폭에 바람이 이상하다.

팔뚝을 끼고 눈을 감았다, 바다의 외로움이 검은 넥타이 처럼 많어진다.[3]

—『정지용 시집』, 90~91쪽

---

1 들다. 들어가다.

2 옆쪽으로 날다.

3 만져지다.

갈매기

돌아 보와 야 언덕 하나 업다. 솔나무 하나 써는 풀닙 하나 업 다.

해 는 한울 한 복판 에 白金독아니 처럼 슬코.

쏭그란 바다 는 이제 팽이 처럼 돌아 간다 갈메기 야. 갈메기 야. 늬 는 고양이 소
리 를 하는구나.

고양이 가 이런데 살니야 잇나. 늬 는 어데서 낫 니?

목 이야 희기도 희다, 나래 도 희다. 발톱 이 쌕긋 하다. 쒸는 고기 를 문다.

흰 물결 이 치여들 쌔 푸른 물ㅅ구비 가 나려 안질 쌔.

갈메기 야 갈메기 야. 아는 듯 몰으는듯 늬 는 생겨 낫 지?

내 사 검은 밤ㅅ비 가 섬ㅅ돌 우에 울 쌔 호롱ㅅ불 아페 낫다 더라?

내 사 어머니 도 잇다. 아버지 도 잇다. 그 이 들 은 머리 가 희시다.

나 는 허리 가 간은 청년 이라. 내 홀로 사모한 이 도 잇다.

대추나무 쏫 피는 동네 다 두고 왓 단 다.

갈메기 야. 갈메기 야. 늬 는 목 으로 물결 을 감는다. 발톱 으로 민다.

물속 을 든다. 솟는다. 써돈다. 모 로 날은다.

늬 는 쌀 을 아니 먹고사 나? 내 손 이야 짓 부푸러 젓다.

水平線 우에 구름 이 이상 하다. 돗폭 에 바람 이 이상 하다.

팔쑥 을 찌 고 눈 을 감엇 다. 바다 의 외로움 이 검은 넥타이 처럼 만저 진다.

———一九二七, 八——

———《조선지광》80호(1928. 9), 63~64쪽

해바라기 씨

해바라기 씨를 심자.
담모롱이 참새 눈 숨기고
해바라기 씨를 심자.

누나가 손으로 다지고 나면
바둑이가 앞발로 다지고
괭이가 꼬리로 다진다.

우리가 눈감고 한밤 자고 나면
이슬이 내려와 같이 자고 가고,

우리가 이웃에 간 동안에
햇빛이 입 맞추고 가고,

해바라기는 첫 시악시인데
사흘이 지나도 부끄러워
고개를 아니 든다.

가만히 엿보러 왔다가
소리를 꺅! 지르고 간 놈이 ─
오오, 사철나무 잎에 숨은
청개고리 고놈이다.

해바라기 씨

해바라기 씨를 심자.
담모롱이 참새 눈 숨기고
해바라기 씨를 심자.

누나가 손으로 다지고 나면
바둑이가 앞발로 다지고
괭이가 꼬리로 다진다.

우리가 눈감고 한밤 자고 나면
이실[1]이 나려와 가치 자고 가고,

우리가 이웃에 간 동안에
해ㅅ빛이 입마추고 가고,

해바라기는 첫시약시[2] 인데
사흘이 지나도 부끄러워
고개를아니 든다.

가만히 엿보러 왔다가
소리를 깩! 지르고 간놈이 ―
오오, 사철나무 잎에 숨은
청개고리 고놈 이다.

―『정지용 시집』, 94~95쪽

1   이슬.
2   새색시.

해바락이씨

해바락이 씨를 심 짜
담모롱이 참새 눈숨기고
해바락이 씨를 심 짜.

누나 가 손으로 다지고 나면
바둑이 는 압발로 다지고
광이 가 쇠리로 다진다.

우리가 눈감고 한밤 자고나면
이실이 나려와 가치 자고가고
우리가 이우세 간동안에
해ㅅ비치 입마추고 가고.

해바락이 는 첫시약씨 인데
사흘이 지나도 북그러워
고개를 아니 든다.

가만히 엿보러 왓다가
소리를 캑! 지르고 간 놈이 ─
오오 사철나무 니페 숨은
청개고리 고놈 이다.

(一九二五·三月)

─《신소년》5권 6호(1927. 6), 38~39쪽

지는 해

우리 오빠 가신 곳은
해님 지는 서해 건너
멀리멀리 가셨다네.
웬일인가 저 하늘이
핏빛보담 무섭구나!
난리 났나. 불이 났나.

지는 해

우리 옵바 가신 곳은
해님 지는 西海 건너
멀리 멀리 가섰다네.
웬일인가 저 하늘이
피ㅅ빛 보담 무섭구나!
날리[1] 났나. 불이 났나.

──『정지용 시집』, 96쪽

---

[1] 난리.

서쪽한울

우리 옵바 가신 고슨
해ㅅ님 지는 서해 건너
멀니 멀니 가섯 다네.
웬일 인가 저 하눌 이
피ㅅ빛 보담 무섭 구나!
날니 낫나. 불이 낫나.

—《학조》1호(1926. 6), 105쪽

띠

하늘 우에 사는 사람
머리에다 띠를 띠고,

이 땅 우에 사는 사람
허리에다 띠를 띠고,

땅속 나라 사는 사람
발목에다 띠를 띠네.

띠

하늘 우에 사는 사람
머리에다 띠를 띠고,[1]

이땅우에 사는 사람
허리에다 띠를 띠고,

땅속나라 사는 사람
발목에다 띠를 띠네.

—『정지용 시집』, 97쪽

---

1   감다. 두르다.

씌

하눌 우에 사는 사람
머리 에다 씌를 씌고.
이짱 우에 사는 사람
허리 에다 씌를 씌고.
짱속 나라 사는 사람
발목 에다 씌를 씌네.

산 너머 저쪽

산 너머 저쪽에는
누가 사나?

뻐꾸기 영 우에서
한나절 울음 운다.

산 너머 저쪽에는
누가 사나?

철나무 치는 소리만
서로 맞아 쩌 르 렁!

산 너머 저쪽에는
누가 사나?

늘 오던 바늘 장수도
이 봄 들며 아니 뵈네.

산넘어 저쪽

산넘어 저쪽 에는
누가 사나?

뻐꾹이 영우 에서
한나잘 울음 운다.

산너머 저쪽 에는
누가 사나?

철나무 치는 소리[1]만
서로 맞어 쩌 르 렁![2]

산너머 저쪽 에는
누가 사나?

늘 오던 바늘장수도
이봄 들며 아니 뵈네.

―『정지용 시집』, 98~99쪽

---

1 나무꾼이 제때 땔감을 만들기 위해 도끼로 나무를 찍어 내는 소리.
2 《신소년(新少年)》의 원문 "서로 바더 써 르 렁."이 《문예월간》에서부터 "서로 맞어 쩌 르 렁.'"으로 바뀌었다. 나무를 찍는 소리가 산골짜기에 메아리가 되어 쩌르렁 울려옴.

산넘어 저쪽

산너머 저쪽에는
누가 사나?

새쑥이 영우에서
한나잘 우름 운다.

산너머 저쪽에는
누가 사나?

철나무 치는 소리 만
서로마저 쩌르렁.

산너머 저쪽에는
누가 사나?

늘 오던 바늘장수도
이봄들며 아니뵈네.

—《문예월간(文藝月刊)》3호(1932. 1), 제목이 없이 '少女詩 二篇'이라는 부제로 발표

산넘어 저쪽

―童謠―

산넘어 저쪽 에는
누 가 사나?
쌥국이
고개 우 에서
한나잘 우름 운다.

산넘어 저쪽 에는
누 가 사나?
철나무
치는 소리 만
서로 바더 쩌 르 렁.

산넘어 저쪽 에는
누 가 사나?
늘 오던
바늘 장수 도
봄 들며 아니 뵈네.

― 1925 ―

―《신소년》5권 5호(1927. 5), 4~5쪽

홍시

어저께도 홍시 하나.
오늘에도 홍시 하나.

까마귀야. 까마귀야.
우리 남게 웨 앉았나.

우리 오빠 오시걸랑.
맛뵐라고 남겨 뒀다.

후락 딱 딱
훠이훠이!

홍시

어적게도[1] 홍시 하나.
오늘에도 홍시 하나.

까마귀야. 까마귀야.
우리 남게[2] 웨 앉었나.

우리 옵바 오시걸랑.
맛뵐라구 남겨 뒀다.

후락 딱 딱
훠이 훠이![3]

─『정지용시집』, 100쪽

---

1   어저께.
2   나무에.
3   《학조》 원문에서는 '후락. 싹싹. 훠이. 훠이.'로 행 구분이 없다.

감나무

어적 게도 홍시 하나.
오눌 에도 홍시 하나.
까마구 야. 까마구 야.
우리 남게 웨 안젓나.
우리 옵바 오시걸 랑.
맛뵈ㄹ 나구 남겨 두엇다.
후락. 싹싹. 훠이. 훠이.

—《학조》1호(1926. 6), 105~106쪽

무서운 시계

오빠가 가시고 난 방 안에
숯불이 박꽃처럼 새워 간다.

산모루 돌아가는 차, 목이 쉬어
이밤사 말고 비가 오시랴나?

망토 자락을 여미며 여미며
검은 유리만 내어다보시겠지!

오빠가 가시고 나신 방 안에
시계 소리 서마서마 무서워.

무서운 時計

옵바가 가시고 난 방안에
숫불이 박꽃처럼 새워간다.[1]

산모루[2] 돌아가는 차, 목이 쉬여
이밤사 말고 비가 오시랴나?

망토 자락을 녀미며[3] 녀미며
검은 유리만 내여다 보시겠지!

옵바가 가시고 나신 방안에
時計소리 서마 서마[4] 무서워.

—『정지용 시집』, 101쪽

---

1 사위어 가다. 불이 다 타서 재가 되다.
2 산모퉁이.
3 여미다.
4 조마조마하며 마음 졸이는 상태를 나타내는 시늉말.

옵바가시고

옵바가 가시고난 방안에
숫불이 박숯처럼 새워간다.

산모루 도라가는 차, 목이쉬여
이밤사 말고 비가 오시랴나?

망토 자락을 여미여 여미며
거믄 유리만 내어다 보시겟지!

옵바가 가시고 나신 방안에
時計소리 서마 서마 무서워.

—《문예월간》3호(1932. 1), 66쪽

삼월 삼짇날

중, 중, 때때 중,
우리 애기 까까머리.

삼월 삼짇날,
질나라비, 훨, 훨,
제비새끼, 훨, 훨,

쑥 뜯어다가
개피떡 만들어
호, 호, 잠들여 놓고
냠, 냠, 잘도 먹었다.

중, 중, 때때 중,
우리 애기 상제로 사갑소.

三月 삼질날

중, 중, 때때 중,
우리 애기 까까 머리.

삼월 삼질날,
질나라비,¹ 훨, 훨,
제비 새끼, 훨, 훨,

쑥 뜯어다가
개피 떡 만들어,
호, 호, 잠들여 놓고
냥, 냥, 잘도 먹었다.

중, 중, 때때 중,
우리 애기 상제²로 사갑소.

─『정지용 시집』, 102쪽

---

1 "질나래비, 훨, 훨"은 말귀를 갓 알아듣기 시작한 어린애에게 두 팔을 벌리고 날갯짓을 하라고 시키는 말.
2 상좌. 절간에 들어가 불도를 닦는 행자.

쌀레(人形)와 아주머니

싸ㄹ레와 작은 아주머니
앵도 나무 미테서
쑥 쯔더다가
쌔피썩 만들어

호. 호. 잠들여 노코
냥. 냥. 잘도먹엇다.

중. 중. 째째중.
우리 애기 상제 로 사갑소.

—《학조》1호(1926. 6), 106쪽

딸레

딸레와 쬐그만 아주머니,
앵두나무 밑에서
우리는 늘 셋 동무.

딸레는 잘못하다
눈이 멀어 나갔네.

눈먼 딸레 찾으러 갔다 오니
쬐그만 아주머니마저
누가 데려갔네.

방울 혼자 흔들다
나는 싫여 울었다.

딸레

딸레와 쬐그만 아주머니,
앵도 나무 밑에서
우리는 늘 셋동무.

딸레는 잘못 하다
눈이 멀어 나갔네.

눈먼 딸레 찾으러 갔다 오니
쬐그만 아주머니 마자
누가 다려 갔네.

방울 혼자 흔들다
나는 싫여 울었다.

—『정지용 시집』, 103쪽

쌀레(人形)와 아주머니

싸ㄹ레와 작은 아주머니
앵도 나무 미테서
쑥 쓰더다가
째피썩 만들어

호. 호. 잠들여 노코
냥. 냥. 잘도먹엇다.

중. 중. 째째중.
우리 애기 상제 로 사갑소.

—《학조》1호(1926. 6), 106쪽

산소

서낭 산골 시오리 뒤로 두고

어린 누이 산소를 묻고 왔소.

해마다 봄바람 불어를 오면,

나들이 간 집새 찾아 가라고

남먼히 피는 꽃을 심고 왔소.

산소

서낭산ㅅ골 시오리[1] 뒤로 두고

어린 누의 산소를 묻고 왔오.

해마다 봄ㅅ바람 불어를 오면,

나드리 간 집새[2] 찾어 가라고

남면히[3] 피는 꽃을 심고 왔오.

———『정지용 시집』, 104쪽

---

1   십 리에 오 리가 더한 거리.
2   집 주변에서 사는 새.
3   남면하다. '남면하다'의 충청도 방언. 남쪽으로 향하다.

산소
─ 童謠 ─

서낭산 골 시오리 뒤 로 두 고

어린 누의 산소 를 뭇 고 왓 소.

해 마다 봄ㅅ바람 불어 를 오면 ─

나드리 간 집 새 차저 가라 고

남 먼히 피 는 ᄭᅩᆺ츨 심 고 왓 소.

─《신소년》5권 3호(1927. 3), 46쪽

종달새

삼동내 ── 얼었다 나온 나를
종달새 지리 지리 지리리……

왜 저리 놀려 대누.

어머니 없이 자란 나를
종달새 지리 지리 지리리……

왜 저리 놀려 대누.

해바른 봄날 한종일 두고
모래톱에서 나 홀로 놀자.

종달새

삼동내 — 얼었다 나온 나를
종달새 지리 지리 지리리……

웨저리 놀려 대누.

어머니 없이 자란 나를
종달새 지리 지리 지리리……

웨저리 놀려 대누.

해바른[1] 봄날 한종일[2] 두고
모래톱에서 나홀로 놀자.

—『정지용 시집』, 105쪽

---

1 양지바른.
2 온종일. 하루 종일.

종달새

삼동 내 ── 어렷다 나온 나 를
종달새 지리 지리 지리리……

웨저리 놀녀 대누.

어머니 업시 자라난 나를
종달새 지리 지리 지리리……

웨저리 놀녀 대누.

해바른 봄날 한종일 두고
모래톱 에서 나홀로 놀자.

—《신소년》5권 3호(1927. 3), 2~3쪽

1부 『정지용 시집』

병

부엉이 울던 밤
누나의 이야기 —

파랑병을 깨치면
금시 파랑바다.

빨강병을 깨치면
금시 빨강바다.

뻐꾸기 울던 날
누나 시집갔네 —

파랑병을 깨트려
하늘 혼자 보고.

빨강병을 깨트려
하늘 혼자 보고.

병

부헝이 울든 밤
누나의 이야기 —

파랑병을 깨치면
금시 파랑바다.

빨강병을 깨치면
금시 빨강 바다.

뻐꾹이 울든 날
누나 시집 갔네 —

파랑병을 깨트려
하늘 혼자 보고.

빨강병을 깨트려
하늘 혼자 보고.

—『정지용 시집』, 106~107쪽

한울 혼자 보고

부에ㅇ이 우든밤
누나의 니애기 ―

파랑병 을 째면
금세 파랑 바다.

쌜강병을 째면
금세 쌜강 바다.

쌕국이 우든 날
누나 시집 갓네 ―

파랑병 째ㅅ들여
하눌 혼자 보고.

쌜강병 째ㅅ들여
하눌 혼자 보고.

―《학조》1호(1926. 6), 106쪽

할아버지

할아버지가
담뱃대를 물고
들에 나가시니,
궂은 날도
곱게 개이고,

할아버지가
도롱이를 입고
들에 나가시니,
가문 날도
비가 오시네.

할아버지

할아버지가
담배ㅅ대를 물고
들에 나가시니,
궂은 날도
곱게 개이고,

할아버지가
도롱이[1]를 입고
들에 나가시니,
가믄 날도
비가 오시네.[2]

—『정지용 시집』, 108쪽

1　짚이나 띠 같은 풀로 엮어서 어깨에 둘러 입는 비옷.
2　《신소년》의 원문에는 마지막 구절이 "가믄 날 도/ 비가 오시 고."로 되어 있지만, 시집에서 이를 "가믄 날도/
비가 오시네."로 고쳤다.

할아버지

하라버지 가
담배째 를 물고
들 에 나가 시니
구진 날 도
곱게 개이 고.

하라버지 가
도롱이 를 입고
들 에 나가 시니,
가믄 날 도
비가 오시 고.

—《신소년》5권 5호(1927. 5), 44쪽

말

말아, 다락같은 말아,
너는 점잖도 하다마는
너는 왜 그리 슬퍼 뵈니?
말아, 사람 편인 말아,
검정콩 푸렁콩을 주마.

*

이 말은 누가 난 줄도 모르고
밤이면 먼 데 달을 보며 잔다.

말

말아, 다락 같은[1] 말아,
너는 즘잔도 하다[2] 마는
너는 웨그리 슬퍼 뵈니?
말아, 사람 편인 말아,
검정 콩 푸렁 콩을 주마.

*

이말은 누가 난줄도 모르고
밤이면 먼 데 달을 보며 잔다.

—『정지용 시집』, 109쪽

---

1   다락같다. 덩치가 헌거롭게 크다. 이 시에서는 '다락'과 '같은'을 띄어쓰고 있어서 두 개의 단어로 보이지만,
'다락같다'(형용사)로 읽어야 한다.

2   점잖다.

말

── 마리- · 로- 란산¹ 에게 ──

말 아. 다락 가튼 말 이야.
너 는 즘잔 도 하다 마는
너 는 웨 그리 슬퍼 뵈니?
말 아, 사람 편 인 말 이야.
검정 콩 푸렁 콩 을 주마.

○

이 말 은 누 가 난줄 도 몰으 고
밤 이면 먼데 달 을 보며 잔다.

──《조선지광》69호(1927. 7), 11쪽

---

1   프랑스 여성 화가 마리 로랑생(Marie Laurencin, 1885~1956). 파리 출생. 툴루즈 로트레크와 마네의 작품에서 영향을 받았고, 브라크와 피카소 등과 알게 되면서 자기 자신의 화풍을 일군 것으로 알려져 있다. 시인 기욤 아폴리네르의 연인으로 유명하다.

산에서 온 새

새삼나무 싹이 튼 담 우에
산에서 온 새가 울음 운다.

산엣 새는 파랑치마 입고.
산엣 새는 빨강모자 쓰고.

눈에 아름아름 보고 지고.
발 벗고 간 누이 보고 지고.

따순 봄날 이른 아침부터
산에서 온 새가 울음 운다.

산에서 온 새

새삼나무 싹이 튼 담우에
산에서 온 새가 울음 운다.

산엣 새는 파랑치마 입고.
산엣 새는 빨강모자 쓰고.

눈에 아름 아름[1] 보고 지고.
발 벗고 간 누의 보고 지고.

따순 봄날 이른 아침 부터
산에서 온 새가 울음 운다.

—『정지용 시집』, 110쪽

1　아른아른. 《신소년》의 원문에는 "눈에 아린아린 보고 지고"로 되어 있다.

산에서 온 새

새삼넝쿨 싹이 튼 담우에
산에서 온 새가 우름운다.

산에ㅅ새는 파랑치마 입고.
산에ㅅ새는 밝앙모자 쓰고.

눈에 아린아린 보고 지고.
발벗고 간 누이 보고 지고.

짜신 봄날 이른아침 부터
산에서 온 새가 우름운다.

—《신소년》5권 6호(1927. 6), 37쪽

바람

바람.
바람.
바람.

늬는 내 귀가 좋으냐?
늬는 내 코가 좋으냐?
늬는 내 손이 좋으냐?

내사 왼통 빨개졌네.

내사 아무치도 않다.

호 호 칩어라 구보로!

바람

바람.
바람.
바람.

늬는 내 귀가 좋으냐?
늬는 내 코가 좋으냐?
늬는 내 손이 좋으냐?

내사[1] 왼통 빩애 졌네.

내사 아므치도[2] 않다.

호 호 칩어라[3] 구보[4]로!

—『정지용 시집』, 111쪽

---

1   '~사'는 '~야'의 뜻. 여기에서는 '나야'로 봄.
2   아무렇지도.
3   추워라.
4   구보(驅步). 달음질.

별똥

별똥 떨어진 곳,

마음해 두었다

다음 날 가 보려,

벼르다 벼르다

인젠 다 자랐소.

별똥

별똥 떠러진 곳,

마음해 두었다[1]

다음날 가보려,

벼르다 벼르다

인젠 다 자랐오.

—『정지용 시집』, 112쪽

---

1 마음속에 넣어 두다.

별쏭

별쏭 써러진 곳,
마음해 두엇다
다음날 가보려,
벼르다 벼르다
인젠 다 자랏소.

—《학생》 2권 9호(1930. 10), 23쪽

── 별똥 써러진 고슬 나는 꼭 밝는날 차저가랴고 하엿섯다. 별으다 별으다 나는 다 커버렷다. ──

──《학조》1호(1926. 6), 105쪽. '동요(童謠)'에 머리말처럼 써 놓은 글

기차

할머니
무엇이 그리 서러 우십나?
울며 울며
녹아도(鹿兒島)로 간다.

해어진 왜포 수건에
눈물이 함촉,
영! 눈에 어른거려
기대도 기대도
내 잠 못 들겠소.

내도 이가 아퍼서
고향 찾아가오.

배추꽃 노란 사월 바람을
기차는 간다고
악물며 악물며 달린다.

汽車

할머니
무엇이 그리 슬어[1] 우십나?
울며 울며
鹿兒島[2]로 간다.

해여진[3] 왜포[4] 수건에
눈물이 함촉,[5]
영! 눈에 어른거려
기대도 기대도[6]
내 잠못들겠소.

내도 이가 아퍼서
故鄕 찾어 가오.

배추꽃 노란 四月바람을
汽車는 간다고
악 물며 악물며 달린다.

──『정지용 시집』, 113~114쪽

---

1   서러워.
2   일본 규슈 지방의 지역. 가고시마.
3   해어지다. 닳아서 떨어지다.
4   광목(廣木). 무명 실로 짠 폭이 넓은 천.
5   함쪽. 정도가 꽉 차고도 남을 만큼 넘치게. 여기에서는 눈물이 흘러넘침을 말함.
6   기대다.

汽車

할머니
무엇이 그리 슬어 우십나?
울며 울며
鹿兒島로 간다.

해여진 왜포수건이
눈물이 함촉,
영! 눈에 어른거려
기대도 기대도
내 잠 못들겟소.

내도 이가 아퍼서
故鄕 차저 가오.

배추꼿 노란 四月바람을
汽車는 간다고
악물며 악 물며 달닌다.

—《동방평론》4호(1932. 7), 178~179쪽

고향

고향에 고향에 돌아와도
그리던 고향은 아니러뇨.

산꿩이 알을 품고
뻐꾸기 제철에 울건만,

마음은 제 고향 지니지 않고
머언 항구로 떠도는 구름.

오늘도 뫼 끝에 홀로 오르니
흰 점 꽃이 인정스레 웃고,

어린 시절에 불던 풀피리 소리 아니 나고
메마른 입술에 쓰디쓰다.

고향에 고향에 돌아와도
그리던 하늘만이 높푸르구나.

故鄕

고향에 고향에 돌아와도
그리던 고향은 아니러뇨.

산꽁[1]이 알을 품고
뻐꾹이 제철에 울건만,[2]

마음은 제고향 진히지[3] 않고
머언 港口로 떠도는 구름.

오늘도 메끝[4]에 홀로 오르니
흰점 꽃이 인정스레 웃고,

어린 시절에 불던 풀피리 소리 아니나고
메마른 입술에 쓰디 쓰다.

고향에 고향에 돌아와도
그리던 하늘만이 높푸르구나.

—『정지용 시집』, 115~116쪽

---

1   산꿩.
2   《동방평론》의 원문에는 2연이 "산솅이 알을 품고/ 쎄꾹이 한창 울건만"으로 되어 있다.
3   지니지.
4   뫼 끝.

故鄕

고향에 고향에 도라와도
그리던 고향은 아니러뇨

산꽁이 알을 품고
뻐꾹이 한창 울건만,

마음은 제고장 진이지 안코
머언 港口로 떠도는 구름.

오늘도 메끝에 홀로 오르니
흰점 꽃이 인정스레 웃고,

어린시절에 불던 풀피리 소리 아니나고
메마른 입슐에 씨디 씨다.

고향에 고향에 도라와도
그리던 한울만이 높푸르구나.

—《동방평론》4호(1932. 7), 179쪽

산엣 색시 들녁 사내

산엣 새는 산으로,
들녁 새는 들로.
산엣 색시 잡으러
산에 가세.

작은 재를 넘어서서,
큰 봉엘 올라서서,

"호 — 이"
"호 — 이"

산엣 색시 날래기가
표범 같다.

치달려 달아나는
산엣 색시,
활을 쏘아 잡었습나?

아아니다,
들녁 사내 잡은 손은
참아 못 놓더라.

산엣 색시,
들녘 쌀을 먹였더니
산엣 말을 잊었습데.

들녘 마당에
밤이 들어,

활 활 타오르는 화톳불 너머로
넘어다보면 ─

들녘 사내 선웃음 소리,
산엣 색시
얼굴 와락 붉었더라.

산엣 색씨 들녁 사내

산엣 새는 산으로,
들녁 새는 들로.
산엣 색씨 잡으러
산에 가세.

작은 재를 넘어 서서,
큰 봉엘 올라 서서,

「호 — 이」
「호 — 이」

산엣 색씨 날래기가[1]
표범 같다.

치달려 다러나는[2]
산엣 색씨,
활을 쏘아 잡었읍나?

아아니다,
들녁 사내 잡은 손은
참아 못 놓더라.

---

1   날래다. 움직임이 나는 듯이 기운차고 빠르다.
2   달아나다.

산엣 색씨,
들녁 쌀을 먹였더니
산엣 말을 잊었읍데.

들녁 마당에
밤이 들어,

활 활 타오르는 화투불[3] 넘어로
넘어다 보면 ─

들녁 사내 선우슴[4] 소리,
산엣 색씨
얼골 와락 붉었더라.

─『정지용 시집』, 117~119쪽

---

3 화톳불.
4 별로 우습지 않은 일에 능청스럽게 남의 환심을 사기 위해 억지로 웃는 웃음.

1부 『정지용 시집』

산에ㅅ색시, 들녁사내

산에ㅅ 새는 산 으로.
들녁 새는 드을 로.
산 에ㅅ 색시 잡으러
산 에 가세.

작은재를 넘어서서
큰봉 에를 올라서서

「호 — 이!」
「호 — 이!」

산에ㅅ 색시
날내기가 표범 갓다.

치달녀 달어나는
산에ㅅ 색시
활 을 쏘와 잡엇습나?

아아니다.
들녁사내 잡은 손은
참아 못 노터라.

산에ㅅ 색시
들녁 쌀을 먹엿더니
산에ㅅ 말을 이젓습데.

들녁 마당에 밤이 들어,
화투ㅅ불 넘어로 보면

들녁 사내 슨우슴 소리
산에ㅅ 색시
얼굴 와락 붉엇더라.

(一九二四 · 十 · 二二 ·)

—《문예시대(文藝時代)》1호(1926. 11), 60쪽

내 맘에 맞는 이

당신은 내 맘에 꼭 맞는 이.
잘난 남보다 조그만치만
어리둥절 어리석은 척
옛사람처럼 사람 좋게 웃어좀 보시요.
이리좀 돌고 저리좀 돌아 보시요.
코 쥐고 뺑뺑이 치다 절 한 번만 합쇼.

호. 호. 호. 호. 내 맘에 꼭 맞는 이.

큰 말 타신 당신이
쌍무지개 홍예문 틀어 세운 벌로
내달리시면
나는 산날맹이 잔디밭에 앉아
기〔ㅁ슈〕를 부르지요.

"앞으로 ─ 가. 요."
"뒤로 ─ 가. 요."

키는 후리후리. 어깨는 산고개 같아요.
호. 호. 호. 호. 내 맘에 맞는 이.

내 맘에 맞는 이

당신은 내맘에 꼭 맞는이.
잘난 남보다 조그만치만
어리둥절 어리석은척
옛사람 처럼 사람좋게 웃어좀 보시요.
이리좀 돌고 저리좀 돌아 보시요.
코 쥐고 뺑뺑이 치다 절한번만 합쇼.

호. 호. 호. 호. 내맘에 꼭 맞는이.

큰말 타신 당신이
쌍무지개 홍예문¹ 틀어세운 벌²로
내달리시면
나는 산날맹이³ 잔디밭에 앉어
기(口슈)⁴를 부르지요.

「앞으로 ─ 가. 요.」
「뒤로 ─ 가. 요.」

1　홍예문(虹蜺門). 문의 윗머리를 무지개같이 반원형으로 만든 문. '쌍무지개 홍예문 틀어 세운 벌'이란 마치 아치 형의 홍예문을 만들어 세운 것처럼 쌍무지개가 벌판에 떠 있음을 말함.
2　벌판.
3　산마루. '산말랭이'의 오식으로 보인다.
4　'기(口슈)'라는 말에서 '기'는 '정신을 신체에 나타내어 어떤 일을 하게 할 때 지르는 소리'라는 뜻의'기합 (氣合)'을 의미함. '기합'이라는 말이 군대에서나 학교에서 육체적으로 가하는 벌칙이라는 뜻으로 속화되어 쓰임.

키는 후리후리. 어깨는 산ㅅ고개 같어요.
호. 호. 호. 호. 내맘에 맞는이.

──『정지용 시집』, 120~121쪽

내 맘에 맞는 이

당신은 내맘에 쏙 맞는 이.
잘난 남보다 족으만치만
어리둥절 어리석은척
넷사람 처럼 사람조케 우서줌 보시요.
이리좀 돌고 저리좀 돌아서 보시요.
코 쥐고 쨍쨍이 치다 절 한번만 합쇼.

호. 호. 호. 호. 내맘에 맞는 이.

큰 말 타신 당신이
쌍무지게 홍예문 틀어세운 벌로
내 달니시면
나는 산날맹이 잔듸바테 안저
기(ロ슈) 를 불으지요.

「아프로 ─ 가. 요.」
「뒤 로 ─ 가. 요.」

키는 후리후리. 억개는 산쇠개 가터요.
호. 호. 호. 호. 내맘에 맞는 이.

─《조선지광》64호(1927. 2), 99~100쪽

무어래요

한길로만 오시다
한고개 넘어 우리 집.
앞문으로 오시지는 말고
뒷동산 사잇길로 오십쇼.
늦은 봄날
복사꽃 연분홍 이슬비가 나리시거든
뒷동산 사잇길로 오십쇼.
바람 피해 오시는 이처럼 들르시면
누가 무어래요?

무어래요

한길[1]로만 오시다
한고개 넘어 우리집.
앞문으로 오시지는 말고
뒤ㅅ동산 새이ㅅ길로 오십쇼.
늦인 봄날
복사꽃 연분홍 이슬비가 나리시거든
뒤ㅅ동산 새이ㅅ길로 오십쇼.
바람 피해 오시는이 처럼 들레시면[2]
누가 무어래요?

——『정지용 시집』, 122쪽

---

[1] 사람이 많이 다니는 큰 길.
[2] 들르다. 들르시면.

무어래요?

한 길로만 오시다
한 고개넘어 우리집.
압문 으로 오시지는 말고
뒤ㅅ동산 새이ㅅ길로 오십쇼.
느진 봄날
복사꼿 연분홍 이실비가 나리시거든
뒤ㅅ동산 새이ㅅ길로 오십쇼.
바람 피해 오시는 이 체럼 들레시면
누 가 무어 래요?

—《조선지광》64호(1927. 2), 100쪽

숨기내기

날 눈 감기고 숨으십쇼.
잣나무 알암나무 안고 돌으시면
나는 살살이 찾아보지요.

숨기내기 해종일 하며는
나는 슬어워진답니다.

슬어워지기 전에
파랑새 사냥을 가지요.

떠나온 지 오랜 시골 다시 찾아
파랑새 사냥을 가지요.

숨스기내기

나 ─ㄹ 눈 감기고 숨으십쇼.
잣나무 알암나무[1] 안고 돌으시면
나는 샅샅이[2] 찾어 보지요.

숨스기 내기 해종일[3] 하며는
나는 슬어워 진답니다.[4]

슬어워 지기 전에
파랑새 산양[5]을 가지요.

떠나온지 오랜 시골 다시 찾어
파랑새 산양을 가지요.

─『정지용 시집』, 123쪽

---

1 아람나무. 알밤나무.
2 샅샅이.
3 하루 종일.
4 서러워지다.
5 사냥.

숨끼내기

날 — ㄹ 눈 감기고 숨으십쇼.
잣나무 알암나무 안고 돌으시면
나는 샷샷치 차저 보지요.

숨끼내기 해 종일 하며는
나는 스러워 진답니다.
스러워 지기 전에
파랑새 산양을 가지요.

써나온제 가 오랜 시고올 다시차저
파랑새 산양 을 가지요.

—《조선지광》64호(1927. 2), 100쪽

비둘기

저 어느 새 떼가 저렇게 날아오나?
저 어느 새 떼가 저렇게 날아오나?

사월달 햇살이
물농오리 치듯 하네.

하늘바래기 하늘만 치어다보다가
하마 자칫 잊을 뻔했던
사랑, 사랑이

비둘기 타고 오네요.
비둘기 타고 오네요.

비듦이

저 어는[1] 새떼가 저렇게 날러오나?
저 어는 새떼가 저렇게 날러오나?

사월ㅅ달 해ㅅ살이
물 농오리[2] 치덧하네.

하늘바래기[3] 하늘만 치여다 보다가
하마 자칫 잊을번 했던
사랑, 사랑이

비듦이 타고 오네요.
비듦이 타고 오네요.

— 『정지용 시집』, 124쪽

---

1   '어느'의 방언.
2   놀. 너울. 물너울. 바다의 사나운 큰 물결. 여기에서는 사월 햇살이 눈부시게 비치는 가운데 마치 바다에서 큰 물결이 밀려오는 것처럼 비둘기 떼가 날아오고 있음을 묘사함.
3   원래는 하늘에서 내리는 빗물만을 바라며 의지하는 천수답을 일컫는 말. 여기에서는 '하늘바래기처럼 하늘만 바라보며 아무 일도 하지 못하고 있다가'로 풀이할 수 있다.

비들기

저 어는 새쪠가 저러케 날러오나?
저 어는 새쪠가 저러케 날러오나?

사월 달 해ㅅ살 이
물 농오리 치덧하네.

한울바래기 한울만 치여다보다가
하마 자칫 이즐 쌘 햇던
사랑. 사랑이,

비들기 타고 오네 요.
비들기 타고 오네 요.

—《조선지광》64호(1927. 2), 100쪽

불사조

비애! 너는 모양할 수도 없도다.
너는 나의 가장 안에서 살았도다.

너는 박힌 화살, 날지 않는 새,
나는 너의 슬픈 울음과 아픈 몸짓을 지니노라.

너를 돌려보낼 아무 이웃도 찾지 못하였노라.
은밀히 이르노니 ─ '행복'이 너를 아주 싫어하더라.

너는 짐짓 나의 심장을 차지하였더뇨?
비애! 오오 나의 신부! 너를 위하여 나의 창과 웃음을 닫았노라.

이제 나의 청춘이 다한 어느 날 너는 죽었도다.
그러나 너를 묻은 아무 석문도 보지 못하였노라.

스스로 불탄 자리에서 나래를 펴는
오오 비애! 너의 불사조 나의 눈물이여!

不死鳥

悲哀! 너는 모양할수도[1] 없도다.
너는 나의 가장 안에서 살었도다.

너는 박힌 화살, 날지안는 새,
나는 너의 슬픈 울음과 아픈 몸짓을 진히노라.[2]

너를 돌려보낼 아모 이웃도 찾지 못하였노라.
은밀히 이르노니 ──「幸福」이 너를 아조 싫여하더라.

너는 짐짓 나의 心臟을 차지하였더뇨?
悲哀! 오오 나의 新婦! 너를 위하야 나의 窓과 우슴을 닫었노라.

이제 나의 靑春이 다한 어느날 너는 죽었도다.
그러나 너를 묻은 아모 石門도 보지 못하였노라.

스사로 불탄 자리에서 나래를 펴는
오오 悲哀! 너의 不死鳥 나의 눈물이여!

───『정지용 시집』, 128~129쪽

---

1 모양하다. 어떤 형상을 나타내다.
2 지니다. 지니노라.

不死鳥

悲哀! 너는 모양할수도 업도다.
너는 나의 가장 안에서 살엇도다.

너는 박힌 활살, 날지 안는 새,
나는 너의 슬픈 우름과 아픈 몸짓을 진히노라.

너를 돌녀보낼 아모 이웃도 찻지 못하엿노라.
은밀히 이르노니 ─「幸福」이 너를 아조 실허하더라.

너는 진짓 나의 心臟을 차지하엿더뇨?
悲哀! 오오 나의 新婦! 너를 위하야 나의 窓과 우슴을 다덧노라.

이제 나의 靑春이 다한 어늬날 너는 죽엇도다.
그러나 너를 무든 아모 石門도 보지 못하엿노라.

스사로 불탄 재에서 나래를 펴는
오오 悲哀! 너의 不死鳥 나의 눈물이여!

─《가톨닉청년》10호(1934. 3), 72쪽

나무

얼굴이 바로 푸른 하늘을 우러렀기에
발이 항시 검은 흙을 향하기 욕되지 않도다.

곡식알이 거꾸로 떨어져도 싹은 반드시 위로!
어느 모양으로 심기어졌더뇨? 이상스런 나무 나의 몸이여!

오오 알맞은 위치! 좋은 위아래!
아담의 슬픈 유산도 그대로 받았노라.

나의 적은 연륜으로 이스라엘의 이천 년을 헤었노라.
나의 존재는 우주의 한낱 초조한 오점이었도다.

목마른 사슴이 샘을 찾아 입을 잠그듯이
이제 그리스도의 못 박히신 발의 성혈에 이마를 적시며 ―

오오! 신약의 태양을 한아름 안다.

나무

얼골이 바로 푸른 한울을 울어렀기에
발이 항시 검은 흙을 향하기 욕되지 않도다.

곡식알이 거꾸로 떨어저도 싹은 반드시 우로![1]
어느 모양으로 심기여졌더뇨? 이상스런 나무 나의 몸이여!

오오 알맞는 位置! 좋은 우아래!
아담의 슬픈 遺産도 그대로 받었노라.

나의 적은 年輪으로 이스라엘의 二千年을 헤였노라.
나의 存在는 宇宙의 한낱焦燥한 汚點이었도다.

목마른 사슴이 샘을 찾어 입을 잠그듯이
이제 그리스도의 못박히신 발의 聖血에 이마를 적시며 ──

오오! 新約의太陽을 한아름 안다.

──『정지용 시집』, 130~131쪽

---

1 위로.

나무

얼골이 바로 푸른 한울을 우러럿기에
발이 항시 검은 흙을 향하기 욕되지 안토다.

곡식알이 걱구로 써러저도 싹은 반듯이 우로!
어느 모양으로 심기여젓더뇨? 이상스런 나무 나의 몸이여!

오오 알맛는 位置! 조흔 우 아래!
아담의 슬픈 遺産도 그대로 바덧노라.

나의 적은 年輪으로 이스라엘의 二千年을 헤엿노라.
나의 存在는 宇宙의 한낫 焦燥한 汚點이엇도다.

목마른 사슴이 샘을 차저 입을 잠그다시
이제 그리스도의 못박히신 발의 聖血에 이마를 적시며 ─

오오! 新約의 太陽을 한아름 안다.

─《가톨닉청년》 10호(1934. 3), 73쪽

은혜

회한도 또한
거룩한 은혜.

깁실인 듯 가느른 봄볕이
골에 굳은 얼음을 쪼기고,

바늘같이 쓰라림에
솟아 동그는 눈물!

귀밑에 아른거리는
요염한 지옥불을 끄다.

간곡한 한숨이 뉘게로 사무치느뇨?
질식한 영혼에 다시 사랑이 이슬 내리도다.

회한에 나의 해골을 잠그고저.
아아 아프고저!

恩惠

悔恨도 또한
거룩한 恩惠.

깁실인듯¹ 가느른² 봄볕이
골에 굳은 얼음을 쪼기고,³

바늘 같이 쓰라림에
솟아 동그는⁴ 눈물!

귀밑에 아른거리는
妖艶한 地獄불을 끄다.

懇曲한 한숨이 뉘게로⁵ 사모치느뇨?⁶
窒息한 靈魂에 다시 사랑이 이실나리도다.⁷

悔恨에 나의 骸骨을 잠그고져.
아아 아프고져!

—『정지용 시집』, 132~133쪽

1   비단실처럼.
2   가늘다.
3   쪼기다. '쪼개다.'의 방언
4   동글다. 동사 '둥글다'의 작은말.
5   뉘에게로. 누구에게로.
6   사무치다.
7   이슬이 내리도다.

恩惠

悔恨도 쏘한
거룩한 恩惠.

깁실 인듯 가느른 봄벼치
골에 구든 어름을 쪽이고,

바늘 가치 쓰라림에
소사 동그는 눈물!

귀 미테 아른 거리는
妖艶한 地獄불을 쓰다.

懇曲한 한숨이 뉘게로 사모치느뇨?
窒息한 靈魂에 다시 사랑이 이실나리도다.

悔恨에 나의 骸骨을 잠그고저.
아아 아프고져!

—《가톨닉청년》4호(1933. 9), 70쪽

별

누워서 보는 별 하나는
진정 멀구나.

아스름 닫치려는 눈초리와
금실로 이은 듯 가깝기도 하고,

잠 살포시 깨인 한밤엔
창유리에 붙어서 엿보노나.

불현듯, 솟아나듯,
불리울 듯, 맞아드릴 듯,

문득, 영혼 안에 외로운 불이
바람처럼 이는 회한에 피어오른다.

흰 자리옷 채로 일어나
가슴 우에 손을 여미다.

별

누어서 보는 별 하나는
진정 멀 ─ 고나.

아스름[1] 다치랴는[2] 눈초리와
金실로 잇은듯[3] 가깝기도 하고,

잠살포시 깨인 한밤엔
창유리에 붙어서 였보노나.

불현 듯, 소사나 듯,
불리울 듯, 맞어드릴 듯,

문득, 령혼 안에 외로운 불이
바람 처럼 일는[4] 悔恨에 피여오른다.

힌 자리옷 채로 일어나
가슴 우에 손을 넘이다.[5]

─『정지용 시집』, 134~135쪽

---

1 아스름하다. 흐릿하고 아득하다.
2 닫히려는.
3 잇다. 이은 듯.
4 일다. 일어나다.
5 여미다. 두 손을 가지런히 포개다.

별

누어서 보는 별 하나는
진정 멀 ― 고나.

아스름 다치랴는 눈초리와
金실노 이슨듯 갓갑기도 하고,

잠살포시 째인 한밤 엔
창류리에 붓허서 엿보노나.

불현 듯, 소사나 듯,
불니울 듯, 마저드릴 듯,

문득, 령혼 안에 외로운 불이
바람 처럼 일는 悔恨에 피여오르다.

흰 자리옷 채로 일어나
가슴 우에 손을 녑이다.

―《가톨닉청년》4호(1933. 9), 69쪽

임종

나의 임종하는 밤은
귀또리 하나도 울지 말라.

나중 죄를 들으신 신부는
거룩한 산파처럼 나의 영혼을 가르시라.

성모 취결례 미사 때 쓰고 남은 황촉불!

담 머리에 숙인 해바라기꽃과 함께
다른 세상의 태양을 사모하며 돌으라.

영원한 나그넷길 노자로 오시는
성주 예수의 쓰신 원광!
나의 영혼에 칠색의 무지개를 심으시라.

나의 평생이요 나중인 괴롬!
사랑의 백금 도가니에 불이 되라.

달고 달으신 성모의 이름 부르기에
나의 입술을 타게 하라.

臨終

나의 림종하는 밤은
귀또리 하나도 울지 말라.

나종 죄를 들으신 神父는
거룩한 産婆처럼 나의 靈魂을 갈르시라.[1]

聖母就潔禮[2] 미사때 쓰고남은 黃燭불!

담머리에 숙인 해바라기꽃과 함께
다른 세상의 太陽을 사모하며 돌으라.

永遠한 나그내ㅅ길 路資로 오시는
聖主 예수의 쓰신 圓光!
나의 령혼에 七色의 무지개를 심으시라.

나의 평생이요 나종인 괴롬!
사랑의 白金도가니에 불이 되라.

달고 달으신 聖母의 일홈 불으기에
나의 입술을 타게하라.

—『정지용 시집』, 136~137쪽

---

1 가르다.
2 성모 마리아가 유대의 율법에 따라 예수 태어난 지 40일 만에 정결 예식을 치르고 성전에 나아가 하나님께
   봉헌한 것을 기념하기 위해, 2월 2일(봉헌축일)산모가 성전에 나아가 지정된 예물을 올리는 예식.

臨終

나의 림종 하는 밤은
귀쏘리 하나도 울지 말나.

나종 죄를 들으신 神父는
거룩한 産婆처럼 나의 靈魂을 갈느시라.

聖母就潔禮 미사째 쓰고남은 黃燭불!

담머리에 숙인 해바라기꼿과 함께
다른 세상의 太陽을 사모하며 돌으라.

永遠한 나그내ㅅ길 路資로 오시는
聖主 예수의 쓰신 圓光!

나의 령혼에 七色의 무지개를 심으시라.

나의 평생이오 나종인 괴롬!
사랑의 白金도가니에 불이 되라.

달고 달으신 聖母의 일홈 불으기에
나의 입술을 타게 하라.

─《가톨닉청년》4호(1933. 9), 68~69쪽

갈릴레아 바다

나의 가슴은
조그만 '갈릴레아 바다'.

때 없이 설레는 파도는
미한 풍경을 이룰 수 없도다.

예전에 문제들은
잠자시는 주를 깨웠도다.

주를 다시 깨움으로
그들의 신덕은 복되도다.

돛폭은 다시 펴고
키는 방향을 찾았도다.

오늘도 나의 조그만 '갈릴레아'에서
주는 짐짓 잠자신 줄을 ──

바람과 바다가 잠잠한 후에야
나의 탄식은 깨달았도다.

갈릴레아 바다[1]

나의 가슴은
조그만「갈릴레아 바다」.

때없이 설레는 波濤는
美한 風景을 이룰수 없도다.

예전에 門弟들은
잠자시는 主를 깨웠도다.

主를 다만 깨움으로
그들의 信德은 福되도다.

돗폭은 다시 펴고
키는 方向을 찾았도다.

오늘도 나의 조그만「갈릴레아」에서
主는 짐짓 잠자신 줄을 ─.

바람과 바다가 잠잠한 후에야
나의 嘆息은 깨달었도다.

─『정지용 시집』, 138~139쪽

---

[1]　예수의 이적(異蹟)이 행하여진 이스라엘의 호수. 풍랑이 심한 갈릴리 호수를 예수가 제자와 함께 건넌다. 배 위로 물이 넘칠 지경인데 예수는 배에 오르자 잠이 든다. 제자들이 배가 뒤집힐까 두려워 잠자는 예수를 깨운다. 예수가 일어나 바람을 재우고 풍랑을 가라앉히고는 믿음이 부족한 제자들을 꾸짖는다. 예수와 함께하면서 믿음을 갖지 못하고 두려움에 떠는 제자들을 나무란 것이다.(마가복음 4장 39절)

갈닐네아바다

나의 가슴은
조그만「갈닐네아 바다」.

쌔업시 설네는 波濤는
美한 風景을 일울수 업도다.

녜전에 門弟들은
잠자시는 主를 쌔웟도다.

主를 다시 쌔움으로
그들의 信德은 福되도다.

돗폭은 다시 펴고
키는 方向을 차젓도다.

오늘도 나의 조그만「갈닐네아」에서
主는 짐짓 잠자신 줄을 ─

바람과 바다가 잠잠한 후에야
나의 嘆息은 쌔달엇도다.

─《가톨닉청년》4호(1933. 9), 71쪽

그의 반

내 무엇이라 이름하리 그를?
나의 영혼 안의 고운 불,
공손한 이마에 비추는 달,
나의 눈보다 값진 이,
바다에서 솟아올라 나래 떠는 금성,
쪽빛 하늘에 흰 꽃을 달은 고산식물,
나의 가지에 머물지 않고
나의 나라에서도 멀다.
홀로 어여삐 스스로 한가로워 — 항상 머언 이,
나는 사랑을 모르노라 오로지 수그릴 뿐.
때없이 가슴에 두 손이 여미어지며
굽이굽이 돌아 나간 시름의 황혼 길 위 —
나 — 바다 이편에 남긴
그의 반임을 고이 지니고 걷노라.

그의 반

내 무엇이라 이름하리 그를?
나의 령혼안의 고흔 불,
공손한 이마에 비추는 달,
나의 눈보다 갑진이,[1]
바다에서 솟아 올라 나래 떠는 金星,
쪽빛 하늘에 힌꽃을 달은 高山植物,
나의 가지에 머믈지 않고
나의 나라에서도 멀다.
홀로 어여삐 스사로[2] 한가러워[3] — 항상 머언이,[4]
나는 사랑을 모르노라 오로지 수그릴뿐.
때없이 가슴에 두손이 염으여지며[5]
구비 구비 돌아나간 시름의 黃昏길우 —
나 — 바다 이편에 남긴
그의 반 임을 고이 진히고[6] 것노라.[7]

—『정지용 시집』, 140~141쪽

1 값진 이.
2 스사로.
3 한가롭다. 한가로워.
4 멀거니. 정신없이 보고 있는 모양.
5 여미어지다.
6 지니다. 지니고.
7 걷다. 걷노라.

내 무엇이라 이름하리 그를?
나의 령혼안의 고흔불,
공손한 이마에 비츄는 달,
나의 눈 보다도 갑진이,
바다에서 소사올라 나래떠는 金星,
쪽빛하눌에 흰꽃을 달은 高山植物,
나의 가지에 머믈지 안코
나의 나라에서도 멀다,
홀로 어엿비 스사로 한그러워 —— 항상 머언이,
나는 사랑을 모르노라, 오로지 수그릴 쑨.
때업시 가슴에 두손이 여믜여 지며
구비 구비 도라 나간 시름의 黃昏길우 ——
나 —— 바다 이편에 남긴
그의 반 임을 고히 진히고 것노라.

——《시문학》3호(1931. 10), 12~13쪽

다른 하늘

그의 모습이 눈에 보이지 않았으나
그의 안에서 나의 호흡이 절로 달도다.

물과 성신으로 다시 낳은 이후
나의 날은 날로 새로운 태양이로세!

뭇사람과 소란한 세대에서
그가 다만 내게 하신 일을 지니리라!

미리 가지지 않았던 세상이어니
이제 새삼 기다리지 않으련다.

영혼은 불과 사랑으로! 육신은 한낱 괴로움.
보이는 하늘은 나의 무덤을 덮을 뿐.

그의 옷자락이 나의 오관에 사무치지 않았으나
그의 그늘로 나의 다른 하늘을 삼으리라.

다른 한울

그의 모습이 눈에 보이지 않았으나
그의 안에서 나의 呼吸이 절로 달도다.

물과 聖神으로 다시 낳은 이후
나의 날은 날로¹ 새로운 太陽이로세!

뭇사람과 소란한 世代에서
그가 다맛² 내게 하신 일을 진히리라!³

미리 가지지 않었던 세상이어니
이제 새삼 기다리지 않으련다.

靈魂은 불과 사랑으로! 육신은 한낮 괴로움.
보이는 한울은 나의 무덤을 덮을뿐

그의 옷자락이 나의 五官에 사모치지 안었으나
그의 그늘로 나의 다른 한울을 삼으리라

—『정지용 시집』, 142~143쪽

---

1   나날이.
2   다만. 오직.
3   지니다. 지니리라.

다른 한울

그의 모습이 눈에 보이지 안었으나
그의 안에서 나의 呼吸이 절로 달도다.

물과 聖神으로 다시 낳은 이후
나의 날은 날로 새로운 太陽이로세!

뭇사람과 소란한 時代에서
그가 다만 내게 하신일을 진히리라!

미리 가지지 안었던 세상이어니
이제 새삼 기다리지 안으련다.

령혼은 불과 사랑으로! 육신은 한낫 고로움.
보이는 한울은 나의 무덤을 덮을뿐.

그의 옷자락이 나의 五官에 사모치지 안었으나
그의 그늘로 나의 다른 한울을 삼으리라.

—《시원》2호(1935. 4), 8~9쪽

또 하나 다른 태양

온 고을이 받들 만한
장미 한 가지가 솟아난다 하기로
그래도 나는 고와 아니 하련다.

나는 나의 나이와 별과 바람에도 피로웁다.

이제 태양을 금시 잃어버린다 하기로
그래도 그리 놀라울 리 없다.

실상 나는 또 하나 다른 태양으로 살았다

사랑을 위하얀 입맛도 잃는다.
외로운 사슴처럼 벙어리 되어 산길에 설지라도 ─

오오, 나의 행복은 나의 성모 마리아!

또 하나 다른 太陽

온 고을이 밧들만 한
薔薇 한가지가 솟아난다 하기로
그래도 나는 고하[1] 아니하련다.

나는 나의 나히와 별과 바람에도 疲勞웁다.[2]

이제 太陽을 금시 일어 버린다 하기로
그래도 그리 놀라울리 없다.

실상 나는 또하나 다른 太陽으로 살었다

사랑을 위하얀 입맛도 일는다.
외로운 사슴처럼 벙어리 되어 山길에 슬지라도[3] ──

오오, 나의 幸福은 나의 聖母마리아!

─『정지용 시집』, 144~145쪽

---

1   곱다. 고와.
2   피로하다. 피로를 느끼다.
3   서다. 설지라도.

또 하나 다른 太陽

온 고을이 밧들만 한
薔薇 한가지가 소사난다 하기로
그래도 나는 고아 아니하련다.

나는 나의 나희와 별과 바람에도 疲勞웁다.

이제 太陽을 금시 잃어버린다 하기로
그래도 그리 놀라울리 업다.

실상 나는 또하나 다른 太陽으로 살었다.

사랑을 위하야 입맛도 일는다.
외로운 사슴처럼 벙어리가 되어 山ㅅ길에 섯지라도

오오, 나의 幸福은 나의 聖母 마리아!

— 《가톨닉청년》 9호(1934. 2), 9∼10쪽

발(跋)

천재 있는 시인이 자기의 제작(制作)을 한번 지나가 버린 길이요 넘어간 책장같이 여겨 그것을 소중히 알고 앨써 모아두고 하지 않고 물 우에 떨어진 꽃잎인 듯 흘러가 버리는 대로 두고저 한다면 그 또한 그럴듯한 심원(心願)이리라. 그러나 범용(凡庸)한 독자란 또한 있어 이것을 인색한 사람 구슬 갈무듯 하려 하고 '다시 또 한 번'을 찾아 그것이 영원한 화병(花瓶)에 새겨 머물러짐을 바라기까지 한다.

지용의 시가 처음 《조선지광》(소화 2년 2월)에 발표된 뒤로 어느덧 10년에 가까운 동안을 두고 여러 가지 간행물에 흩어져 나타났던 작품들이 이 시집(詩集)에 모아지게 된 것은 우리의 독자적 심원이 이루어지는 기쁜 일이다. 단순히 이 기쁨의 표백(表白)인 이 발문(跋文)을 쓰는 가운데 내가 조금이라도 서문(序文)스런 소리를 늘어놓을 일은 아니오 시는 제 스스로 할 말을 하고 갈 자리에 갈 것이지마는 그의 시적 발전을 살피는데 다소의 연대(年代) 관계와 부별(部別)의 설명이 없지 못할 것이다.

제2부에 수합된 것은 초기 시편들이다. 이 시기는 그가 눈물을 구슬같이 알고 지어라도 내려는 듯하던 시류(時流)에 거슬려서 많은 많은 눈물을 가벼이 진실로 가벼이 휘파람 불며 비누방울 날리던 때이다.

제3부 요(謠)는 같은 시기의 부산(副産)으로 자연 동요(童謠)의 풍조를 그대로 띤 동요류와 민요풍(民謠風) 시편들이오.

제1부는 그가 가톨닉으로 개종(改宗)한 이후 촛불과 손, 유리창, 바다 1 등으로 비롯해서 제작된 시편들로 그 심화된 시경(詩境)과 타협 없는 감각은 초기의 제작(諸作)이 손쉽게 친밀해질 수 있는 것과는 또 다른 경

지(境地)를 밟고 있다.

제4부는 그의 신앙(信仰)과 직접 관련 있는 시편들이오.

제5부는 소묘(素描)라는 제(題)를 띠었던 산문 2편이다.

그는 한 군데 자안(自安)하는 시인이기보다 새로운 시경(詩境)의 개척자이려 한다. 그는 이미 사색(思索)과 감각(感覺)의 오묘한 결합을 향해 발을 내어디딘 듯이 보인다. 여기 모인 89편은 말할 것 없이 그의 제1시집인 것이다.

이 아름다운 시집에 이 졸(拙)한 발문(跋文)을 붙임이 또한 아름다운 인연(因緣)이라고 불려지기를 가만히 바라며 ──.

박용철(朴龍喆)

『백록담(白鹿潭)』
(文章社, 1941)

장수산 1

　　벌목정정 이랬거니　　아름드리 큰 솔이 베어짐직도 하이　　골이 울어 멩아리 소리　쩌르렁　돌아옴직도 하이　　다람쥐도 좇지 않고　　멧새도 울지 않아　　깊은 산 고요가 차라리 뼈를 저리우는데　　눈과 밤이 종이보담 희고녀!　　달도 보름을 기다려 흰 뜻은 한밤 이 골을 걸음이랸다? 웃절 중이 여섯 판에 여섯 번 지고 웃고 올라간 뒤　　조찰히 늙은 사나이의　남긴 내음새를 줍는다?　　시름은 바람도 일지 않는 고요에 심히 흔들리우노니　　오오 견디랸다　　차고 올연히　　슬픔도 꿈도 없이　　장수산 속 겨울 한밤내 ─

長壽山 1[1]

伐木丁丁[2] 이랬거니 아람도리[3] 큰솔이 베혀짐즉도 하이 골이 울어 멩아리[4] 소리 쩌르렁 돌아옴즉도 하이 다람쥐도 좃지[5] 않고 뫼ㅅ새도 울지 않어 깊은 산 고요가 차라리 뼈를 저리우는데[6] 눈과 밤이 조히보담[7] 희고녀! 달도 보름을 기달려 흰 뜻은 한밤 이골을 걸음이란다? 웃절 중이 여섯판에 여섯번 지고 웃고 올라 간뒤 조찰히[8] 늙은 사나히의 남긴 내음새를 줏는다? 시름은 바람도 일지 않는 고요에 심히 흔들리우노니 오오 견듸랸다 차고 兀然히[9] 슬픔도 꿈도 없이 長 壽山속 겨울 한밤내 ─

─『백록담』, 12쪽

1 '장수산(長壽山)'은 황해도 재령군에 있는, 멸악산맥 주봉의 하나.
2 벌목정정.『시경(詩經)』의 「소아(小雅) 벌목(伐木)」 편에 있는 구절. 커다란 나무를 산에서 벨 때 쩡 하고 큰 소리가 난다는 뜻.
3 아름드리. 한 아름이나 되는 크기.
4 메아리.
5 좇다.
6 저리우다. 피가 잘 돌지 않아 감각이 둔하고 힘이 없게 되다.
7 종이보다.
8 맑고 그윽하게. 조촐하다.
9 올연하다. 우뚝 서 있다.《문장(文章)》에 발표할 당시에는 "兀然히"로 표기되었는데, 시집에서 "궤연(几然) 히"로 잘못 표기되어 있다. '兀然히'는 '올올(兀兀)히'와 마찬가지로 산이나 바위 등이 우뚝하게 서 있는 모 습을 말한다. 광복 후의『지용 시선』에서 이를 "兀然히"로 다시 고쳐 놓았다.

伐木丁丁 이랬거니   아름도리 큰솔이 베혀짐즉도 하이   골이 울어 멩아리 소리
쩌르렁   돌아옴즉도 하이   다람쥐도 좃지 않고   뫼ㅅ새도 울지 않어   깊은산 고요
가 차라리 뼈를 저리우는데   눈과 밤이 조히보담 희고녀!   달도 보름을 기달려 휜
뜻은   한밤 이골을 거름 이란다?   우ㅅ절 중이 여섯판에 여섯번 지고   웃고 올라 간
뒤   조찰히 늙은 사나히의   남긴 내음새를 줏는다?   시름은 바람도 일지않는 고요
에   심히 흔들리우노니   오오 견듸란다   차고 兀然히   슬픔도 꿈도 없이   長壽山
속 겨울 한밤내 ―

장수산 2

풀도 떨지 않는 돌산이요   돌도 한 덩이로   열두 골을 고비고비 돌
았세라   찬 하늘이 골마다   따로 씌우었고   얼음이 굳이 얼어   디딤
돌이 믿음직하이   꿩이 기고 곰이 밟은 자욱에   나의 발도 놓이노니
물소리   귀뚜리처럼 즉즉하놋다.   피락 마락 하는 햇살에   눈 우에 눈
이 가리어 앉다   흰 시울 아래 흰 시울이   눌리워 숨쉬는다   온 산중 내
려앉는 획진 시울들이   다치지 않이!   나도 내던져 앉다   일찍이 진달
래꽃 그림자에 붉었던   절벽 보이한 자리 우에!

長壽山 2

　풀도 떨지 않는 돌산이오　돌도 한덩이로　열두골을 고비 고비 돌았세라　찬 하
눌이 골마다　따로 씨우었고[1]　어름이 굳이 얼어　드딤돌[2]이 믿음즉 하이　꿩이 긔
고 곰이 밟은 자옥에　나의 발도 노히노니　물소리　귀또리처럼 喞喞하놋다.[3]　피
락 마락하는 해ㅅ살에　눈우에 눈이 가리어 앉다.　흰시울[4] 알에 흰시울이　눌리워
숨쉬는다　온산중 나려앉는 획진[5] 시울들이　다치지 안히!　나도 내더져 앉다　일
찍이 진달레 꽃그림자에 붉었던　絶壁 보이한[6] 자리 우에!

──『백록담』, 13쪽

1　씨우다.
2　디딤돌.
3　얼음 밑으로 흐르는 물소리가 마치 귀뚜라미 울음처럼 '즉즉' 소리를 내고 있음을 말함.
4　'시울'이라는 말은 두 가지의 의미가 있다. 첫째는 '눈시울' 등과 같은 말에서 볼 수 있듯이 '가장자리'를 의
　미한다. 둘째는 '시위', '현(弦)', '줄' 등의 뜻으로 쓰인다. "흰시울 알에 흰시울이"라는 표현은 눈이 내려 쌓
　인 자리 위에 다시 또 눈이 덮여 새로운 하얀 능선을 이루는 것을 말한다.
5　획(劃)지다. 똑고르고 분명하며 이지러짐이 없다. 이 시에서 "획진 시울"이란 '뚜렷하게 드러나 있는 하얀
　눈의 능선'을 말한다.
6　보얗다.

풀도 떨지않는 돌산이오　돌도 한덩이로　열두골을 고비 고비 돌앗세라　찬하
눌이 골마다　따로 씨우었고　어름이 굳이 얼어　드딤돌이 믿음직 하이　꽹이 긔고
곰이 밟은 자옥에　나의 발도 노히노니　물소리　귀또리처럼 啷啷하논다. 피락 마
락하는 해ㅅ살에　눈우에 눈이 가리어 앉다　흰시울 알에 흰시울이　눌리워 숨쉬
는다　온산중 나려앉는　획진 시울들이　다치지 않이!　나도 내더져 앉다　일즉이
진달레 꽃그림자에 붉었던　絶壁 보이한 자리 우에!

—《문장》2호(1939. 3), 121쪽

백록담

1

절정에 가까울수록 뻐꾹채 꽃키가 점점 소모된다. 한 마루 오르면 허리가 슬어지고 다시 한 마루 우에서 모가지가 없고 나중에는 얼굴만 갸웃 내다본다. 화문처럼 판 박힌다. 바람이 차기가 함경도 끝과 맞서는 데서 뻐꾹채 키는 아주 없어지고도 팔월 한철엔 흩어진 성신처럼 난만하다. 산 그림자 어둑어둑하면 그러지 않아도 뻐꾹채 꽃밭에서 별들이 켜든다. 제자리에서 별이 옮긴다. 나는 여기서 기진했다.

2

암고란, 환약같이 어여쁜 열매로 목을 축이고 살아 일어섰다.

3

백화 옆에서 백화가 촉루가 되기까지 산다. 내가 죽어 백화처럼 흴 것이 숭없지 않다.

4

귀신도 쓸쓸하여 살지 않는 한 모롱이, 도체비꽃이 낮에도 혼자 무서워 파랗게 질린다.

5

바야흐로 해발 육천 척 우에서 마소가 사람을 대수롭게 아니 여기고
산다. 말이 말끼리 소가 소끼리, 망아지가 어미 소를 송아지가 어미 말을
따르다가 이내 헤어진다.

6

첫 새끼를 낳노라고 암소가 몹시 혼이 났다. 얼결에 산길 백 리를 돌
아 서귀포로 달아났다. 물도 마르기 전에 어미를 여읜 송아지는 움매 —
움매 — 울었다. 말을 보고도 등산객을 보고도 마구 매어달렸다. 우리 새
끼들도 모색이 다른 어미한테 맡길 것을 나는 울었다.

7

풍란이 풍기는 향기, 꾀꼬리 서로 부르는 소리, 제주 휘파람새 휘파람
부는 소리, 돌에 물이 따로 구르는 소리, 먼 데서 바다가 구길 때 쏴 —
쏴 — 솔소리, 물푸레 동백 떡갈나무 속에서 나는 길을 잘못 들었다
가 다시 측년출 기어간 흰돌박이 고부랑길로 나섰다. 문득 마주친 아롱

점말이 피하지 않는다.

8

고비 고사리 더덕순 도라지꽃 취 삿갓나물 대풀 석이 별과 같은 방울을 달은 고산 식물을 색이며 취하며 자며 한다. 백록담 조찰한 물을 그리어 산맥 우에서 짓는 행렬이 구름보다 장엄하다. 소나기 놋낫 맞으며 무지개에 말리우며 궁둥이에 꽃물 이겨 붙인 채로 살이 붓는다.

9

가재도 기지 않는 백록담 푸른 물에 하늘이 돈다. 불구에 가깝도록 고단한 나의 다리를 돌아 소가 갔다. 쫓겨온 실구름 일말에도 백록담은 흐리운다. 나의 얼굴에 한나절 포긴 백록담은 쓸쓸하다. 나는 깨다 졸다 기도조차 잊었더니라.

白鹿潭

1

絶頂에 가까울수록 뻑국채[1] 꽃키가 점점 消耗된다. 한마루 오르면 허리가 슬어지고 다시 한마루 우에서 목아지가 없고 나종에는 얼골만 갸옷 내다본다. 花紋처럼 版박힌다.[2] 바람이 차기가 咸鏡道끝과 맞서는 데서 뻑국채 키는 아조 없어지고도 八月한철엔 흩어진 星辰처럼 爛漫하다. 山그림자 어둑어둑하면 그러지 않어도 뻑국채 꽃밭에서 별들이 켜든다.[3] 제자리에서 별이 옮긴다. 나는 여긔서 기진했다.

2

巖古蘭,[4] 丸藥 같이 어여쁜 열매로 목을 축이고 살어 일어섰다.

3

白樺 옆에서 白樺가 髑髏가 되기까지 산다.[5] 내가 죽어 白樺처럼 흴것이 숭없지[6] 않다.

---

1 국화과에 속하는 여러해살이풀. 6~9월에 자주색의 꽃이 핀다.
2 키가 자라지 못한 채 땅 위에서 바로 꽃이 핀 뻑국채 꽃의 모습이 마치 땅 위에 꽃무늬를 박은 것처럼 보인다.
3 뻐꾹채 꽃을 밤하늘의 별과 동일시함. 산의 정상 가까이에 올라서자, 밤하늘의 별이 마치 땅 위의 뻐꾹채 꽃밭에서 켜지는 듯 보임.
4 암고란(岩高蘭). 시로미 나무. 제주도 한라산에 자생하는 다년생으로 흔히 불로초로 불리기도 한다. 이 나무에 가을에 익는 검은 열매를 진정제, 해열제와 같은 약용으로 사용한다.
5 白樺나무 숲의 정경. 나무가 죽어 말라 버려 고사목이 된 옆에 새로 나무가 자라고 있음.
6 흉업다. 불쾌할 정도로 하는 짓이나 모양이 흉하다.

4

鬼神도 쓸쓸하여 살지 않는 한모롱이, 도체비꽃[7]이 낮에도 혼자 무서워 파랗게 질린다.

5

바야흐로 海拔六千呎우에서 마소가 사람을 대수롭게 아니녀기고 산다. 말이 말끼리 소가 소끼리, 망아지가 어미소를 송아지가 어미말을 따르다가 이내 헤여진다.

6

첫새끼를 낳노라고 암소가 몹시 혼이 났다. 얼결에 山길 百里를 돌아 西歸浦로 달어났다. 물도 마르기 전에 어미를 여힌 송아지는 움매 ― 움매 ― 울었다. 말을 보고도 登山客을 보고도 마고 매여달렸다. 우리 새끼들도 毛色이 다른 어미한틔 맡길것을 나는 울었다.

7

風蘭이 풍기는 香氣, 꾀꼬리 서로 불으는 소리, 濟州회파람새 회파람부는 소리, 돌에 물이 따로 굴으는 소리, 먼 데서 바다가 구길때 솨 ― 솨 ― 솔소리,[8] 물푸레 동

---

7 도깨비꽃. '도체비'는 제주 지방의 방언이다.
8 멀리 바다에서 파도가 밀려오는 모습을 "바다가 구길때"라고 하였다. 파도치는 모습을 솔바람 소리와 함께 그려 낸다.

백 떡갈나무속에서 나는 길을 잘못 들었다가 다시 측년출[9] 긔여간 흰돌바기 고부랑
길[10]로 나섰다. 문득 마조친 아롱점말이 避하지 않는다.

8

고비 고사리 더덕순 도라지꽃 취 삭갓나물[11] 대풀 石茸[12] 별과 같은 방울을 달은
高山植物을 색이며[13] 취하며 자며 한다. 白鹿潭 조찰한[14] 물을 그리여 山脈우에서
짓는 行列이 구름보다 莊嚴하다. 소나기 놋낫[15] 맞으며 무지개에 말리우며 궁둥이
에 꽃물 익여[16] 붙인채로 살이 붓는다.[17]

9

가재도 긔지 않는 白鹿潭 푸른 물에 하눌이 돈다. 不具에 가깝도록 고단한[18] 나
의 다리를 돌아 소가 갔다. 쫓겨온 실구름 一抹에도 白鹿潭은 흐리운다.[19] 나의 얼골

9   칡넝쿨.
10   흰 돌이 박혀 있는 고부랑길.
11   우산나물.
12   '石茸'은 석이(石耳)의 일본어식 한자 표기.
13   새기다. 마음에 두다. 하나하나를 챙겨 보다.
14   조찰하다. '조촐하다.'의 변형. 아담하고 깨끗하다.
15   '놋날 같다'에서 나온 말. 노드리듯하다. '놋날 같다'는 '빗발이 노끈을 드리운 것같이 줄기차게 쏟아지다'라
     는 뜻. 여기에서는 '줄기차게 내리는' 정도로 해석된다.
16   이기다. '가루에 물을 부어 반죽하다'와 '두드리어 잘게 짓찧다'라는 뜻이 있다. 여기에서는 후자에 가깝다.
17   붓다. 살가죽이 부풀어 오르다.
18   너무 힘들고 지쳐서 움직일 수 없이 됨.
19   백록담의 물이 너무 맑아서 그 위로 구름 한 자락이 약간만이라도 스쳐도 흐리게 보인다.

354

에 한나잘 포긴 白鹿潭은 쓸쓸하다. 나는 깨다 졸다 祈禱조차 잊었더니라.

—『백록담』, 14~17쪽

白鹿潭

1

絶頂에 가까울수록 뻭국채 꽃키가 점점 消耗된다. 한마루 올으면 허리가 슬어지고 다시 한마루 우에서 목아지가 없고 나종에는 얼굴만 갸옷 내다본다. 花紋처럼 版박힌다. 바람이 차기가 咸鏡道끝과 맞서는 데서 뻭국채 키는 아조 없어지고도 八月한철엔 흩어진 星辰처럼 爛漫하다. 山그림자 어둑어둑하면 그러지 않어도 뻭국채 꽃밭에서 별들이 켜든다. 제자리에서 별이 옴긴다. 나는 여긔서 기진했다.

2

巖古蘭, 丸藥같이 어여쁜 열매로 목을 축이고 살어 일어섰다.

3

白樺 옆에서 白樺가 髑髏가 되기까지 산다. 내가 죽어 白樺처럼 흴것이 슝없지 않다.

4

鬼神도 쓸쓸하여 살지않는 한모롱이, 도체비꽃이 낮에도 혼자 무서워 파랗게 질린다.

5

바야흐로 海拔六千呎우에서 마소가 사람을 대수롭게 아니녀기고 산다. 말이 말끼리 소가 소끼리, 망아지가 어미소를 송아지가 어미말을 딿으다가 이내 헤여진다.

6

첫색기를 낳노라고 암소가 몹시 혼이 났다. 얼결에 山길 百里를 돌아 西歸浦로 달어났다. 물도 말으기 전에 어미를 여힌 송아지는 움매 ― 움매 ― 울었다. 말을 보고도 登山客을 보고도 마고 매여달렸다. 우리 색기들도 毛色이 달은 어미한틔 맡길것을 나는 울었다.

7

風蘭이 풍기는 香氣, 꾀꼬리 서로 불으는 소리, 濟州회파람새 회파람부는 소리, 돌에 물이 따로 굴으는 소리, 먼 데서 바다가 구길때 솨 ― 솨 ― 솔소리, 물푸레 동백 떡갈나무속에서 나는 길을 잘못 들었다가 다시 측넌출 긔여간 흰돌박이 고부랑 길로 나섰다. 문득 마조친 아롱점 말이 避하지 않는다.

8

고비 고사리 더덕순 도라지꽃 취 삭갓나물 대풀 石茸 별과 같은 방울을 달은 高山植物을 색이며 醉하며 자며한다. 白鹿潭 조찰한 물을 그리여 山脈우에서 짓는 行列이 구름보다 莊嚴하다. 소나기 놋낫 맞으며 무지개에 말리우며 궁둥이에 꽃물 익여 부친채로 살이 붓는다.

9

가재도 긔지않는 白鹿潭 푸른 물에 하눌이 돈다. 不具에 가깝도록 고단한 나의 다리를 돌아 소가 갔다. 쫓겨온 실구름 一抹에도 白鹿潭은 흐리운다. 나의 얼골에 한나잘 포긴 白鹿潭은 쓸쓸하다. 나는 깨다 졸다 祈禱조차 잊었더니라.

(漢拏山素描)

—《문장》3호(1939. 4), 112~115쪽

비로봉

담장이
물들고,

다람쥐 꼬리
숱이 짙다.

산맥 우의
가을 길 ─

이마 바르히
해도 향기로워

지팽이
잦은 맞임

흰돌이
우놋다.

백화 홀홀
허울 벗고,

꽃 옆에 자고
이는 구름,

바람에
아시우다.

담장이
물 들고,

다람쥐 꼬리
숫이 [2] 짙다.

山脈우의
가을ㅅ길 ──

이마바르히 [3]
해도 향그롭어

지팽이
자진 마짐 [4]

흰들이 [5]
우놋다.

白樺 홀홀

---

1   비로봉은 금강산의 최고봉임.
2   숱이.
3   이마 바로. 이마 바로 위에.
4   지팡이를 자주 땅에 짚다. 지팡이가 닿는 길 위의 흰 돌에서 지팡이 짚는 소리가 난다는 것을 '흰돌이 우놋다'라고 적고 있음. 이것은 주변이 고요함을 암시하기도 함.
5   '흰돌'의 오기.《청색지(靑色紙)》의 원문에도 '흰돌'로 표기됨.

허울 벗고,[6]

꽃 옆에 자고
이는 구름,

바람에
아시우다.[7]

——『백록담』, 18~19쪽

---

6   자작나무의 껍질이 벗겨지는 모양.
7   '앗다'의 피동형에 해당하는 방언. 구름이 바람에 흩어지는 것을 보고 마치 바람이 구름을 앗아가는 것처럼
    묘사함.

毘盧峯

답장이
물 들고,

다람쥐 꼬리
숫이 짙다.

山脈 우의
가을ㅅ길 ──

이마 바르히
해도 향그롭어,

집팽이
잦은 마짐,

흰돌이
우놋다.

白樺 홀홀
허울 벗고,

꽃 옆에 자고
이는 구름,

바람에

아시우다.

──《청색지(靑色紙)》2호(1938. 8), 30∼31쪽

구성동

골짝에는 흔히
유성이 묻힌다.

황혼에
누뤼가 소란히 쌓이기도 하고,

꽃도
귀양 사는 곳,

절텃드랬는데
바람도 모이지 않고

산 그림자 설핏하면
사슴이 일어나 등을 넘어간다.

九城洞¹

골작에는 흔히
流星이 묻힌다.

黃昏에
누뤼²가 소란히 싸히기도³ 하고,

꽃도
귀향⁴ 사는곳,

절터ㅅ드랬는데⁵
바람도 모히지⁶ 않고

山그림자 설핏하면⁷
사슴이 일어나 등을 넘어간다.

———『백록담』, 20∼21쪽

---

1 구성동은 금강산의 한 계곡임.
2 누리. 우박(雨雹)의 순우리말.
3 소란스럽게 쌓이다.《청색지》의 원문에서는 2연이 "黃昏에/ 누뤼가 소란히 무치기도 하고"였다. 시집에서
   "黃昏에/ 누뤼가 소란히 싸히기도 하고"로 고쳐졌다.
4 귀양.
5 절터였더라고 했는데.
6 모이다. 바람도 없이 고요하고 한적함을 말함.
7 설핏하다. 해가 질 무렵 빛이 희미해지고 어둑어둑해지다.

九城洞

골자에는 흔히
流星이 무친다.

黃昏에
누뤼가 소란히 무치기도 하고.

꽃도
귀향 사는 곧,

절터ㅅ드랫는데
바람도 모히지 않고

山그림자 설피하면
사슴이 일어나 등을 넘어간다.

—《청색지》2호(1938. 8), 15쪽

옥류동

골에 하늘이
따로 트이고,

폭포 소리 하잔히
봄 우레를 울다.

날가지 겹겹이
모란 꽃잎 포기이는 듯.

자위 돌아 사풋 질듯
위태로이 솟은 봉오리들.

골이 속 속 접히어 들어
이내가 새포롬 서그럭거리는 숫도림.

꽃가루 묻힌 양 날아올라
나래 떠는 해.

보랏빛 햇살이
폭 지어 빗겨 걸치이매,

기슭에 약초들의
소란한 호흡!

들새도 날아들지 않고
신비가 한껏 저자 선 한낮.

물도 젖어지지 않아
흰 돌 우에 따로 구르고,

다가 스미는 향기에
길초마다 옷깃이 매워라.

귀또리도
흠식 한 양

옴짓
아니 긴다.

玉流洞

골에 하늘이
따로 트이고,

瀑布 소리 하잔히[1]
봄우뢰를 울다.

날가지[2] 겹겹히
모란꽃닢 포기이는 듯.[3]

자위 돌아[4] 사폿 질ㅅ듯
위태로히 솟은 봉오리들.

골이 속 속 접히어 들어

---

1 하잔하다. 잔잔하고 한가롭다.
2 날가지. 산의 큰 줄기에서 날카롭고 짧게 뻗은 갈래.
3 정지용이 쓴 「愁誰語 ─ 內金剛素描 1」의 "달이 뜨는 듯 해가 지는 듯 뛰어나온 날까지 구기어진 골짜구니 날래솟은 봉오리가 전체로 주름 잡힌 황홀한 치마폭으로 보아도 그러려니와 겹겹히 접히어 무슨 소린지 서그럭서그럭 소리가 소란한 모란꽃 송이송이로 보아도 역시 그러하다."라는 구절이 이 대목과 관련된다. 여기에 '날까지'라는 말이 나옴. 중부 지방에서는 산등성이를 '날등'이라고 하는데, '날가지'라는 말과 비슷함. 여기에서는 산봉우리들이 여러 개가 서로 겹쳐서 마치 모란꽃의 꽃잎이 서로 포개져 있는 모습과 흡사함을 말한다.
4 자위(가돌다). 밑이 돌아 틈이 생긴다. 위태롭게 솟아 있는 산봉우리들의 땅과 맞닿은 밑부분이 돌아 틈이 생겨 금방이라도 사폿 떨어져 내려앉을 것 같음을 묘사함.

이내(晴嵐)⁵가 새포롬⁶ 서그러거리는 숫도림.⁷

꽃가루 묻힌양 날러올라
나래 떠는 해.

보라빛 해ㅅ살이
幅지어 빗겨⁸ 걸치이매,

기슭에 藥草들의
소란한 呼吸!

들새도 날리들지 않고
神秘가 한곳⁹ 저자 선 한낮.¹⁰

물도 젖여지지 않어
흰돌 우에 따로 구르고,

---

5   해가 질 무렵 멀리 보이는 푸르스름하고 흐릿한 기운. 남기(嵐氣). 여기에서는 '옅은 안개'라고 보아도 무리
　　가 없다.
6   새포롬하다. 옅게 푸른빛을 띠다.
7   따로 도려낸 듯 사람의 발길이 닿지 않는 외진 곳. 여기서 '숫'은 '본디 그대로'라는 뜻의 접사이며, '도림'은
　　'따로 도려내다'의 뜻을 가진 동사 '도리다'의 명사형임. 인적이 드문 외진 곳을 '도린곁'이라고 하는 것도
　　'도리다'라는 말에서 연유함.
8   비끼다. 옆으로 비스듬하게 비치다.
9   한껏.
10 '저자 선'은 '저자가 서다'(장이 서다)에서 비롯된 말임. "신비가 한곳 저자 선 한낮"은 '신비로움이 마치 장
　　이 선 것처럼 한껏 퍼져 있음'을 뜻함.

닥어[11] 스미는 향기에
길초[12]마다 옷깃이 매워라.

귀또리도
흠식 한양[13]

옴짓[14]
아니 긴다.

──『백록담』, 22~25쪽

---

11 다그다. 어떤 물체에 가까이 옮기다.
12 길처. 가는 길의 근방.
13 흠칫한 양. 흠식하다. 흠칫하다. 놀라거나 겁이 나서 어깨나 목을 움츠리다.
14 작은 것이 계속 움직이는 모양. 옴찔. 여기에서는 꼼짝하지 않고 있음을 뜻함. 《조광》 원문에는 "뭉짓"으로
     되어 있음.

玉流洞

골에 하늘이
따로 트이고

瀑布 소리 하잔히
봄우뢰를 울다.

날가지 겹겹히
모란꽃닢 포기이는 듯

자위 돌아 사폭 질ㅅ듯
위태로히 솟은 봉오리들

골이 속 속 접히어 들어
이내(晴嵐)가 새포롬 서그러거리는 숫도림

꽃가루 무친양 날러올라
나래 떠는 해.

보라빛 해ㅅ살이
幅지어 빗겨 걸치이매

기슭에 藥草들의
소란한 呼吸!

들새도 날러들지 않고

神秘가 한끝 제자슨 한낮.

물도 젖어지지 않어
흰돌 우에 따로 구르고,

닥어 스미는 향긔에
길초마다 옷깃이 매워라.

귀또리도
흠식 한양

뭉짓
아니 긴다.

—《조광》25호(1937. 11), 134~135쪽

조찬

햇살 피어
이윽한 후,

머흘 머흘
골을 옮기는 구름.

길경 꽃봉오리
흔들려 씻기우고.

차돌부리
촉 촉 죽순 돋듯.

물소리에
이가 시리다.

앉음새 가리어
양지쪽에 쪼그리고,

서러운 새 되어
흰 밥알을 쫏다.

朝餐

해ㅅ살 피여
이윽한¹ 후,

머흘 머흘
골을 옮기는 구름.

桔梗² 꽃봉오리
흔들려 쎗기우고.

차돌부리
촉 촉 竹筍 돋듯.

물 소리에
이가 시리다.

앉음새 갈히여³
양지 쪽에 쪼그리고,

서러운 새 되어
흰 밥알을 쫏다.⁴

———『백록담』, 26~27쪽

---

1   이윽하다. '이슥하다.'의 방언. '밤이 깊어지다'의 뜻이지만, 여기에서는 '시간이 좀 지나다.'의 뜻으로 쓰임.
2   길경(桔梗). 도라지.
3   갈히다. 가리다. 분별하다.
4   쪼다.

朝餐

해ㅅ살 피여
이윽한 후,

머흘 머흘
골을 옴기는 구름.

桔梗 꽃봉오리
흔들려 씻기우고.

차돌부리
촉 촉 竹筍 돋듯.

물 소리에
이가 시리다.

앉음새 갈히여
양지 쪽에 쪼그리고,

서러운 새 되여
흰 밥알을 쫏다.

—《문장》22호(1941. 1), 114~115쪽

비

돌에
그늘이 차고,

따로 몰리는
소소리바람.

앞섰거니 하여
꼬리 치날리어 세우고,

종종 다리 까칠한
산새 걸음걸이.

여울지어
수척한 흰 물살,

갈가리
손가락 펴고.

멎은 듯
새삼 듣는 빗낱

붉은 잎 잎
소란히 밟고 간다.

비

돌에
그늘이 차고,[1]

따로 몰리는
소소리 바람.[2]

앞섰거니 하야
꼬리 치날리여[3] 세우고,

종종 다리 깟칠한[4]
山새 걸음거리.

여울 지여
수척한 흰 물살,[5]

갈갈히
손가락 펴고.

멎은듯

---

1   차다. 가득 차다. 그늘이 돌에 드리워짐을 말함.
2   음산하면서도 살 속을 파고드는 것같이 찬바람.
3   치날리다. 기세를 올려 날리다.
4   까칠하다. 여위어 살갗이 거칠고 기름기가 없다.
5   골짜기로 흐르는 물이 급하게 여울져 흐르기 때문에 하얀 물살이 이리저리 갈라진다. '수척한'이라는 말은
     흐르는 물이 많지 않음을 암시한다.

새삼 돋는[6] 비ㅅ낯[7]

붉은 닢 닢
소란히 밟고 간다.[8]

──『백록담』, 28~29쪽

---

6 '듣다'의 오식. 떨어지다. 방울 지어 떨어지다.
7 빗낯. '빗방울'의 방언.
8 빗방울이 붉게 물든 나뭇잎 위로 떨어지고 있는 모습을 나뭇잎을 소란스럽게 밟고 간다고 말함.

비

돌에
그늘이 차고,

따로 몰리는
소소리 바람.

앞 섯거니 하야
꼬리 치날리여 세우고,
종종 다리 깟칠한
山새 거름 거리.

여울 지여
수척한 흰 물살,

갈갈히
손가락 펴고.

멎은듯
새삼 돋는 비ㅅ낯

붉은 닢 닢
소란히 밟고 간다.

인동차

노주인의 장벽에
무시로 인동 삼긴 물이 내린다.

자작나무 덩그럭 불이
도로 피어 붉고,

구석에 그늘지어
무가 순 돋아 파릇하고,

흙냄새 훈훈히 김도 사리다가
바깥 풍설 소리에 잠착하다.

산중에 책력도 없이
삼동이 하이얗다.

忍冬茶

老主人의 膓壁에
無時로[1] 忍冬 삼긴물이[2] 나린다.

자작나무 덩그럭 불[3]이
도로 피여 붉고,

구석에 그늘 지여
무가 순돋아 파릇 하고,

흙냄새 훈훈히 김도 사리다가[4]
바깥 風雪소리에 잠착 하다.[5]

山中에 冊歷도 없이
三冬이 하이얗다.

— 『백록담』, 30~31쪽

---

1   정한 때가 없이. 수시로.
2   삶기다. 물에 넣어 끓이다. 여기서 '인동 삼긴 물'은 '인동 삶은 물'이 된다.
3   자작나무 장작의 큰 덩어리에 붙은 불.
4   사리다. '서리다'의 방언.
5   잠착하다. 참척하다. 한 가지 일에만 골몰하여 다른 생각이 없이 되다.

忍冬茶

老主人의 腸壁에
無時로 忍冬 삼긴물이 나린다.

자작나무 덩그럭 불이
도로 피여 붉고,

구석에 그늘 지여
무가 순돋아 파릇 하고,

흙냄새 훈훈히 김도 사리다가
밖앝 風雪소리에 잠착 하다.

山中에 冊歷도 없이
三冬이 하이얗다.

—《문장》22호(1941. 1), 118~119쪽

붉은 손

어깨가 둥글고
머릿단이 칠칠히,
산에서 자라거니
이마가 알빛같이 희다.

검은 버선에 흰 볼을 받아 신고
산과일처럼 얼어 붉은 손,
길눈을 헤쳐
돌 틈에 트인 물을 따내다.

한줄기 푸른 연기 올라
지붕도 햇살에 붉어 다사롭고,
처녀는 눈 속에서 다시
벽오동 중허리 파릇한 냄새가 난다.

수줍어 돌아앉고, 철 아닌 나그네 되어,
서려 오르는 김에 낯을 비추우며
돌 틈에 이상하기 하늘 같은 샘물을 기웃거리다.

붉은 손

엇깨가 둥글고
머리ㅅ단이 칠칠히,[1]
山에서 자라거니
이마가 알빛 같이 희다.

검은 버선에 흰 볼을 받아[2] 신고
山과일 처럼 얼어 붉은 손,
길 눈을 헤쳐
돌 틈에 트인 물을 따내다.[3]

한줄기 푸른 연긔 올라
집웅도 해ㅅ살에 붉어 다사롭고,
처녀는 눈 속에서 다시
碧梧桐 중허리[4] 파릇한 냄새가 난다.

수집어 돌아 앉고, 철아닌 나그내 되어,
서려오르는 김에 낯을 비추우며
돌 틈에 이상하기 하눌 같은 샘물을 기웃거리다.

—『백록담』, 32~33쪽

---

1 칠칠하다. 아주 미끈하게 길다.
2 볼 받다. 해진 버선의 앞뒤 바닥에 헝겊을 덧대어 깁다. 버선 밑바닥의 앞뒤에 대는 헝겊 조각을 '볼'이라
   고 함.
3 돌 틈으로 트여 흘러나오는 물을 받는 모습을 말함.
4 큰 줄기의 가운데 부분.

붉은 손

엇깨가 둥글고
머리ㅅ단이 칠칠히,
山에서 자라거니
이마가 알빛 같이 희다.

검은 버선에 흰 볼을 받아 신고
山과일 처럼 얼어 붉은 손,
길 눈을 헤쳐
돌 틈에 트인 물을 따내다.

한줄기 푸른 연긔 올라
집웅도 해ㅅ살에 붉어 다사롭고,
처녀는 눈 속에서 다시
碧梧桐 중허리 파릇한 냄새가 난다.

수집어 돌아 앉고, 철아닌 나그내 되여,
서려오르는 김에 낯을 비추우며
돌 틈에 이상하기 하눌 같은 샘물을 기웃거리다.

—《문장》22호(1941. 1), 120~121쪽

꽃과 벗

석벽 깎아지른
안돌이 지돌이,
한나절 기고 돌았기
이제 다시 아슬아슬하고나.

일곱 걸음 안에
벗은, 호흡이 모자라
바위 잡고 쉬며 쉬며 오를 제,
산꽃을 따,
나의 머리며 옷깃을 꾸미기에,
오히려 바빴다.

나는 번인처럼 붉은 꽃을 쓰고,
약하여 다시 위엄스런 벗을
산길에 따르기 한결 즐거웠다.

새소리 끊인 곳,
흰 돌 이마에 회돌아 서는 다람쥐꼬리로
가을이 짙음을 보았고,

가까운 듯 폭포가 하잔히 울고,

멩아리 소리 속에
돌아져 오는
벗의 부름이 더욱 고왔다.

삽시 엄습해 오는
빗낱을 피하여,
짐승이 버리고 간 석굴을 찾아들어,
우리는 떨며 주림을 의논하였다.

백화 가지 건너
짙푸르러 찡그린 먼 물이 오르자,
꼬아리같이 붉은 해가 잠기고,

이제 별과 꽃 사이
길이 끊어진 곳에
불을 피우고 누웠다.

낙타털 케트에
구기인 채
벗은 이내 나비같이 잠들고,

높이 구름 우에 올라,
나룻이 잡힌 벗이 도리어
안해같이 예쁘기에,
눈 뜨고 지키기 싫지 않았다.

꽃과 벗

石壁 깎아지른
안돌이 지돌이,[1]
한나잘 긔고 돌았기
이제 다시 아슬아슬 하고나.

일곱 거름 안에
벗은, 呼吸이 모자라
바위 잡고 쉬며 쉬며 오를제,
山꽃을 따,
나의 머리며 옷깃을 꾸미기에,
오히려 바빴다.

나는 蕃人[2]처럼 붉은 꽃을 쓰고,
弱하야 다시 威嚴스런 벗을
山길에 따르기 한결 즐거웠다.

새소리 끊인 곳,
흰돌 이마에 회돌아 서는 다람쥐 꼬리로
가을이 짙음을 보았고,

가까운듯 瀑布가 하잔히[3] 울고,

---

1   험한 벼랑길에 바위 같은 것을 안고 겨우 돌아가게 된 곳(안돌이)과 반대로 바위를 등에 대고 돌아가는 곳
     (지돌이)을 말함. 안돌이 지돌이하다.
2   미개인. 야만인.
3   하잔하다. 쓸쓸하고 차분하다.

멩아리 소리 속에
돌아져 오는
벗의 불음이 더욱 곻았다.

삽시 掩襲해 오는
비ㅅ낯을 피하야,
김승이 버리고 간 石窟을 찾어들어,
우리는 떨며 주림을 의논하였다.

白樺 가지 건너
짙푸르러 찡그린 먼 물이 오르자,⁴
꼬아리⁵같이 붉은 해가 잠기고,

이제 별과 꽃 사이
길이 끊어진 곳에
불을 피고 누었다.

駱駝털 케트⁶에
구기인채⁷

---

4 비가 개고 멀리 짙푸른 바다가 보이는 모양을 그림.
5 꽈리. 가지과에 속하는 다년초로서 잎은 타원형으로 잎자루가 있고, 황백색의 꽃이 핌. 가을에 열매가 발갛게 익으면 씨를 빼내어 아이들이 입에 넣고 소리를 내는 노릿감으로 씀. 여기에서는 멀리 수평선 아래로 잠기는 붉은 태양을 빨간 꽈리에 비유하고 있음.
6 킷(kit). 침낭.
7 침낭 속으로 몸을 구부리고 들어가 누운 모습을 말함.

벗은 이내 나븨 같이 잠들고,

높이 구름우에 올라,
나룻이 잡힌⁸ 벗이 도로혀
안해 같이 여쁘기에,
눈 뜨고 지키기 싫지 않었다.

──『백록담』, 34~37쪽

---

8 나룻하다. '나른하다'의 방언. '나룻이 잡힌'은 '나른하게 잡힌 듯이 누운'의 뜻으로 봄.

꽃과 벗

원문 2

石壁 깍아질은
안돌이 지돌이,
한나절 긔고 돌았기
이제 다시 아슬아슬 하고나.

일곱 거름 안에
벗은, 呼吸이 모자라
바위 잡고 쉬며 쉬며 오를제,
山꽃을 따,
나의 머리며 옷깃을 꾸미기에,
오히려 바빴다.

나는 蕃人처럼 붉은 꽃을 쓰고,
弱하야 다시 威嚴스런 벗을
山길에 따르기 한결 즐거웠다.

새소리 끊인 곳,
흰돌 이마에 회돌아 서는 다람쥐 꼬리로
가을이 짙음을 보았고,

가까운 듯 瀑布가 하잔히 울고,
멩아리 소리 속에
돌아저 오는
벗의 불음이 더욱 곻았다.

삽시 掩襲해 오는
비ㅅ낯을 피하야,
김승이 버리고 간 石窟을 찾어들어,
우리는 떨며 주림을 의론하였다.

白樺 가지 건너,
짙푸르러 찡그린 먼 물이 오르쟈,
꼬아리같이 붉은 해가 잠기고,

이제 별과 꽃 사이
길이 끊어진 곳에
불을 피고 누웠다.

駱駝털 케트에
구기인채
벗은 이내 나븨 같이 잠들고,

높이 구름우에 올라,
나릇이 잡힌 벗이 도리어
안해 같이 여쁘기에,
눈 뜨고 지키기 싫지 않었다.

—《문장》22호(1941. 1), 122~125쪽

폭포

산골에서 자란 물도
돌베람빡 낭떠러지에서 겁이 났다.

눈덩이 옆에서 졸다가
꽃나무 알로 우정 돌아

가재가 기는 골짝
죄그만 하늘이 갑갑했다.

갑자기 호숩어질랴니
마음 조일 밖에.

흰 발톱 갈가리
앙증스레도 할퀸다.

어쨌든 너무 재재거린다.
나려질리자 쭐뺏 물도 단번에 감수했다.

심심산천에 고사리밥
모조리 졸리운 날

송홧가루
노랗게 날리네.

산수 따라온 신혼 한 쌍
앵두같이 상기했다.

돌부리 뾰죽뾰죽 무척 고부라진 길이
아기자기 좋아라 왔지!

하인리히 하이네 적부터
동그란 오오 나의 태양도

겨우 끼리끼리의 발꿈치를
조롱조롱 한나절 따라왔다.

산간에 폭포수는 암만해도 무서워서
기엄기엄 기며 내린다.

瀑布

산ㅅ골에서 자란 물도
돌베람빡¹ 낭떨어지에서 겁이 났다.

눈ㅅ뎅이 옆에서 졸다가
꽃나무 알로 우정² 돌아

가재가 긔는 골작
죄그만 하늘이 갑갑했다.

갑자기 호숩어질랴니³
마음 조일 밖에.

흰 발톱 갈갈이
앙징스레도 할퀸다.⁴

어쨌던 너무 재재거린다.
나려질리자 쭐뼷⁵ 물도 단번에 감수했다.⁶

심심 산천에 고사리ㅅ밥

---

1 돌 바람벽. 석벽.
2 일부러.
3 호숩다. 호수워지다. 중부 지역 방언에서는 '호삽다'도 함께 쓰임. (그네 타거나 무등 태울 때처럼 높은 곳에
   서 무엇을 탈 때 긴장되고 짜릿하게 느껴지다.
4 골짜기를 하얗게 갈래지어 흘러가는 물의 모습.
5 쭐뼷. 쭐뼷하다. 매우 놀라거나 무서워서 머리끝이 서는 듯한 느낌이 있다.
6 감수(減壽)하다. 물이 폭포를 이루며 떨어지는 순간 '십년 감수한' 것처럼 놀랐음을 묘사함.

모조리 졸리운 날

송화ㅅ가루
놓랗게[7] 날리네.

山水 따러온 新婚 한쌍
앵두 같이 상긔했다.[8]

돌뿌리 뾰죽 뾰죽 무척 고브라진[9] 길이
아기 자기 좋아라 왔지!

하인리히 하이네[10] ㅅ 적부터
동그란 오오 나의 太陽도

겨우 끼리끼리의 발굼치를
조롱 조롱 한나잘 따러왔다.

산간에 폭포수는 암만해도 무서워서
긔염 긔염 긔며 나린다.

—『백록담』, 38~41쪽

7 노랗게.
8 상기하다. 기분이 상쾌하다.
9 고부러지다.
10 하인리히 하이네(Heinrich Heine). 독일의 낭만파 시인.

瀑布

산ㅅ골에서 자란 물도
돌베람빡 낭떠러지가 겁이 낫다.

눈ㅅ뗑이 옆에서 졸다가
꽃나무 알로 우정 돌아

가재가 긔는 골짝
죄그만 하눌이 갑갑했다.

갑자기 호수어 질랴니
마음 조일박게.

흰 발톱 갈갈이
앙징스레도 할퀸다.

어쨋던 너무 재재거린다.
나려질리쟈 쭐뼷 물도 단번에 감수했다.

심심 산천에 고사리ㅅ밥
모조리 졸리운 날

송화ㅅ가루
놓랗게 날리네.

山水 딸어온 新婚 한쌍

앵두 같이 상긔했다.

돌뿌리 뾰죽 뾰죽 무척 곱으라진 길이
아기 자기 좋아라 왔지!

하인리, 하이네ㅅ적 부터
동그란 오오 나의 太陽도

겨우 끼리끼리의 발금치를
조롱 조롱 한나잘 딸어왔다.

산간에 폭포수는 암만해도 무서워서
긔염 긔염 긔며 나린다.

—《조광》9호(1936. 7), 30~31쪽

온정

그대 함께 한나절 벗어나온 그 머흔 골짜기   이제 바람이 차지하는다
앞 낡의 곱은 가지에 걸리어 파람 부는가 하니   창을 바로 치놋다   밤
이윽자 화롯불 아쉬워지고   촉불도 치위 타는 양 눈썹 아사리느니   나
의 눈동자 한밤에 푸르러 누운 나를 지키는다   푼푼한 그대 말씨 나를 이
내 잠들이고 옮기셨는다   조찰한 베개로 그대 예시니   내사 나의 슬기
와 외롬을 새로 고를 밖에!   땅을 쪼기고 솟아 고이는 태고로 하냥 더운
물   어둠속에 홀로 지적거리고   성긴 눈이 별도 없는 거리에 날리어라.

溫井¹   원문 1

그대 함끠² 한나잘 벗어나온 그머흔³ 골작이   이제 바람이 차지하는다   앞낡⁴의 곱은 가지에 걸리어 파람 부는가⁵ 하니   창을 바로치놋다⁶   밤 이윽자⁷ 화로ㅅ불 아쉬어 지고   촉불도 치위타는양⁸ 눈섭 아사리느니⁹   나의 눈동자 한밤에 푸르러 누은 나를 지키는다   푼푼한¹⁰ 그대 말씨 나를 이내 잠들이고 옮기셨는다   조찰한 벼개로 그대 예시니¹¹   내사 나의 슬기와 외롬을 새로 고를 밖에!   땅을 쪼기고 솟아 고히는 태고로 한양¹² 더운 물   어둠속에 홀로 지적거리고   성긴¹³ 눈이 별도 없는 거리에 날리어라.

—『백록담』, 42쪽

1   온정리(溫井里)는 금강산 입구의 온천 마을.
2   함께.
3   머흘다. 험하다.
4   낡. 나무.
5   바람이 불어 나뭇가지 스치는 소리가 나는 것을 말함.
6   바로 치는구나. 바람이 창에 와 부딪치는 것을 말함.
7   이슥하다. 밤이 깊어 가다.
8   추위를 타는 것처럼.
9   아사리다. 움츠려들면서 바르르 떨다.
10   푼푼하다. 잔졸하지 않고 활달하다.
11   예다. 가다.
12   함께. 더불어 늘.
13   성기다. 사이가 배지 않고 뜨다.

溫井

그대 함끼 한나잘 벗어나온 그머흔 골작이   이제 바람이 차지하는다   앞남긔
곱은 가지에 걸리어 파람 부는가 하니   창을 바로치놋다   밤 이윽쟈 화로ㅅ불 아쉽
어 지고   촉불도 치위타는양 눈섭 아사리느니   나의 눈동자 한밤에 푸르러 누은 나
를 지키는다   푼푼한 그대 모습 훈훈한 그대 말씨 나를 이내 잠들이고 옴기셨는다
조찰한 벼개로 그래 예시니   내사 나의 슬기와 외롬을 새로 고를 박긔   땅을 쪼기고
솟아 고히는 태고로 한양 더운물   어둠속에 홀로 지적거리고   성긴 눈이 별도 없는
거리에 날리어라.

—《삼천리문학》2호(1938. 4), 37쪽

삽사리

　　그날 밤 그대의 밤을 지키든 삽사리 괴임직도 하이　짙은 울 가시 사립 굳이 닫히었거니　덧문이요 미닫이요 안의 또 촉불 고요히 돌아 환히 새우었거니　눈이 치로 쌓인 고샅길 인기척도 아니 하였거니　무엇에 후젓하던 맘 못 놓이길래 그리 짖었더라니　얼음 알로 잔돌 사이 뚫노라 죄죄대든 개울 물소리 기어들세라　큰 봉을 돌아 둥그레 둥긋이 넘쳐오던 이윽달도 선뜻 내려설세라　이저리 서대든 것이러냐　삽사리 그리 굴음직도 하이　내사 그댈 새레 그대 것엔들 닿을 법도 하리　삽사리 짖다 이내 허울한 나룻 도사리고　그대 벗으신 고운 신 이마 위하며 자더니라.

삽사리

그날밤 그대의 밤을 지키든 삽사리 괴임즉도[1] 하이   짙은 울[2] 가시사립 굳이 닫히었거니   덧문이요 미닫이오 안의 또 촛불 고요히 돌아 환히 새우었거니   눈이 치로 싸힌 고삿길[3] 인기척도 아니하였거니   무엇에 후젓허든[4] 맘 못뇌히길래[5] 그리 짖었더라니   어름알로[6] 잔돌사이 뚫로라 죄죄대든[7] 개울 물소리 기여 들세라   큰봉을 돌아 둥그레 둥긋이 넘쳐오든 이윽달[8]도 선뜻 나려 설세라   이저리 서대든 것이러냐[9]   삽사리 그리 굴음즉도 하이[10]   내사 그대ㄹ 새레[11] 그대것엔들 다흘법도 하리[12]   삽사리 짖다 이내 허울한[13] 나룻 도사리고   그대 벗으신 공은 신이마 위하며 자드니라.

—『백록담』, 43쪽

---

1   괴다. 사랑하다. 사랑함직도.
2   울타리.
3   눈이 사람 키 닿을 정도로 쌓인 시골 마을의 좁은 길.
4   후젓하다. 무서운 느낌이 들 정도로 적적하고 고요하다.
5   놓이길래.
6   아래로.
7   물이 소리를 내며 흐르는 것을 말함.
8   만월에 가까운 달.
9   이리저리 왔다 갔다 하면서 서성대다.
10 그렇게 행동함 직도 하다.
11 ~는커녕. 고사하고.
12 내가 그대는커녕 그대의 어느 것엔들 손댈 수가 있겠는가.
13 허울하다. 비어 있는 듯 허전하다.

삽사리

그날밤 그대의 밤을 지키든 삽사리 괴임직도 하이   짙은울 가시사립 굳이 닫치었거니   덧문이오 미다지오 안희 또 촉불 고요히 돌아 환히 새우었거니   눈이 치로 쌓인 고삿길 인기척도 않이 하였거니   무엇에 후젓허든 맘 못뇌히길래 그리 짖었드라니   어름알로 잔돌사이 뚤로라 죄죄대든 개올 물소리 긔여 들세라   큰봉을 돌아 둥그레 둥긋이 넘쳐오든 이윽달도 선뜻 나려 슬세라   이저리 서대든것이러냐   삽사리 그리 굴음즉도 하이   내사 그대ㄹ 새레 그대것엔들 다흘법도 하리   삽사리 짖다 이내 허울한 나룻 도사리고   그대 벗으신 곻은 신이마 위하며 자드니라.

—《삼천리문학》2호(1938. 4), 36쪽

나비

시키지 않은 일이 서둘러 하고 싶기에　난로에 싱싱한 물푸레 갈아
지피고　등피 호 호 닦아 끼우어 심지 튀기니　불꽃이 새록 돋다　미
리 떼고 걸고 보니 칼렌다 이튿날 날짜가 미리 붉다　이제 차츰 밟고 넘
을 다람쥐 등솔기같이 구부레 벋어나갈 연봉 산맥 길 우에 아슬한 가을
하늘이여　초침 소리 유달리 뚝닥거리는 낙엽 벗은 산장 밤　창유리까
지에 구름이 드뉘니　후 두 두 두 낙수 짓는 소리　크기 손바닥만 한 어
인 나비가 따악 붙어 들여다본다　가엾어라 열리지 않는 창　주먹 쥐어
징징 치니 날을 기식도 없이 네 벽이 도리어 날개와 떤다　해발 오천 척
우에 떠도는 한 조각 비 맞은 환상　호흡하노라 서툴리 붙어 있는 이 자
재화 한 폭은 활 활 불 피어 담기어 있는 이상스런 계절이 몹시 부러웁다
날개가 찢어진 채　검은 눈을 잔나비처럼 뜨지나 않을까 무서워라　구
름이 다시 유리에 바위처럼 부서지며　별도 휩쓸려 내려가 산 아래 어느
마을 우에 총총하뇨　백화 숲 희부옇게 어정거리는 절정　부유스름하
기 황혼 같은 밤.

나비

　　시기지¹ 않은 일이 서둘러 하고싶기에　暖爐에 싱싱한 물푸레 갈어 지피고　燈皮 호 호 닦어 끼우어 심지 튀기니²　불꽃이 새록³ 돈다　미리 떼고 걸고 보니 칼렌다 이튿날 날자가 미리 붉다　이제 차츰 밟고 넘을 다람쥐 등솔기 같이 구브레 벋어나갈 連峯 山脈길 우에 아슬한⁴ 가을 하늘이여　秒針 소리 유달리 뚝닥 거리는 落葉 벗은 山莊 밤　窓유리까지에 구름이 드뉘니⁵ 후 두 두 두 落水 짓는 소리　크기 손바닥만한 어인 나븨가 따악 붙어 드려다 본다　가엾서라 열리지 않는 窓　주먹 쥐어 징징 치니 날을 氣息⁶도 없이 네 壁이 도로혀 날개와 떤다　海拔 五千呎 우에 떠도는 한조각 비맞은 幻想　呼吸하노라 서툴리 붙어있는 이 自在畵⁷ 한幅은 활 활 불피여 담기여 있는 이상스런 季節이 몹시 부러움다　날개가 찢어진채　검은 눈을 잔나비처럼 뜨지나 않을까 무섭어라　구름이 다시 유리에 바위처럼 부서지며　별도 휩쓸려 나려가 산 아래 어닌 마을 위에 총총 하뇨⁸　白樺숲 희부옇게 어정거리는 絕頂　부유스름하기 黃昏같은 밤.

──『백록담』, 44~45쪽

1　시키다.
2　심지를 돋우다.
3　새록새록. 새로운 일이나 물건이 잇달아 생기거나 나오는 모양. 하나하나가 새롭게.
4　아스라하다. 가마득하다.
5　드뉘다. 낮게 드리워 움직이다.
6　숨 쉬는 기운. '기식도 없다'는 말은 조금도 움직임이 없다는 뜻.
7　도구를 쓰지 않고 그린 그림.
8　창밖으로 멀리 내다보이는 마을의 불빛을, 마치 하늘의 별들이 바람과 구름에 쓸리어 마을에 총총하게 떠 있는 것처럼 그려 냄.

나븨

　　시기지 않은 일이 서둘러 하고싶기에　暖爐에 싱싱한 물푸레 갈어 지피고　燈皮 호 호 닦어 끼우어 심지 튀기니　불꽃이 새록 돋다　미리 떼고 걸고보니　칼렌다 이튿날 날자가 미리 붉다　이제 차츰 밟고 넘을 다람쥐 등솔기 같이 구브레 벌어나 갈 連峯 山脈길 우에 아슬한 가을 하늘이여　秒針 소리 유달리 뚝닥 거리는 落葉 벗은 山莊 밤　窓유리 까지에 구름이 드뉘니　후 두 두 두 落水 짓는 소리　크기 손바닥만한 어인 나븨가 따악 붙어 드려 본다　가엽서라 열리지 않는 窓　주먹쥐어 징징 치니　나를 氣息도 없이　네壁이 도로혀 날개와 떤다　海拔 五千呎 우에　떠도는 한조각 비맞은 幻想　呼吸하노라 서툴리 붙어 있는 이 自在畵 한幅은　활 활 불피여 담기여 있는 이상스런 季節이 몹시 부러웁다　날개가 찌저진채　검은 눈을 잔나비처럼 뜨지나 않을가 무섭어라　구름이 다시 유리에 바위처럼 부서지며　별도 휩쓸려 나려가　山아래 어늰 마을 우에 총 총 하뇨　白樺숲 희부옇게 어정거리는 絶頂 부유스름하기 黃昏같은 밤.

—《문장》 22호(1941. 1), 128~129쪽

진달래

한 골에서 비를 보고   한 골에서 바람을 보다   한 골에 그늘 딴 골에 양지   따로따로 갈아 밟다   무지개 햇살에 빗걸린 골   산벌떼 두름박 지어   위잉위잉 두르는 골   잡목 수풀 누릇 불긋 어우러진 속에 감초혀 낮잠 듭신 칡범 냄새 가장자리를 돌아   어마 어마 기어 살아 나온 골   상봉에 올라 별보다 깨끗한 돌을 드니   백화 가지 우에 하도 푸른 하늘……   포르르 풀매…… 온 산중 홍엽이 수런수런거린다   아랫절 불 켜지 않은 장방에 들어 목침을 달구어 발바닥 꼬아리를 슴슴 지지며   그제사 범의 욕을 그놈 저놈하고 이내 누웠다   바로 머리맡에 물소리 흘리며 어느 한 곬으로 빠져나가다가   난데없는 철 아닌 진달래 꽃사태를 만나   나는 만신을 붉히고 서다.

진달래

한골에서 비를 보고 한골에서 바람을 보다 한골에 그늘 딴골에 양지 따로 따로 갈어[1] 밟다 무지개 해ㅅ살에 빗걸린[2] 골 山벌떼 두름박[3] 지어 위잉 위잉 두르는 골 雜木수풀 누릇 붉웃 어우러진 속에 감초혀 낮잠 듭신 칙범 냄새 가장자리를 돌아 어마 어마 긔여[4] 살어 나온 골 上峯에 올라 별보다 깨끗한 돌을 드니 白樺가지 우에 하도 푸른 하눌 ……포르르 풀매[5]…… 온산중 紅葉이 수런 수런 거린다[6] 아랫ㅅ절 불켜지 않은 장방에 들어 목침을 달쿠어[7] 발바닥 꼬아리[8]를 슴슴 지지며 그제사 범의 욕을 그놈 저놈하고 이내 누었다 바로 머리 맡에 물소리 흘리며 어늬 한곬으로 빠져 나가다가 난데없는 철아닌 진달레 꽃사태[9]를 만나 나는 萬身을 붉히고 서다.

—『백록담』, 46~47쪽

1   갈다. 바꾸다.
2   비스듬하게 걸리다.
3   뒤웅박. "산벌떼 두름박 지어"는 '산벌떼가 마치 뒤웅박처럼 둥그렇게 무리를 지어'라는 뜻임.
4   어마 어마. '서마서마', '조마조마' 등과 같이 '위태로운 느낌으로 마음 졸이는 상태'를 일컫는 말. 여기에서는 험하고 위태로운 산골짜기를 겁을 먹고 마음 졸이며 기어 나왔다는 뜻이다.
5   뿔매. 뿔매 한 마리가 포르르 날아오르는 모양.
6   자작나무 숲 속에서 포르르 매 한 마리가 날자, 그 소리에 고요하던 단풍 든 산중이 모두 수선스럽게 느껴진다.
7   달구다. 불기운으로 뜨겁게 하다.
8   꽈리 모양으로 둥글게 물집이 잡힌 부분.
9   진달래꽃이 주체할 수 없이 많이 피어 있음을 말함.

진달레

한골에서 비를 보고 한골에서 바람을 보다 한골에 그늘 딴골에 양지 따로 따로 갈어 밟다 무지개 해ㅅ살에 빗걸린 골 山벌떼 두름박 지어 위잉 위잉 두르는 골 雜木수풀 누릇 붉옷 어우러진 속에 감초혀 낮잠 듭신 칙범 냄새 가장 자리를 돌아 어마 어마 긔여 살어 나온 골 上峯에 올라 별보다 깨끗한 돌을 드니 白樺가지 우에 하도 푸른 하눌 ……포르르 풀매…… 온산중 紅葉이 수런 수런 거린다 아래ㅅ절 불켜지 않은 장방에 들어 목침을 달쿠어 발바닥 꼬아리를 슴슴 지지며 그제ㅅ사 범의 욕을 그놈 저놈하고 이내 누었다 바로 머리 맡에 물소리 흘리며 어늬 한 골스로 빠저 나가다가 난데 없는 철아닌 진달레 꽃사태를 맞나 나는 萬身을 붉히고 서다.

—《문장》22호(1941. 1), 132~133쪽

호랑나비

　화구를 메고 산을 첩첩 들어간 후　이내 종적이 묘연하다　단풍이 이울고　봉마다 찡그리고 눈이 날고 영우에 매점은 덧문 속문이 닫히고 삼동내 — 열리지 않았다　해를 넘어 봄이 짙도록　눈이 처마와 키가 같았다　대폭 캔버스 우에는　목화송이 같은 한 떨기 지난 해 흰 구름이 새로 미끄러지고　폭포 소리 차츰 불고 푸른 하늘 되돌아서오건만　구두와 안신이 나란히 놓인 채 연애가 비린내를 풍기기 시작했다　그날 밤 집집 들창마다 석간에 비린내가 끼치었다　박다 태생 수수한 과부 흰 얼굴이사　회양 고성 사람들 끼리에도 익었건만　매점 바깥주인 된 화가는 이름조차 없고 송홧가루 노랗고　뻑 뻑국 고비 고사리 고부라지고 호랑나비 쌍을 지어 훨 훨 청산을 넘고.

호랑나븨

畵具를 메고 山을 疊疊 들어간 후   이내 踪跡이 杳然하다   丹楓이 이울고[1] 峯마다 찡그리고 눈이 날고 嶺우에 賣店은 덧문 속문이 닫히고   三冬내 — 열리지 않었다   해를 넘어 봄이 짙도록   눈이 처마와 키가 같었다   大幅 캔바스 우에는   木花송이 같은 한떨기 지난해 흰 구름이 새로 미끄러지고   瀑布소리 차즘 불고[2] 푸른 하눌 되돌아서 오건만   구두와 안ㅅ신[3]이 나란히 노힌채 戀愛가 비린내를 풍기기 시작했다   그날밤 집집 들창마다 夕刊에 비린내가 끼치었다[4]   博多[5] 胎生 수수한 寡婦 흰얼골 이사   淮陽 高城[6]사람들 끼리에도 익었건만   賣店 바깥 主人 된 畵家는 이름조차 없고   松花가루 노랗고   뻑 뻑국 고비 고사리 고부라지고   호랑나븨 쌍을 지여 훨 훨 靑山을 넘고.[7]

—『백록담』, 48~49쪽

---

1   이울다. 꽃이나 잎이 시들다.
2   폭포 소리가 차츰 크게 들리고. 산중의 눈이 녹아 골짜기에 물이 많아져서 폭포에 흐르는 물소리가 점차 커진다.
3   여인네 신발.
4   산중 매점에 구두와 여인네 신발이 놓여 있고, 두 사람의 정사(情死)가 사람들에게 알려진다. 그리고 신문에 두 남녀의 죽음이 보도되어 그날 저녁 화젯거리가 된다.
5   일본 규슈의 후쿠오카 서쪽에 위치한 항구.
6   淮陽, 高城은 금강산 인근의 마을.
7   《문장》의 원문은 "호랑나븨 쌍을 지여 훨 훨 靑山을 넘다."로 되어 있는데, 시집에서 '호랑나븨 쌍을 지여 훨 훨 靑山을 넘고.'라고 고쳐졌다.

호랑나븨

　　畵具를 메고 山을 疊疊 들어 간후　이내 踪跡이 杳然하다　丹楓이 이울고　峯마
다 찡그리고　눈이 날고 嶺우에 賣店은 덧문 속문이 닫치고　三冬내 ── 열리지 않었
다　해를 넘어 봄이 짙도록　눈이 처마와 키가 같었다　大幅「캔바스」우에는 木花
송이 같은 한떨기 지난해 흰 구름이 새로 미끄러지고　瀑布소리 차즘 불고　푸른 하
눌 되돌아서 오건만　구두와 안ㅅ신이 나란히 노힌채 戀愛가 비린내를 풍기기 시
작했다　그날 밤 집집 들창마다 夕刊에 비린내가 끼치었다　博多 胎生 수수한 寡婦
흰얼골 이사　淮陽 高城사람들 끼리에도 익었건만　賣店 밖앝 主人 된 畵家는 이름
조차 없고 松花가루 노랗고　뻑 뻑국　고비 고사리 고브라지고　호랑나븨 쌍을 지
여 훨 훨 靑山을 넘다.

예장

    모닝코트에 예장을 갖추고　대만물상에 들어간 한 장년 신사가 있었다.　구만물 우에서 알로 나려뛰었다　윗저고리는 나려가다가 중간 솔가지에 걸리어 벗겨진 채　와이샤쓰 바람에 넥타이가 다칠세라 납족이 엎드렸다　한겨울 내 ― 흰 손바닥 같은 눈이 내려와 덮어 주곤 주곤 하였다　장년이 생각하기를 "숨도 아이예 쉬지 않아야 춥지 않으리라"고　주검다운 의식을 갖추어 삼동내 ― 부복하였다　눈도 희기가 겹겹이 예장 같이　봄이 짙어서 사라지다.

모오닝코오트에 禮裝을 가추고   大萬物相[1]에 들어간 한 壯年紳士가 있었다
舊萬物 우에서 알로 나려뛰었다   웃저고리는 나려 가다가 중간 솔가지에 걸리여 벗
겨진채   와이샤쓰 바람에 넥타이가 다칠세라 납족이 업드렸다   한겨울 내— 흰
손바닥 같은 눈이 나려와 덮어 주곤 주곤 하였다   壯年이 생각하기를 「숨도아이에
쉬지 않어야 춥지 않으리라」고   주검다운 儀式을 가추어 三冬내— 俯伏하였다[2]
눈도 희기가 겹겹히 禮裝 같이   봄이 짙어서 사라지다.

— 『백록담』, 50쪽

---

1   금강산 명승지의 하나.
2   부복하다. 고개를 숙이고 엎드리다.

禮裝

　　모오닝코오트에 禮裝을 가추고　大萬物相에 들어간 한 壯年紳士가 있었다.　舊
萬物 우에서 알로 나려뛰였다　웃저고리는 나려 가다가 중간 솔가지에 걸리여 벗겨
진채　와이샤쓰 바람에 넥타이가 다칠세라 납죽이 업드렸다　한겨울 내 ― 흰손바
닥 같은 눈이　나려와 덮어 주곤 주곤 하였다　壯年이 생각하기를 「숨도아이에 쉬
지 않어야 춥지 않으리라」고　죽엄다운 儀式을 가추어 三冬내 ― 俯伏하였다　눈
도 희기가 겹겹히 禮裝같이　봄이 짙어서 사라지다.

―《문장》 22호(1941. 1), 127쪽

선취

해협이 일어서기로만 하니깐
배가 한사코 기어오르다 미끄러지곤 한다.

괴롬이란 참지 않아도 겪어지는 것이
주검이란 죽을 수 있는 것같이

뇌수가 튀어나오려고 지긋지긋 견딘다.
꼬꼬댁 소리도 할 수 없이

얼빠진 장닭처럼 건들거리며 나가니
갑판은 거북등처럼 뚫고 나가는데 해협이 업히려고만 한다.

젊은 선원이 숫제 하모니카를 불고 섰다.
바다의 삼림에서 태풍이나 만나야 감상할 수 있다는 듯이,

암만 가려 디딘대도 해협은 자꾸 꺼져 들어간다.
수평선이 없어진 날 단말마의 신혼여행이여!

오직 한낱 의무를 찾아내어 그의 선실로 옮기다.
기도도 허락되지 않는 연옥에서 심방하려고

계단을 내리려니깐
계단이 올라온다.

도어를 부둥켜안고 기억할 수 없다.
하늘이 조여들어 나의 심장을 짜노라고

영양은 고독도 아닌 슬픔도 아닌
올빼미 같은 눈을 하고 체모에 기고 있다.

애린을 베풀까 하면
즉시 구토가 재촉된다.

연락선에는 일체로 간호가 없다.
징을 치고 뚜우뚜우 부는 외에

우리들의 짐짝 트렁크에 이마를 대고
여덟 시간 내 ── 간구하고 또 울었다.

海峽이 일어서기로만 하니깐
배가 한사코 긔여오르다 미끄러지곤 한다.

괴롭이란 참지 않어도 겪어지는것이
주검이란 죽을수 있는것 같이.

腦髓가 튀어나올랴고 지긋지긋 견딘다.
꼬꼬댁 소리도 할수 없이

얼빠진 장닭처럼 건들거리며 나가니
甲板은 거북등처럼 뚫고나가는데 海峽이 업히랴고만 한다.[2]

젊은 船員이 숫제 하 ― 모니카를 불고 섰다.
바다의 森林에서 颱風이나 만나야 感傷할수 있다는듯이

암만 가려 드딘대도 海峽은 자꼬 꺼져들어간다.[3]
水平線이 없어진 날 斷末魔의 新婚旅行이여!

오즉 한낱 義務를 찾어내어 그의 船室로 옮기다.
祈禱도 허락되지 않는 煉獄에서 尋訪하랴고

階段을 나리랴니깐

---

1 발표지 미확인 작품.
2 파도가 배의 갑판 위로 덮쳐 오는 것을 비유적으로 표현함.
3 파도에 배가 심하게 요동을 쳐서 제대로 발을 내딛기 어려움을 말함.

階段이 올라온다.[4]

또어를 부둥켜 안고 記憶할수 없다.
하눌이 죄여 들어 나의 心臟을 짜노라고

令孃은 孤獨도 아닌 슬픔도 아닌
올빼미 같은 눈을 하고 체모에 긔고있다.[5]

愛隣을 베플가 하면
즉시 嘔吐가 재촉된다.

連絡船에는 일체로 看護가 없다.
징을 치고 뚜우 뚜우 부는 외에

우리들의 짐짝 트렁크에 이마를 대고
여덜시간 내 — 懇求하고 또 울었다.

—『백록담』, 52~55쪽

---

4   파도에 배가 흔들리기 때문에 제대로 계단을 딛기 어려움을 말함.
5   체면을 지키기 위해 애쓰며 바닥을 기고 있음.

유선애상

생김생김이 피아노보담 낫다.
얼마나 뛰어난 연미복 맵시냐.

산뜻한 이 신사를 아스팔트 우로 곤돌라인 듯
몰고들 다니길래 하도 딱하길래 하루 청해 왔다.

손에 맞는 품이 길이 아주 들었다.
열고 보니 허술히도 반음 키가 하나 남았더라.

줄창 연습을 시켜도 이건 철로판에서 밴 소리로구나.
무대로 내보낼 생각을 아예 아니했다.

애초 달랑거리는 버릇 때문에 궂은 날 막 잡아 부렸다.
함초롬 젖어 새초롬하기는 새레 회회 떨어 다듬고 나선다.

대체 슬퍼하는 때는 언제길래
아장아장 괙괙거리기가 위주냐.

허리가 모조리 가느래지도록 슬픈 행렬에 끼어
아주 천연스레 굴던 게 옆으로 솔쳐나자 ─

춘천 삼백 리 벼룻길을 냅다 뽑는데
그런 상장을 두른 표정은 그만하겠다고 꽥 — 꽥 —

몇 킬로 휘달리고 나서 거북처럼 흥분한다.
징징거리는 신경 방석 우에 소스듬 이대로 견딜 밖에.

쌍쌍이 날아오는 풍경들을 뺨으로 헤치며
내처 살폿 엉긴 꿈을 깨어 진저리를 쳤다.

어느 화원으로 꾀어내어 바늘로 찔렀더니만
그만 호접같이 죽드라.

流線哀傷[1]

流線哀傷[1]

流線哀傷[1]

流線哀傷[1]

생김생김이 피아노보담 낫다.
얼마나 뛰어난 燕尾服맵시냐.

산뜻한 이 紳士를 아스빨트우로 꼰돌라[2]인듯
몰고들 다니길래 하도 딱하길래 하로 청해왔다.

손에 맞는 품이 길이 아조 들었다.
열고보니 허술히도 半音키 ─ 가 하나 남었더라.

줄창 練習을 시켜도 이건 철로판에서 밴 소리로구나.
舞臺로 내보낼 생각을 아예 아니했다.

애초 달랑거리는 버릇 때문에 굳인날 막잡어부렸다.
함초롬 젖여 새초롬하기는새레[3] 회회 떨어 다듬고 나선다.

대체 슬퍼하는 때는 언제길래
아장아장 팩팩거리기가 위주냐.

허리가 모조리 가느래지도록 슬픈 行列에 끼여

---

1 이 시에서 그려 내고 있는 시적 대상에 대해서는 의견이 분분하다. 필자는 이 시의 시적 대상을 자전거로 풀이한다. 시적 화자가 자전거 타는 방법을 익힌 후 자전거를 타고 춘천 가는 벼룻길로 한번 나들이를 하게 된 과정을 묘사한 것이다.
2 곤돌라. 이태리의 베니스에서 수로를 따라 손님을 실어 나르는 작은 배.
3 새초롬하다. 새치름하다. 시치미를 떼고 태연한 기색을 꾸미다. '─새레'는 '─는커녕'의 뜻.

아조 천연스레 굴던게 옆으로 솔처나자⁴ —

春川三百里 벼루ㅅ길⁵을 냅다 뽑는데
그런 喪章을 두른 表情은 그만하겠다고 꽥 — 꽥 —

몇킬로 휘달리고나서 거북 처럼 興奮한다.⁶
징징거리는 神經방석우에 소스듬⁷ 이대로 견딜 밖에.

쌍쌍이 날러오는 風景들을 뺨으로 헤치며
내처 살폿 엉긴 꿈을 깨여 진저리를 쳤다.

어늬 花園으로 꾀여내어 바눌로 쩔렀더니만
그만 蝴蝶 같이 죽드라.⁸

―『백록담』, 56~58쪽

---

4   솔처나다. 솟처나다. 여럿 가운데 뚜렷이 앞으로 나타나다.
5   강가나 바다와 접해 있는 벼랑길.
6   잡지 원문에는 '흥분(興奮)'이라는 한자가 탈락됨.
7   '소스뜨다'의 명사형. 몸이 위로 솟구쳐 뜨다.
8   풀밭에 뉘어 놓은 자전거의 두 바퀴와 손잡이의 형상이 나비의 두 날개와 더듬이를 연상시킨다.

流線哀傷

생김생김이 피아노보담 낫다.
얼마나 뛰여난 燕尾服맵시냐.

산뜻한 이紳士를 아스빨트우로 곤돌란듯
몰고들다니길래 하도 딱하길래 하로 청해왔다.

손에 맞는 품이 길이 아조 들었다.
열고보니 허술히도 半音키 ― 가 하나 남었더라.

줄창 練習을 시켜도 이건 철로판에서 밴 소리로구나.
舞台로 내보낼 생각을 아예 아니했다.

애초 달랑거리는 버릇때문에 구진날 막잡어부렸다.
함초롬 젖어 새초롬하기는새레 회회떨어 다듬고 나슨다.

대체 슬퍼하는 때는 언제길래
아장아장 꽉꽉거리기가 위주냐.

허리가 모조리 가느러지도록 슬픈 行列에 끼여
아조 천연스레구든게 옆으로 솔처나쟈 ―

春川三百里 벼루ㅅ길을 냅다 뽑는데
그런 喪章을 두른 表情은 그만하겠다고 꽉 ― 꽉 ―

몇킬로 휘달리고나 거북처럼 한다.

징징거리는 神經방석우에 소스듬 이대로 견딜 밖에.

쌍쌍히 날러오는 風景들을 뺨으로 헤치며
내처 살폿 어린 꿈을 깨여 진저리를 쳤다.

어늬 花園으로 꾀여내여 바늘로 찔렀더니만
그만 蝴蝶같이 죽드라.

—《시(詩)와 소설(小說)》1호(1936. 3), 10~11쪽

춘설

문 열자 선뜻!
먼 산이 이마에 차라.

우수절 들어
바로 초하루 아침,

새삼스레 눈이 덮힌 묏부리와
서늘옵고 빛난 이마받이하다.

얼음 금가고 바람 새로 따르거니
흰 옷고름 절로 향기로워라.

옹숭거리고 살아난 양이
아아 꿈 같기에 설어라.

미나리 파릇한 새순 돋고
옴짓 아니 기던 고기 입이 오물거리는,

꽃 피기 전 철 아닌 눈에
핫옷 벗고 도로 칩고 싶어라.

春雪

문 열자 선뜻!
먼 산이 이마에 차라.

雨水節[1] 들어
바로 초하로 아츰,

새삼스레 눈이 덮인 뫼뿌리와
서늘옵고 빛난 이마받이[2] 하다.

어름 금가고 바람 새로 따르거니
흰 옷고롬 절로 향긔롭어라.

옹숭거리고 살어난 양이
아아 꿈 같기에 설어라.

미나리 파릇한 새순 돋고
움짓 아니긔던[3] 고기입이 오믈거리는,

꽃 피기전 철아닌[4] 눈에
핫옷[5] 벗고 도로 칩고 싶어라.

—『백록담』, 60~61쪽

---

1 입춘과 경칩 사이에 있는 절기. 양력 2월 18일 전후에 해당함.
2 이마와 마주대다. 여기에서는 눈 덮인 산봉우리를 바로 마주대하게 됨을 뜻함.
3 꼼짝도 않던.
4 때 아닌.
5 솜을 두어서 지은 옷. 솜을 넣어 겨울용으로 만든 옷이나 이불 등을 통칭하여 '핫것'이라고 함.

春雪

문 열쟈 선뜻!
먼 산이 이마에 차라.

雨水節 들어
바로 초하로 아츰,

새삼스레 눈이 덮인 뫼뿌리와
서늘옵고 빛난 이마받이 하다.

어름 금가고 바람 새로 딸으거니
흰 옷고롬 절로 향긔롭어라.

옹숭거리고 살어난 양이
아아 꿈같기에 설어라.

미나리 파룻한 새순 돋고
옴짓 아니긔던 고기입이 오믈거리는

꽃 피기전 철아닌 눈에
핫옷 벗고 도로 칩고 싶어라

—《문장》3호(1939. 4), 110~111쪽

소곡

물새도 잠들어 깃을 사리는
이 아닌 밤에,

명수대 바위 틈 진달래꽃
어찌면 타는 듯 붉으뇨.

오는 물, 가는 물,
내처 보내고, 헤어질 물

바람이사 애초 못 믿을손,
입 맞추곤 이내 옮겨 가네.

해마다 제철이면
한 등걸에 핀다기소니,

들새도 날아와
애닯다 눈물짓는 아침엔,

이울어 하롱하롱 지는 꽃잎,
설지 않으랴, 푸른 물에 실려 가기,

아깝고야, 아기자기
한창인 이 봄밤을,

촛불 켜들고 밝히소.
아니 붉고 어찌료.

小曲

물새도 잠들어 깃을 사리는[1]
이아닌 밤에,[2]

明水臺[3] 바위틈 진달래 꽃
어찌면 타는듯 붉으뇨.

오는 물, 가는 물,
내쳐 보내고, 헤여질 물

바람이사 애초 못믿을손,
입마추곤 이내 옮겨가네.

해마다 제철이면
한등걸에 핀다기소니,

들새도 날러와
애닯다 눈물짓는 아츰엔,

이울어[4] 하롱 하롱 지는 꽃닢,
설지[5] 않으랴, 푸른물에 실려가기,

---

1 사리다. 몸을 아끼어 무슨 일에 힘쓰지 아니하다. 여기에서는 깃을 접고 움직이지 않음을 뜻함.
2 깊은 밤 뜻하지 않은 때에.
3 현재의 서울 흑석동 한강변의 옛 지명.
4 이울다. 시들다.
5 서럽지.

아깝고야, 아긔 자긔
한창인 이 봄ㅅ밤을,

초ㅅ불 켜들고 밝히소.
아니 붉고 어찌료.

──『백록담』, 62~63쪽

明水臺 진달래

물새도 잠들어 깃을 사리는
이아닌 밤에,

明水臺 바위틈 진달래 꽃
어쩌면 타는듯 붉으뇨.

오는 물, 가는 물,
내처 보내고, 헤어질 물

바람이사 애초 못믿을손,
입마추곤 이내 옮겨가네.

해마다 제철이면
한둥걸에 핀다기소니,

들새도 날러와
애닲다 눈물짓는 아츰엔,

이울어 하롱 하롱 지는 꽃닢,
설지 않으랴, 푸른물에 실려가기,

아깝고야, 아긔 자긔
한창인 이 봄ㅅ밤을,

초ㅅ불 커들고 밝히소.

아니 붉고 어찌료.

—《여성》27호 (1938. 6), 16~17쪽

파라솔

연잎에서 연잎 내가 나듯이
그는 연잎 냄새가 난다.

해협을 넘어 옮겨다 심어도
푸르리라, 해협이 푸르듯이.

불시로 상기되는 뺨이
성이 가시다, 꽃이 스스로 괴롭듯.

눈물을 오래 어리우지 않는다.
윤전기 앞에서 천사처럼 바쁘다.

붉은 장미 한 가지 고르기를 평생 삼가리,
대개 흰 나리꽃으로 선사한다.

원래 벅찬 호수에 날아들었던 것이라
어차피 헤기는 헤어 나간다.

학예회 마지막 무대에서
자포스런 백조인 양 흥청거렸다.

부끄럽기도 하나 잘 먹는다
끔찍한 비프스테이크 같은 것도!

오피스의 피로에
태엽처럼 풀려 왔다.

램프에 갓을 씌우자
도어를 안으로 잠갔다.

기도와 수면의 내용을 알 길이 없다.
포효하는 검은 밤, 그는 조란처럼 희다.

구기어지는 것 젖는 것이
아조 싫다.

파라솔같이 차곡 접히기만 하는 것은
언제든지 파라솔같이 펴기 위하야 ─

파라솔

蓮닢에서 연닢내가 나듯이
그는 蓮닢 냄새가 난다.

海峽을 넘어 옮겨다 심어도
푸르리라, 海峽이 푸르듯이.

불시로[1] 상긔되는 뺨이
성이 가시다,[2] 꽃이 스사로[3] 괴롭듯.

눈물을 오래 어리우지 않는다.
輪轉機 앞에서 天使처럼 바쁘다.

붉은 薔薇 한가지 골르기를 평생 삼가리
대개 흰 나리꽃으로 선사한다.

원래 벅찬 湖水에 날러들었던것이라
어차피 헤기는 헤여 나간다.

學藝會 마지막 舞臺에서
自暴스런[4] 白鳥인양 흥청거렸다.

---

1 갑자기.
2 성가시다.
3 스스로.
4 자포스럽다. 마음에 들지 않아 함부로 행동하는 것처럼 보이다.

442

부끄럽기도하나 잘 먹는다
끔직한 비 ― 으스테이크 같은것도!

오예스의 疲勞에
태엽 처럼 풀려왔다.

람프에 갓을 씨우자
또어를 안으로 잠겄다.

祈禱와 睡眠의 內容을 알 길이 없다.
咆哮하는 검은밤, 그는 鳥卵처럼 희다.

구기여지는것 젖는것이
아조 싫다.

파라솔 같이 채곡 접히기만 하는것은
언제든지 파라솔 같이 펴기 위하야 ―

―『백록담』, 66~69쪽

明眸[1]

蓮닢에서 연닢내가 나듯이
그는 蓮닢 냄새가 난다.

海峽을 넘어 옮겨다 심어도
푸르리라, 海峽이 푸르듯이.

불시로 상긔되는 뺨이
성이 가시다, 꽃이 스사로 괴롭듯.

눈물을 오래 어리우지 않는다.
輪轉機 앞에서 天使처럼 바쁘다.

붉은 薔薇 한가지 골르기를 평생 삼가리,
대개 흰 나리꽃으로 선사한다.

월래 벅찬 湖水에 날러들었던것이라
어차피 헤기는 헤여 나간다.

學藝會 마지막 舞臺에서
自暴스런 白鳥인양 홍청거렸다.

부끄럽기도하나 잘 먹는다

---

1   《중앙(中央)》의 원문 제목은 '明眸'였는데, '파라솔'로 제목이 바뀌었다. '명모(明眸)'는 '맑고 아름다운 눈
    동자'라는 뜻이지만, 일반적으로 아름다운 자태를 지닌 여인을 가리킨다.

끔직한 비 ─ 으스테이크 같은것도!

오얘스의 疲勞에
태엽처럼 풀려왔다.

람쁘에 갓을 씨우자
도어를 안으로 잠겄다.

祈禱와 睡眠의 內容을 알길이 없다.
咆哮하는 검은밤, 그는 鳥卵처럼 희다.

구기여지는것 젖는것이
아조 싫다.

파라솔 같이 채곡 접히기만 하는것은
언제든지 파라솔 같이 펴기 위하야 ─

─《중앙(中央)》32호(1936. 6), 112~113쪽

별

창을 열고 눕다.
창을 열어야 하늘이 들어오기에.

벗었던 안경을 다시 쓰다.
일식이 개고 난 날 밤 별이 더욱 푸르다.

별을 잔치하는 밤
흰옷과 흰 자리로 단속하다.

세상에 안해와 사랑이란
별에서 치면 지저분한 보금자리

돌아누워 별에서 별까지
해도 없이 항해하다.

별도 포기포기 솟았기에
그중 하나는 더 획지고

하나는 갓 낳은 양
여릿여릿 빛나고

하나는 발열하여
붉고 떨고

바람에 별도 쓸리다.
회회 돌아 살아나는 촛불!

찬물에 씻기어
사금을 흘리는 은하!

마스트 알로 섬들이 항시 달려왔었고
별들은 우리 눈썹 기슭에 아스름 항구가 그립다.

대웅성좌가
기웃이 도는데!

청려한 하늘의 비극에
우리는 숨소리까지 삼가다.

이유는 저세상에 있을지도 몰라
우리는 제마다 눈 감기 싫은 밤이 있다.

잠재기 노래 없이도
잠이 들다.

별[1]

窓을 열고 눕다.
窓을 열어야 하눌이 들어오기에.

벗었던 眼鏡을 다시 쓰다.
日蝕이 개이고난 날 밤 별이 더욱 푸르다.

별을 잔치하는 밤[2]
흰옷과 흰자리로 단속하다.

세상에 안해와 사랑이란
별에서 치면 지저분한 보금자리.

돌아 누어 별에서 별까지
海圖 없이 航海하다.[3]

별도 포기 포기 솟았기에
그중 하나는 더 획지고[4]

하나는 갓 낳은[5] 양
여릿 여릿 빛나고
하나는 發熱하야

---

1   발표지 미확인 작품.
2   별들이 많이 떠 있는 밤. 별을 구경하기 좋은 밤이라는 뜻이 포함됨.
3   하늘에 떠 있는 이 별 저 별들을 헤아려 보다.
4   획지다. 분명하고 뚜렷하다.
5   갓 낳은.

붉고 떨고

바람엔 별도 쓸리다.[6]
회회 돌아 살어나는 燭불!

찬물에 씿기어[7]
砂金을 흘리는 銀河![8]

마스트 알로[9] 섬들이 항시 달려 왔었고
별들은 우리 눈섭기슭에 아스름 港口가 그립다.[10]

大熊星座가
기웃이 도는데![11]

淸麗한 하늘의 悲劇에
우리는 숨소리까지 삼가다.

理由는 저세상에 있을지도 몰라
우리는 제마다 눈감기 싫은 밤이 있다.

---

6   휩쓸리다.
7   씻기다.
8   은하수가 마치 사금을 뿌린 듯하다.
9   아래로.
10   별에서 별까지를 항해하는 과정을 상상해 본 장면이다.
11   큰곰 별자리가 시간의 흐름에 따라 이동함을 말함.

잠재기 노래 없이도
잠이 들다.

─『백록담』, 70~73쪽

슬픈 우상

이 밤에 안식하시옵니까.

내가 홀로 속엣소리로 그대의 기거를 문의할삼아도 어찌 홀한 말로 부칠 법도 한 일이 아니오니까.

무슨 말씀으로나 좀 더 높일 만한 좀 더 그대께 마땅한 언사가 없사오리까.

눈감고 자는 비둘기보다도 꽃 그림자 옮기는 겨를에 여미며 자는 꽃봉오리보다도 더 어여삐 자시올 그대여!

그대의 눈을 들어 풀이하오리까.
속속들이 맑고 푸른 호수가 한 쌍.
밤은 한 폭 그대의 호수에 깃들이기 위하여 있는 것이오리까.
내가 어찌 감히 금성 노릇하여 그대 호수에 잠길 법도 한 일이오니까.

단정히 여미신 입시울, 오오, 나의 예가 혹시 흐트러질까 하야 다시 가다듬고 풀이하겠나이다.

여러 가지 연유가 있사오나 마침내 그대를 암표범처럼 두리고 엄위롭게 우러르는 까닭은 거기 있나이다.

아직 남의 자취가 놓이지 못한, 아직도 오를 성봉이 남아 있을 량이면, 오직 하나일 그대의 눈〔雪〕에 더 희신 코, 그러기에 불행하게도 계절이 난만할지라도 항시 고산 식물의 향기 외에 맡으시지 아니하시옵니다.

경건히도 조심조심히 그대의 이마를 우러르고 다시 뺨을 지나 그대의 흑단빛 머리에 겨우겨우 숨으신 그대의 귀에 이르겠나이다.

희랍에도 이오니아 바닷가에서 본 적도 한 조개껍질, 항시 듣기 위한 자세이었으나 무엇을 들음인지 알 리 없는 것이었나이다.

기름같이 잠잠한 바다, 아주 푸른 하늘, 갈매기가 앉아도 알 수 없이 흰모래, 거기 아무것도 들릴 것을 찾지 못한 적에 조개껍질은 한갈로 듣는 귀를 잠착히 열고 있기에 나는 그때부터 아주 외로운 나그네인 것을 깨달았나이다.

마침내 이 세계는 비인 껍질에 지나지 아니한 것이, 하늘이 쓰이우고 바다가 돌고 하기로소니 그것은 결국 딴 세계의 껍질에 지나지 아니하였습니다.

조개껍질이 잠착히 듣는 것이 실로 다른 세계의 것이었음에 틀림없었거니와 내가 어찌 서럽게 돌아서지 아니할 수 있었겠습니까.

바람 소리도 무슨 뜻을 이루지 못하고 그저 겨우 어룰한 소리로 떠돌아다닐 뿐이었습니다.

그대 귀에 가까이 내가 방황할 때 나는 그저 외로이 사라질 나그네에 지나지 아니하옵니다.

그대 귀는 항시 이 밤에도 다만 듣기 위한 맵시로만 열리어 계시기에!

이 소란한 세상에서도 그대 귀 기슭을 둘러 다만 죽음같이 고요한 이오니아 바다를 보았음이로소이다.

이제 다시 그대의 깊고 깊으신 안으로 감히 들겠나이다.

심수한 바다 속속에 온갖 신비로운 산호를 간직하듯이 그대의 안에 가지가지 귀하고 보배로운 것이 갖추어 계십니다.

먼저 놀라울 일은 어쩌면 그렇게 속속들이 좋은 것을 지니고 계신 것이옵니까.

심장, 얼마나 진기한 것이옵니까.

명장 희랍의 손으로 탄생한 불세출의 걸작인 뮤즈로도 이 심장을 차지 못하고 나온 탓으로 마침내 미술관에서 슬픈 세월을 보내고 마는 것이겠는데 어쩌면 이러한 것을 가지신 것이옵니까.

생명의 성화를 끊임없이 나르는 백금보다도 값진 도가니인가 하오면 하늘과 따의 유구한 전통인 사랑을 모시는 성전인가 하옵니다.

빛이 항시 농염하게 붉으신 것이 그러한 증좌로소이다.
그러나 간혹 그대가 세상에 향하사 창을 열으실 때 심장은 수치를 느끼시기 가장 쉬웁기에 영영 안에 숨어 버리신 것이로소이다.

그 외에 폐는 얼마나 화려하고 신선한 것이오며 간과 담은 얼마나 요염하고 심각하신 것이옵니까.

그러나 이들을 지나치게 빛깔로 의논할 수 없는 일이옵니다.

그 외에 그윽한 골 안에 흐르는 시내요 신비한 강으로 풀이할 것도 있으시오나 대강 섭렵하여 지나옵고,

해가 솟는 듯 달이 뜨는 듯 옥토끼가 조는 듯 뛰는 듯 미묘한 신축과 만곡을 가진 적은 언덕으로 비유할 것도 둘이 있으십니다.

이러이러하게 그대를 풀이하는 동안에 나는 미궁에 낯선 나그네와 같이 그만 길을 잃고 헤매겠나이다.

그러나 그대는 이미 모이시고 옴치시고 마련되시고 배치와 균형이 완전하신 한 덩이로 계시어 상아와 같은 손을 여미시고 발을 고귀하게 포기시고 계시지 않습니까.

그리고 지혜와 기도와 호흡으로 순수하게 통일하셨나이다.
그러나 완미하신 그대를 풀이하올 때 그대의 위치와 주위를 또한 반성치 아니할 수 없나이다.

거듭 말씀 번거로우나 원래 이 세상은 비인 껍질같이 허탄하온데 그 중에도 어찌하사 고독의 성사를 차정하여 계신 것이옵니까.

그리고도 다시 명철한 비애로 방석을 삼아 누워 계신 것이옵니까.

이것이 나로는 매우 슬픈 일이기에 한밤에 짖지도 못하올 암담한 삽살개와 같이 창백한 찬 달과 함께 그대의 고독한 성사를 돌고 돌아 수직하고 탄식하나이다.

불길한 예감에 떨고 있노니 그대의 사랑과 고독과 정진으로 인하여 그대는 그대의 온갖 미와 덕과 화려한 사지(四肢)에서, 오오,
그대의 전아 찬란한 괴체에서 탈각하시어 따로 따기실 아침이 머지 않아 올까 하옵니다.

그날 아침에도 그대의 귀는 이오니아 바닷가의 흰 조개껍질같이 역시 듣는 맵시로만 열고 계시겠습니까.

흰 나리꽃으로 마지막 장식을 하여 드리고 나도 이 이오니아 바닷가를 떠나겠습니다.

슬픈 偶像

이밤에 安息하시옵니까.

내가 홀로 속에ㅅ소리로 그대의 起居를 問議할삼어도[1] 어찌 홀한[2] 말로 붙일법도 한 일이오니까.

무슨 말슴으로나 좀더 높일만한 좀더 그대께 마땅한 言辭가 없사오리까.

눈감고 자는 비달기보담도, 꽃그림자 옮기는 겨를에 여미며 자는 꽃봉오리 보담도, 어여삐 자시올 그대여!

그대의 눈을 들어 푸리 하오리까.

속속드리 맑고 푸른 湖水가 한쌍.

밤은 함폭 그대의 湖水에 깃드리기 위하야 있는 것이오리까.

내가 감히 金星노릇하야 그대의 湖水에 잠길법도 한 일이오리까.

단정히 여미신 입시울, 오오, 나의 禮가 혹시 흘으러질까하야 다시 가다듬고 푸리 하겠나이다.

여러가지 연유가 있사오나 마침내 그대를 암표범 처럼 두리고[3] 嚴威롭게 우러르는 까닭은 거기 있나이다.

아직 남의 자최가 놓이지 못한, 아직도 오를 聖峯이 남어있으량이면, 오직 하나일 그대의 눈(雪)에 더 희신 코, 그러기에 불행하시게도 季節이 爛漫할지라도 항시

---

1 문의한다 하더라도.
2 홀하다. 행동이 거칠고 가볍다.
3 두려워하고.

高山植物의 향기외에 맡으시지 아니하시옵니다.

敬虔히도 조심조심히 그대의 이마를 우러르고 다시 뺨을 지나 그대의 黑檀빛 머리에 겨우겨우 숨으신 그대의 귀에 이르겠나이다.

希臘에도 이오니아 바닷가에서 본적도한 조개껍질, 항시 듣기 위한 姿勢이었으나 무엇을 들음인지 알리 없는것이었나이다.

기름 같이 잠잠한 바다, 아조 푸른 하늘, 갈메기가 앉어도 알수 없이 흰 모래, 거기 아모것도 들릴것을 찾지 못한 적에 조개껍질은 한갈로[4] 듣는 귀를 잠착히[5] 열고 있기에 나는 그때부터 아조 외로운 나그내인것을 깨달았나이다.

마침내 이 세계는 비인 껍질에 지나지 아니한것이, 하늘이 쓰이우고 바다가 돌고 하기로소니 그것은 결국 딴 세계의 껍질에 지나지 아니하였옵니다.

조개껍질이 잠착히 듣는것이 실로 다른 세계의것이었음에 틀림없거니와 내가 어찌 서럽게 돌아서지 아니할수 있었겠옵니까.
바람소리도 아모 뜻을 이루지 못하고 그저 겨우 어룰한[6] 소리로 떠돌아다닐뿐이었옵니다.

그대의 귀에 가까이 내가 彷徨할때 나는 그저 외로히 사라질 나그내에 지나지 아니하옵니다.

4   한결같이.
5   조용히 고요하게.
6   더듬거리며 분명하지 않은.

그대의 귀는 이 밤에도 다만 듣기 위한 맵시로만 열리어 계시기에!

이 소란한 세상에서도 그대의 귀기슭을 둘러 다만 주검같이 고요한 이오니아바다를 보았음이로소이다.

이제 다시 그대의 깊고 깊으신 안으로 敢히 들겠나이다.

심수한 바다 속속에 온갖 神秘로운 珊瑚를 간직하듯이 그대의 안에 가지가지 귀하고 보배로운것이 가초아 계십니다.

먼저 놀라울 일은 어쩌면 그렇게 속속드리 좋은것을 진히고 계신것이옵니까.

心臟, 얼마나 珍貴한것이오니까.

名匠 希臘의 손으로 誕生한 不世出의 傑作인 뮤 — 즈로도 이 心臟을 차지 못하고 나온 탓으로 마침내 美術館에서 슬픈 歲月을 보내고 마는것이겠는데 어쩌면 이러한것을 가지신것이옵니까.

生命의 聖火를 끊임없이 나르는 白金보다도 값진 도가니인가 하오면 하늘과 따의 悠久한 傳統인 사랑을 모시는 聖殿인가 하옵니다.

빛이 항시 濃艶하게 붉으신것이 그러한 證左로소이다.

그러나 간혹 그대가 세상에 향하사 窓을 열으실때 心臟은 羞恥를 느끼시기 가장 쉽웁기에 영영 안에 숨어버린신것이로소이다.

그외에 肺는 얼마나 華麗하고 新鮮한것이오며 肝과 膽은 얼마나 妖艶하고 深刻한것이옵니까.

그러나 이들을 지나치게 빛갈로 의논할수 없는 일이옵이다.

그외에 그윽한 골안에 흐르는 시내요 神秘한 강으로 푸리할것도 있으시오나 대강 涉獵하야 지나옵고,

해가 솟는듯 달이 뜨는듯 옥토끼가 조는듯 뛰는듯 美妙한 伸縮과 彎曲을 갖은 적은 언덕으로 비유할것도 둘이 있으십니다.

이러 이러하게 그대를 푸리하는 동안에 나는 迷宮에 든 낯선 나그내와 같이 그만 길을 잃고 허매겠나이다.

그러나 그대는 이미 모히시고 옴치시고 마련되시고 配置와 均衡이 完全하신한 덩이로 계시어 象牙와 같은 손을 여미시고 발을 高貴하게 포기시고 계시지 않읍니까.

그리고 智慧와 祈禱와 呼吸으로 純粹하게 統一하셨나이다.
그러나 完美하신 그대를 푸리하올때 그대의 位置와 周圍를 또한 反省치 아니할 수 없나이다.

거듭 말슴 번거로우나 월래 이세상은 비인 껍질 같이 허탄하온대 그중에도 어찌하사 孤獨의 城舍를 差定하여 계신것이옵니까.

그리고도 다시 明澈한 悲哀로 방석을 삼아 누어 계신것이옵니까.

이것이 나로는 매우 슬픈 일이기에 한밤에 짓지도 못하올 暗澹한 삽살개와 같이 蒼白한 찬 달과 함께 그대의 孤獨한 城舍를 돌고 돌아 守直하고 嘆息하나이다.

不吉한 豫感에 떨고 있노니 그대의 사랑과 孤獨과 精進으로 因하야 그대는 그대의 온갖 美와 德과 華麗한 四肢에서, 오오,

그대의 典雅 燦爛한 塊體[7]에서 脫却하시어 따로 따기실[8] 아츰이 머지않어 올가 하옵니다.

그날아츰에도 그대의 귀는 이오니아바다ㅅ가의 흰 조개껍질 같이 역시 듣는 맵시로만 열고 계시겠읍니까.

흰 나리꽃으로 마지막 裝飾을 하여드리고 나도 이 이오니아바다ㅅ가를 떠나겠읍니다.

——『백록담』, 74~83쪽

---

7   몸뚱아리.
8   땅기다. 가까이 오도록 잡아끌다.

슬픈 偶像

그대는 이밤에 安息하시옵니까.

서령 내가 홀로 속에ㅅ소리로 그대의 起居를 問議할사머도 어찌 홀한 말로 부칠 법도한 일이 아니오니까.

무슨 말슴으로나 좀더 높일만한 좀더 그대께 마땅한 言辭가 없아오리까.

눈감고 자는 비달기보담도, 꽃그림자 옴기는 겨를에 여미며 자는 꽃봉오리 보담도, 어여삐 자시올 그대여!

그대의 눈을 들어 푸리 하오리까.

속속드리 맑고 푸른 湖水가 한쌍

밤은 함폭 그대의 湖水에 깃들이기 위하야 있는 것이오리까.

내가 감히 金星노릇하야 그대의 湖水에 잠길법도 한 일이오리까.

단정히 여미신 입시울, 오오, 나의 禮가 혹시 흐트러질가하야 다시 가다듬고 푸리하겠나이다. 여러가지 연유가 있아오나 마침내 그대를 암표범처럼 두리고 嚴威롭게 우러르는 까닭은 거기있나이다.

아직 남의 자최가 놓지 못한, 아직도 오를 聖峰이 남어있으량이면, 오직 하나일 그대의 눈(雪)에 더 희신 코, 그러기에 불행하시게도 季節이 爛漫할지라도 항시 高山植物의 향기외에 맡으시지 아니하시옵니다.

敬虔히도 조심조심히 그대의 이마를 우러르고 다시 쌤을 지나 그대의 黑檀빛 머리에 겨우겨우 숨으신 그대의 귀에 이르겠나이다.

그리시아에도 이오니아 바다ㅅ가에서 본적도한 조개껍질 항시 듣기 위한 姿勢이었으나 무엇을 들음인지 알리 업는것이엇나이다.

기름가티 잠잠한 바다, 아조 푸른 하늘, 갈메기가 안저도 알수업시 흰 모래, 거기 아모것도 들릴것을 찾지 못한 적에 조개껍질은 한갈로 듯는 귀를 잠착히 열고 있기에 나는 그때부터 아조 외로운 나그내인것을 깨달엇나이다. 마침내 이세계는 비인 껍질에 지나지 아니한 것이, 하늘이 쓰이우고 바다가 돌고 하기로소니 그것은 결국 딴세계의 껍질에 지나지 아니하엿습니다. 조개껍질이 잠착히 듯는것이 실로 다른 세계의것이엇슴에 틀림업섯거니와 내가 어찌 서럽게 도라스지 아니할수 잇섯겟습니까. 바람소리도 아모 뜻을 이루지 못하고 그저 겨우 어룰한 소리로 떠돌아다닐 뿐이엇습니다.

그대의 귀에 가까히 내가 彷徨할 때 나는 그저 외로히 사라질 나그내에 지나지 아니하옵니다.

그대 귀는 이 밤에도 다만 듣기 위한 맵시로만 열리어 게시기에! 이 소란한 세상에서도 그대의 귀기슭을 둘러 다만 죽음가티 고요한 이오니아바다를 보았슴이로소이다.

이제 다시 그대의 깊고 깊으신 안으로 敢히들겟나이다. 심수한 바다 속속에 온갓 神秘로운 珊瑚를 간직하듯이 그대의 안에 가지가지 귀하고 보배로운것이 가초아 게십니다.

먼저 놀라울 일은 어쩌면 그렇게 속속드리 좋은것을 진히고 게신것이옵니까.

心臟, 얼마나 珍奇한것이오니까.

名匠希臘의 손으로 誕生한 不世出의 傑作인 「뮤 — 즈」로도 이 心臟을 찾이 못하고 나온 탓으로 마침내 美術館에서 슯은 歲月을보내고 마는것이겟는데 어찌면 이러한것을 가지신것이옵니까. 生命의 聖火를 끈힘없이 나르는 白金보다도 값진 도가니 인가하오면 하늘과 따의 悠久한 傳統인 사랑을 모시는 聖殿인가 하옵니다. 비치 항시 濃艶하게 붉으신것이 그러한 證左로소이다. 그러나 간혹 그대가 세상에 향하사 窓을 열으실때 心臟은 羞恥를 느끼시기 가장 쉬웁기에 영영 안에 숨어버린신것이로소이다. 그외에 肺는 얼마나 華麗하고 新鮮한것이오며 肝과 膽은 얼마나 妖艶하고 深刻하신것이옵니까. 그러나 이들을 지나치게 빗갈로 의론할 수 없는 일이오며 그외에 그윽한 골안에 흐르는 시내요 神秘한 강으로 푸리할 것도 잇스시고 하오나 대강 涉獵하야 지나옵고, 해가 솟는듯 달이 뜨는듯 옥토끼가 조는듯 뛰는듯 美妙한 伸縮과 彎曲을 가즌 적은 어덕으로 비유할것도 둘이 잇스십니다. 이러 이러하게 그대를 푸리하는 동안에 나는 迷宮에 든낫선 나그내와 같이 그만 길을 잃고 허매겟

나이다. 그러나 그대는 이미 모히시고 옴치시고 마련되시고 配置와 均衡이 完全하신 한덩이로 게시여 象牙와 같은 손을 여미시고 발을 高貴하게 포기시고 게시지 안습니다. 그리고 智慧와 祈禱와 呼吸으로 純粹하게 純一하섯나이다. 그러나 完美하신 그대를 푸리하올때 그대의 位置와 周圍를 또한 反省치 아니할 수 업나이다.

거듭 말슴이 번거로우나 월래 이세상은 비인 껍질같이 허탄하온대 그중에도 어찌하사 孤獨의 城舍를 差定하여 게신것이옵니까. 그리고도 다시 明澈한 悲哀로 방석을 삼어 누어 게신것이옵니까. 이것이 나로는 매우 슯은 일이기에 한밤에 짓지도 못하올 暗澹한 삽살개와 같이 蒼白한 찬 달과 함께 그대의 孤獨한 城舍를 돌고 돌아 수직하고 嘆息하나이다. 不吉한 豫感에 떨고 잇노니 그대의 사랑과 孤獨과 精進으로 因하야 그대는 그대의 온갖 美와 德과 華麗한 四肢에서, 오오, 그대의 典雅 燦爛한 塊體에서 脫却하시여 따로 따기실 아츰이 머지안허 올가 하옵니다.

그날아츰에도 그대의 귀는 이오니아바다ㅅ가의 흰 조개껍질 가티 역시 듣는 맵시로만 열고 게시겟습니까. 힌 나리꼿으로 마지막 裝飾을 하여드리고 나도 이 이오니아바다ㅅ가를 떠나가겟습니다.

——《조광》29호(1938. 3), 206~211쪽, 원제는 '수수어(愁誰語)'

『지용 시선(詩選)』
(乙酉文化社, 1946)

유리창 1

유리에 차고 슬픈 것이 어린거린다.
열없이 붙어 서서 입김을 흐리우니
길들은 양 언 날개를 파다거린다.
지우고 보고 지우고 보아도
새까만 밤이 밀려나가고 밀려와 부딪히고,
물 먹은 별이, 반짝, 보석처럼 박힌다.
밤에 홀로 유리를 닦는 것은
외로운 황홀한 심사이어니,
고운 폐혈관이 찢어진 채로
아아, 늬는 산새처럼 날아갔구나!

琉璃窓

琉璃에 차고 슬픈것이 어린거린다.
열없이 붙어서서 입김을 흐리우니
길들은양 언 날개를 파다거린다.
지우고 보고 지우고 보아도
새까만 밤이 밀려나가고 밀려와 부디치고,
물먹은 별이, 반짝, 寶石처럼 백힌다.
밤에 홀로 琉璃를 닦는것은
외로운 황홀한 심사 이어니,
고은 肺血管이 찢어진채로
아아 늬는 山ㅅ새처럼 날러 갔구나!

— 『지용 시선』, 6~7쪽

琉璃窓 1

琉璃에 차고 슬픈것이 어린거린다.
열없이 붙어서서 입김을 흐리우니
길들은양 언날개를 파다거린다.
지우고 보고 지우고 보아도
새까만 밤이 밀려나가고 밀려와 부디치고,
물먹은 별이, 반짝, 寶石처럼 백힌다.
밤에 홀로 琉璃를 닦는것은
외로운 황홀한 심사 이어니,
고흔 肺血管이 찢어진 채로
아아 늬는 山ㅅ새처럼 날러 갔구나!

— 『정지용 시집』, 15쪽

난초

난초 잎은
차라리 수묵색.

난초 잎에
엷은 안개와 꿈이 오다.

난초 잎은
한밤에 여는 다문 입술이 있다.

난초 잎은
별빛에 눈 떴다 돌아눕다.

난초 잎은
드러난 팔굽이를 어쩌지 못한다.

난초 잎에
적은 바람이 오다.

난초 잎은
춥다.

蘭草

蘭草ㅅ잎은
차라리 水墨色.

蘭草ㅅ잎에
엷은 안개와 꿈이 오다.

蘭草ㅅ잎은
한밤에 여는 다믄 입술이 있다.

蘭草ㅅ잎은
별빛에 눈 떴다 돌아 눕다.

蘭草ㅅ잎은
드러난 팔구비를 어짜지 못한다.

蘭草ㅅ잎에
적은 바람이 오다.

蘭草ㅅ잎은
칩다.

—『지용 시선』, 8~9쪽

蘭草

蘭草닢은
차라리 水墨色.

蘭草닢에
엷은 안개와 꿈이 오다.

蘭草닢은
한밤에 여는 담은 입술이 있다.

蘭草닢은
별빛에 눈떴다 돌아 눕다.

蘭草닢은
드러난 팔구비를 어쨔지 못한다.

蘭草닢에
적은 바람이 오다.

蘭草닢은
칩다.

— 『정지용 시집』, 18~19쪽

촉불과 손

고요히 그싯는 솜씨로
방 안 하나 차는 불빛!

별안간 꽃다발에 안긴 듯이
올빼미처럼 일어나 큰 눈을 뜨다.

*

그대의 붉은 손이
바위틈에 물을 따오다,
산양의 젖을 옮기다,
간소한 채소를 기르다,
오묘한 가지에
장미가 피듯이
그대 손에 초밤불이 낳도다.

촉불과 손

고요히 그싯는 손씨로
방안 하나 차는 불빛!

별안간 꽃다발에 안긴듯이
올빼미처럼 일어나 큰눈을 뜨다.

　　　*

그대의 붉은 손이
바위틈에 물을 따오다,
山羊의 젓을 옮기다,
簡素한 菜蔬를 기르다,
오묘한 가지에
薔薇가 피듯이
그대 손에 초밤불이 낳도다.

──『지용 시선』, 10~11쪽

촉불과 손

원문 2

고요히 그싯는 손씨로
방안 하나 차는 불빛!

별안간 꽃다발에 안긴듯이
올빼미처럼 일어나 큰눈을 뜨다.

  *

그대의 붉은 손이
바위틈에 물을 따오다,
山羊의 젓을 옮기다,
簡素한 菜蔬를 기르다,
오묘한 가지에
薔薇가 피듯이
그대 손에 초밤불이 낳도다.

──『정지용 시집』, 20~21쪽

해협

포탄으로 뚫은 듯 동그란 선창으로
눈썹까지 부풀어 오른 수평이 엿뵈고,

하늘이 함폭 내려앉아
크낙한 암닭처럼 품고 있다.

투명한 어족이 행렬하는 위치에
훗하게 차지한 나의 자리여!

망토 깃에 솟은 귀는 소라 속같이
소란한 무인도의 각적을 불고 ──

해협 오전 두 시의 고독은 오롯한 원광을 쓰다.
서러울 리 없는 눈물을 소녀처럼 짓자.

나의 청춘은 나의 조국!
다음 날 항구의 개인 날씨여!

항해는 정히 연애처럼 비등하고,
이제 어드메쯤 한밤의 태양이 피어오른다.

海峽

砲彈으로 뚫은듯 동그란 船窓으로
눈섭까지 부풀어 오른 水平이 엿보고,

하늘이 함폭 나려 앉어
큰악한 암닭처럼 품고 있다.

透明한 魚族이 行列하는 位置에
훗하게 차지한 나의 자리여!

망토 깃에 솟은 귀는 소라ㅅ속 같이
소란한 無人島의 角笛을 불고

海峽 午前 二時의 孤獨은 오롯한 圓光을 쓰다
설어울리 없는 눈물을 少女처럼 짓자.

나의 靑春은 나의 祖國!
다음날 港口의 개인 날씨여!

航海는 정히 戀愛처럼 沸騰하고
이제 어드메쯤 한밤의 太陽이 피여오른다.

—『지용 시선』, 12~13쪽

海峽

砲彈으로 뚫은듯 동그란 船窓으로
눈섶까지 부풀어 오른 水平이 엿보고,

하늘이 함폭 나려 앉어
큰악한 암닭처럼 품고 있다.

透明한 魚族이 行列하는 位置에
훗하게 차지한 나의 자리여!

망토 깃에 솟은 귀는 소라ㅅ속 같이
소란한 無人島의 角笛을 불고 ─

海峽午前二時의 孤獨은 오롯한 圓光을 쓰다
설어울리 없는 눈물을 少女처럼 짓쟈.

나의 靑春은 나의 祖國!
다음날 港口의 개인 날세여!

航海는 정히 戀愛처럼 沸騰하고
이제 어드메쯤 한밤의 太陽이 피여오른다.

─『정지용 시집』, 22~23쪽

석류

장미꽃처럼 곱게 피어 가는 화로에 숯불,
입춘 때 밤은 마른 풀 사르는 냄새가 난다.

한겨울 지난 석류 열매를 쪼개어
홍보석 같은 알을 한 알 두 알 맛보노니,

투명한 옛 생각, 새론 시름의 무지개여,
금붕어처럼 어린 여릿여릿한 느낌이여.

이 열매는 지난해 시월상달, 우리 둘의
조그마한 이야기가 비롯될 때 익은 것이어니.

작은 아씨야, 가녀린 동무야, 남몰래 깃들인
네 가슴에 졸음 조는 옥토끼가 한 쌍.

옛 못 속에 헤엄치는 흰 고기의 손가락, 손가락,
외롭게 가볍게 스스로 떠는 은실, 은실,

아아 석류알을 알알이 비추어 보며
신라 천년의 푸른 하늘을 꿈꾸노니.

柘榴

薔薇꽃처럼 곱게 피어 가는 화로에 숯불,
立春때 밤은 마른 풀 사르는 냄새가 난다.

한 겨울 지난 柘榴 열매를 쪼기여
紅寶石 같은 알을 한알 두알 맛 보노니,

透明한 옛 생각, 새론 시름의 무지개여,
金붕어 처럼 어린 녀릿 녀릿한 느낌이여.

이 열매는 지난 해 시월 상ㅅ달, 우리 둘의
조그마한 이야기가 비롯될 때 익은것이어니.

작은아씨야, 가녀린 동무야, 남 몰래 기뜨린
네 가슴에 졸음 조는 옥토끼가 한쌍.

옛 못 속에 혜염치는 흰 고기의 손가락, 손가락,
외롭게 가볍게 스스로 떠는 銀실, 銀실,

아아 柘榴알을 알알이 비추어 보며
新羅千年의 푸른 하늘을 꿈꾸노니.

──『지용 시선』, 16~17쪽

柘榴

薔薇꽃 처럼 곱게 피여 가는 화로에 숫불,
立春때 밤은 마른풀 사르는 냄새가 난다.

한 겨울 지난 柘榴열매를 쪼기여
紅寶石 같은 알을 한알 두알 맛 보노니,

透明한 옛 생각, 새론 시름의 무지개여,
金붕어 처럼 어린 녀릿 녀릿한 느낌이여.

이 열매는 지난 해 시월 상ㅅ달, 우리 둘의
조그마한 이야기가 비롯될 때 익은것이어니.

자근아씨야, 가녀린 동무야, 남몰래 깃들인
네 가슴에 조름 조는 옥토끼가 한쌍.

옛 못 속에 헤염치는 흰고기의 손가락, 손가락,
외롭게 가볍게 스스로 떠는 銀실, 銀실,

아아 柘榴알을 알알히 비추어 보며
新羅千年의 푸른 하늘을 꿈꾸노니.

— 『정지용 시집』, 36~37쪽

발열

처마 끝에 서린 연기 따라
포도 순이 기어 나가는 밤, 소리 없이,
가물음 땅에 스며든 더운 김이
등에 서리나니, 훈훈히,
아아, 이 애 몸이 또 달아오르노나.
가쁜 숨결을 드내쉬노니, 박나비처럼,
가녀린 머리, 주사 찍은 자리에, 입술을 붙이고
나는 중얼거리다, 나는 중얼거리다,
부끄러운 줄도 모르는 다신교도와도 같이.
아아, 이 애가 애자지게 보채노나!
불도 약도 달도 없는 밤,
아득한 하늘에는
별들이 참벌 날듯 하여라.

처마 끝에 서린 연기 따라
葡萄순이 기어 나가는 밤, 소리 없이,
가믈음 땅에 시며든 더운 김이
등에 서리나니, 훈훈히,
아아, 이 애 몸이 또 닳어 오르노나.
가쁜 숨결을 드내 쉬노니, 박나비처럼,
가녀린 머리, 주사 찍은 자리에, 입술을 붙이고
나는 중얼거리다, 나는 중얼거리다,
부끄러운줄도 모르는 多神敎徒와도 같이.
아아, 이 애가 애자지게 보채노나!
불도 약도 달도 없는 밤,
아득한 하늘에는
별들이 참벌 날으듯 하여라.

—『지용 시선』, 18~19쪽

發熱

처마 끝에 서린 연기 따러
葡萄순이 기여 나가는 밤, 소리 없이,
가믈음 땅에 시며든 더운 김이
등에 서리나니, 훈훈히,
아아, 이 애 몸이 또 달어 오르노나.
가쁜 숨결을 드내 쉬노니, 박나비 처럼,
가녀린 머리, 주사 찍은 자리에, 입술을 붙이고
나는 중얼거리다, 나는 중얼거리다,
부끄러운줄도 모르는 多神教徒와도 같이.
아아, 이 애가 애자지게 보채노나!
불도 약도 달도 없는 밤,
아득한 하늘에는
별들이 참벌 날으듯 하여라.

—『정지용 시집』, 38쪽

향수

넓은 벌 동쪽 끝으로
옛이야기 지줄대는 실개천이 휘돌아 나가고,
얼룩빼기 황소가
해설피 금빛 게으른 울음을 우는 곳,

── 그곳이 차마 꿈엔들 잊힐리야.

질화로에 재가 식어지면
빈 밭에 밤바람 소리 말을 달리고,
엷은 졸음에 겨운 늙으신 아버지가
짚베개를 돋아 고이시는 곳,

── 그곳이 차마 꿈엔들 잊힐리야.

흙에서 자란 내 마음
파아란 하늘빛이 그리워
함부로 쏜 화살을 찾으려
풀섶 이슬에 함추름 휘적시던 곳,

── 그곳이 차마 꿈엔들 잊힐리야.

전설 바다에 춤추는 밤물결 같은
검은 귀밑머리 날리는 어린 누이와
아무렇지도 않고 예쁠 것도 없는
사철 발 벗은 안해가
따가운 햇살을 등에 지고 이삭 줍던 곳,

── 그곳이 차마 꿈엔들 잊힐리야.

하늘에는 성긴 별
알 수도 없는 모래성으로 발을 옮기고,
서리까마귀 우지짖고 지나가는 초라한 지붕,
흐릿한 불빛에 돌아앉아 도란도란거리는 곳,

── 그곳이 차마 꿈엔들 잊힐리야.

鄕愁

넓은 벌 동쪽 끝으로
옛이야기 지줄대는 실개천이 휘돌아 나가고,
얼룩백이 황소가
해설피 금빛 게으른 울음을 우는 곳,

── 그 곳이 참하 꿈엔들 잊힐리야.

질화로에 재가 식어지면
뷔인 밭에 밤바람 소리 말을 달리고,
엷은 졸음에 겨운 늙으신 아버지가
짚벼개를 돋아 고이시는 곳,

── 그 곳이 참하 꿈엔들 잊힐리야.

흙에서 자란 내 마음
파아란 하늘 빛이 그립어
함부로 쏜 활살을 찾으려
풀섶 이슬에 함추름 휘적시든 곳,

── 그 곳이 참하 꿈엔들 잊힐리야.

傳說바다에 춤추는 밤물결 같은
검은 귀밑머리 날리는 어린 누의와
아무렇지도 않고 예쁠것도 없는

사철 발 벗은 안해가
따가운 해ㅅ살을 등에 지고 이삭 줏던 곳,

―― 그 곳이 참하 꿈엔들 잊힐리야.

하늘에는 성근 별
알 수도 없는 모래성으로 발을 옮기고,
서리 까마귀 우지짖고 지나가는 초라한 집웅,
흐릿한 불빛에 돌아 앉어 도란 도란거리는 곳,

―― 그 곳이 참하 꿈엔들 잊힐리야.

―『지용 시선』, 20~23쪽

鄕愁

넓은 벌 동쪽 끝으로
옛이야기 지줄대는 실개천이 회돌아 나가고,
얼룩백이 황소가
해설피 금빛 게으른 울음을 우는 곳,

―― 그 곳이 참하 꿈엔들 잊힐리야.

질화로에 재가 식어지면
뷔인 밭에 밤바람 소리 말을 달리고,
엷은 졸음에 겨운 늙으신 아버지가
짚벼개를 돋아 고이시는 곳,

―― 그 곳이 참하 꿈엔들 잊힐리야.

흙에서 자란 내 마음
파아란 하늘 빛이 그립어
함부로 쏜 활살을 찾으려
풀섶 이슬에 함추름 휘적시든 곳,

―― 그 곳이 참하 꿈엔들 잊힐리야.

傳說바다에 춤추는 밤물결 같은
검은 귀밑머리 날리는 어린 누의와
아무러치도 않고 여쁠것도 없는
사철 발벗은 안해가
따가운 해ㅅ살을 등에지고 이삭 줏던 곳,

── 그 곳이 참하 꿈엔들 잊힐리야.

하늘에는 석근 별
알 수도 없는 모래성으로 발을 옮기고,
서리 까마귀 우지짖고 지나가는 초라한 집웅,
흐릿한 불빛에 돌아 앉어 도란 도란거리는 곳,

── 그 곳이 참하 꿈엔들 잊힐리야.

──『정지용 시집』, 39-~41쪽

춘설

문 열자 선뜻!
먼 산이 이마에 차라.

우수절 들어
바로 초하루 아침,

새삼스레 눈이 덮힌 묏부리와
서늘옵고 빛난 이마받이하다.

얼음 금가고 바람 새로 따르거니
흰 옷고름 절로 향기로워라.

옹숭거리고 살아난 양이
아아 꿈 같기에 설어라.

미나리 파릇한 새순 돋고
옴짓 아니 기던 고기 입이 오물거리는,

꽃 피기 전 철 아닌 눈에
핫옷 벗고 도로 춥고 싶어라.

春雪

문 열자 선뜻!
먼 산이 이마에 차라.

雨水節 들어
바로 초하로 아침,

새삼스레 눈이 덮인 뫼뿌리와
서늘옵고 빛난 이마받이 하다.

얼음 금가고 바람 새로 따르거니
흰 옷고롬 절로 향긔롭어라.

옹숭거리고 살어난 양이
아아 꿈 같기에 설어라.

미나리 파릇한 새순 돋고
옴짓 아니 긔던 고기입이 오믈거리는,

꽃 피기전 철아닌 눈에
핫옷 벗고 도루 칩고싶어라.

— 『지용 시선』, 26~27쪽

春雪

문 열자 선뜻!
먼 산이 이마에 차라.

雨水節 들어
바로 초하로 아츰,

새삼스레 눈이 덮인 뫼뿌리와
서늘옵고 빛난 이마받이 하다.

어름 금가고 바람 새로 따르거니
흰 옷고롬 절로 향긔롭어라.

옹숭거리고 살어난 양이
아아 꿈 같기에 설어라.

미나리 파룻한 새순 돋고
옴짓 아니긔던 고기입이 오믈거리는,

꽃 피기전 철아닌 눈에
핫옷 벗고 도로 칩고 싶어라.

—『백록담』, 60~61쪽

고향

고향에 고향에 돌아와도
그리던 고향은 아니러뇨.

산꿩이 알을 품고
뻐꾸기 제철에 울건만,

마음은 제 고향 지니지 않고
머언 항구로 떠도는 구름.

오늘도 메 끝에 홀로 오르니
흰 점 꽃이 인정스레 웃고,

어린 시절에 불던 풀피리 소리 아니 나고
메마른 입술에 쓰디쓰다.

고향에 고향에 돌아와도
그리던 하늘만이 높푸르구나.

故鄉

고향에 고향에 도라와도
그리던 고향은 아니러뇨.

산꿩이 알을 품고
뻐꾹이 제철에 울건만,

마음은 제고향 지니지 않고
머언 港口로 떠도는 구름.

오늘도 메끝에 홀로 오르니
흰점 꽃이 인정스레 웃고,

어린 시절에 불던 풀피리 소리 아니나고
메마른 입술에 쓰디 쓰다.

고향에 고향에 돌아와도
그리던 하늘만이 높푸르구나.

—『지용 시선』, 28~29쪽

故鄉

고향에 고향에 돌아와도
그리던 고향은 아니러뇨.

산꽁이 알을 품고
뻐꾹이 제철에 울건만,

마음은 제고향 진히지 않고
머언 港口로 떠도는 구름.

오늘도 메끝에 홀로 오르니
흰점 꽃이 인정스레 웃고,

어린 시절에 불던 풀피리 소리 아니나고
메마른 입술에 쓰디 쓰다.

고향에 고향에 돌아와도
그리던 하늘만이 높푸르구나.

──『정지용 시집』, 115~116쪽

불사조

비애! 너는 모양할 수도 없도다.
너는 나의 가장 안에서 살았도다.

너는 박힌 화살, 날지 않는 새,
나는 너의 슬픈 울음과 아픈 몸짓을 지니노라.

너를 돌려보낼 아무 이웃도 찾지 못하였노라.
은밀히 이르노니 ──「행복」이 너를 아주 싫어하더라.

너는 짐짓 나의 심장을 차지하였더뇨?
비애! 오오 나의 신부! 너를 위하여 나의 창과 웃음을 닫았노라.

이제 나의 청춘이 다한 어느 날 너는 죽었도다.
그러나 나를 묻은 아무 석문도 보지 못하였노라.

스스로 불탄 자리에서 나래를 펴는
오오 비애! 너의 불사조 나의 눈물이여!

不死鳥

悲哀! 너는 모양할수도 없도다.
너는 나의 가장 안에서 살었도다.

너는 박힌 화살, 날지 않는 새,
나는 너의 슬픈 울음과 아픈 몸짓을 지니노라.

너를 돌려 보낼 아무 이웃도 찾지 못하였노라.
은밀히 이르노니 ──「幸福」이 너를 아조 싫여하더라.

너는 짐짓 나의 心臟을 차지하였더뇨?
悲哀! 오오 나의 新婦! 너를 위하야 나의 窓과 웃음을 닫었노라.

이제 나의 靑春이 다한 어느날 너는 죽었도다.
그러나 너를 묻은 아무 石門도 보지 못하였노라.

스사로 불탄 자리 에서 나래를 펴는
오오 悲哀! 너의 不死鳥 나의 눈물이여!

──『지용 시선』, 32~33쪽

不死鳥

悲哀! 너는 모양할수도 없도다.
너는 나의 가장 안에서 살었도다.

너는 박힌 화살, 날지안는 새,
나는 너의 슬픈 울음과 아픈 몸짓을 진히노라.

너를 돌려보낼 아모 이웃도 찾지 못하였노라.
은밀히 이르노니 —「幸福」이 너를 아조 싫여하더라.

너는 짐짓 나의 心臟을 차지하였더뇨?
悲哀! 오오 나의 新婦! 너를 위하야 나의 窓과 우슴을 닫었노라.

이제 나의 靑春이 다한 어느날 너는 죽었도다.
그러나 너를 묻은 아모 石門도 보지 못하였노라.

스사로 불탄 자리 에서 나래를 펴는
오오 悲哀! 너의 不死鳥 나의 눈물이여!

—『정지용 시집』, 128~129쪽

나무

얼굴이 바로 푸른 하늘을 우러렀기에
발이 항시 검은 흙을 향하기 욕되지 않도다.

곡식알이 거꾸로 떨어져도 싹은 반드시 위로!
어느 모양으로 심기어졌더뇨? 이상스런 나무 나의 몸이여!

오오 알맞은 위치! 좋은 위아래!
아담의 슬픈 유산도 그대로 받았노라.

나의 적은 연륜으로 이스라엘의 이천 년을 헤었노라.
나의 존재는 우주의 한낱 초조한 오점이었도다.

목마른 사슴이 샘을 찾아 입을 잠그듯이
이제 그리스도의 못 박히신 발의 성혈에 이마를 적시며 ―

오오! 신약의 태양을 한아름 안다.

나무

얼굴이 바로 푸른 하늘을 우러렀기에
발이 항시 검은 흙을 향하기 욕되지 않도다.

곡식알이 거꾸로 떨어져도 싹은 반드시 위로!
어느 모양으로 심기어졌더뇨? 이상스런 나무 나의 몸이여!

오오 알맞는 位置! 좋은 위아래!
아담의 슬픈 遺産도 그대로 받았노라.

나의 적은 年輪으로 이스라엘의 二千年을 헤였노라.
나의 存在는 宇宙의 한낱焦燥한 汚點이었도다.

목마른 사슴이 샘을 찾어 입을 잠그듯이
이제 그리스도의 못박히신 발의 聖血에 이마를 적시며—

오오! 新約의 太陽을 한아름 안ㅅ다.

—『지용 시선』, 34~35쪽

나무

얼골이 바로 푸른 한울을 울어렀기에
발이 항시 검은 흙을 향하기 욕되지 않도다.

곡식알이 거꾸로 떨어저도 싹은 반드시 우로!
어느 모양으로 심기여젓더뇨? 이상스런 나무 나의 몸이여!

오오 알맞는 位置! 좋은 우아래!
아담의 슬픈 遺産도 그대로 받었노라.

나의 적은 年輪으로 이스라엘의 二千年을 헤였노라.
나의 存在는 宇宙의 한낱焦燥한 汚點이었도다.

목마른 사슴이 샘을 찾어 입을 잠그듯이
이제 그리스도의 못박히신 발의 聖血에 이마를 적시며—

오오! 新約의 太陽을 한아름 안다.

──『정지용 시집』, 130~131쪽

다른 하늘

그의 모습이 눈에 보이지 않았으나
그의 안에서 나의 호흡이 절로 달도다.

물과 성신으로 다시 낳은 이후
나의 날은 날로 새로운 태양이로세!

뭇사람과 소란한 세대에서
그가 다만 내게 하신 일을 지니리라!

미리 가지지 않았던 세상이어니
이제 새삼 기다리지 않으련다.

영혼은 불과 사랑으로! 육신은 한낱 괴로움.
보이는 하늘은 나의 무덤을 덮을 뿐.

그의 옷자락이 나의 오관에 사무치지 않았으나
그의 그늘로 나의 다른 하늘을 삼으리라

다른 한울

그의 모습이 눈에 보이지 않었으나
그의 안에서 나의 呼吸이 절로 달도다.

물과 聖神으로 다시 낳은 이후
나의 날은 날로 새로운 太陽이로세!

뭇 사람과 소란한 世代에서
그가 다만 내게 하신 일을 지니리라!

미리 가지지 않었던 세상이어니
이제 새삼 기다리지 않으련다.

靈魂은 불과 사랑으로! 육신은 한낱 괴로움.
보이는 한울은 나의 무덤을 덮을뿐.

그의 옷자락이 나의 五官에 사모치지 않었으나
그의 그늘로 나의 다른 하늘을 삼으리라

— 『지용 시선』, 36~37쪽

다른 한울

그의 모습이 눈에 보이지 않었으나
그의 안에서 나의 呼吸이 절로 달도다.

물과 聖神으로 다시 낳은 이후
나의 날은 날로 새로운 太陽이로세!

뭇사람과 소란한 世代에서
그가 다맛 내게 하신 일을 진히리라!

미리 가지지 않었던 세상이어니
이제 새삼 기다리지 않으련다.

靈魂은 불과 사랑으로! 육신은 한낯 괴로움.
보이는 한울은 나의 무덤을 덮을뿐

그의 옷자락이 나의 五官에 사모치지 안었으나
그의 그늘로 나의 다른 한울을 삼으리라

—『정지용 시집』, 142∼143쪽

또 하나 다른 태양

온 고을이 받들 만한
장미 한 가지가 솟아난다 하기로
그래도 나는 고와 아니 하련다.

나는 나의 나이와 별과 바람에도 피로웁다.

이제 태양을 금시 잃어버린다 하기로
그래도 그리 놀라울 리 없다.

실상 나는 또 하나 다른 태양으로 살았다

사랑을 위하얀 입맛도 잃는다.

외로운 사슴처럼 벙어리 되어 산길에 설지라도 ―

오오, 나의 행복은 나의 성모 마리아!

또 하나 다른 太陽

온 고을이 받들만한
薔薇 한가지가 솟아난다 하기로
그래도 나는 고아 아니하련다.

나는 나의 나히와 별과 바람에도 疲勞웁다.

이제 太陽을 금시 잃어버린다 하기로
그래도 그리 놀라울리 없다.

실상 나는 또 하나 다른 太陽으로 살었다

사랑을 위하얀 입맛도 잃는다.

외로운 사슴처럼 벙어리 되어 山길에 섯지라도 ──

오오, 나의 幸福은 나의 聖母마리아!

── 『지용 시선』, 38~39쪽

또 하나 다른 太陽

온 고을이 밧들만 한
薔薇 한가지가 솟아난다 하기로
그래도 나는 고하 아니하련다.

나는 나의 나히와 별과 바람에도 疲勞웁다.

이제 太陽을 금시 일어 버린다 하기로
그래도 그리 놀라울리 없다.

실상 나는 또하나 다른 太陽으로 살었다

사랑을 위하얀 입맛도 일는다.
외로운 사슴처럼 벙어리 되어 山길에 슬지라도 ─

오오, 나의 幸福은 나의 聖母마리아!

─『정지용 시집』, 144~145쪽

임종

나의 임종하는 밤은
귀또리 하나도 울지 말라.

나중 죄를 들으신 신부는
거룩한 산파처럼 나의 영혼을 가르시라.

성모취결례 미사 때 쓰고 남은 황촉불!

담 머리에 숙인 해바라기꽃과 함께
다른 세상의 태양을 사모하며 돌으라.

영원한 나그넷길 노자로 오시는
성주 예수의 쓰신 원광!
나의 영혼에 칠색의 무지개를 심으시라.

나의 평생이요 나중인 괴롬!
사랑의 백금 도가니에 불이 되라.

달고 달으신 성모의 이름 부르기에
나의 입술을 타게 하라.

臨終

나의 임종하는 밤은
귀또리 하나도 울지 말라.

나종 죄를 들으신 神父는
거룩한 産婆처럼 나의 靈魂을 갈르시라.

聖母就潔禮 미사때 쓰고남은 黃燭불!

담머리에 숙인 해바라기꽃과 함께
다른 세상의 太陽을 사모하며 돌으라.

永遠한 나그내ㅅ길 路資로 오시는
聖主 예수의 쓰신 圓光!
나의 영혼에 七色의 무지개를 심으시라.

나의 평생이요 나종인 괴롬!
사랑의 白金도가니에 불이 되라.

달고 달으신 聖母의 일홈 부르기에
나의 입술을 타게 하라.

                                        ──『지용 시선』, 40~42쪽

臨終

나의 림종하는 밤은
귀또리 하나도 울지 말라.

나종 죄를 들으신 神父는
거룩한 産婆처럼 나의靈魂을 갈르시라.

聖母就潔禮 미사때 쓰고남은 黃燭불!

담머리에 숙인 해바라기꽃과 함께
다른 세상의 太陽을 사모하며 돌으라.

永遠한 나그내ㅅ길 路資로 오시는
聖主 예수의 쓰신 圓光!
나의 령혼에 七色의 무지개를 심으시라.

나의 평생이요 나종인 괴롬!
사랑의 白金도가니에 불이 되라.

달고 달으신 聖母의 일홈 불으기에
나의 입술을 타게하라.

—『정지용 시집』, 136~137쪽

장수산 1

벌목정정 이랬거니   아름드리 큰 솔이 베어짐직도 하이   골이 울어 멩아리 소리   쩌르렁   돌아옴직도 하이   다람쥐도 좇지 않고   멧새도 울지 않아   깊은 산 고요가 차라리 뼈를 저리우는데   눈과 밤이 종이보 담 희고녀!   달도 보름을 기다려 흰 뜻은 한밤이 골을 걸음이란다?   웃 절 중이 여섯 판에 여섯 번 지고 웃고 올라간 뒤   조찰히 늙은 사나이의   남긴   내음새를 줍는다?   시름은 바람도 일지 않는 고요에 심히 흔들 리우노니   오오 견디란다   차고 올연히   슬픔도 꿈도 없이   장수산 속 겨울 한밤내 ─

長壽山 1

伐木丁丁 이랬거니   아람도리 큰솔이 베혀짐즉도 하이   골이 울어 멩아리 소리
쩌르렁   돌아옴즉도 하이   다람쥐도 좃지 않고   뫼ㅅ새도 울지 않어   깊은산 고요
가 차라리 뼈를 저리우는데   눈과 밤이 조히보담 희고녀!   달도 보름을 기달려 흰
뜻은 한밤 이골을 걸음이란다?   웃절 중이 여섯판에 여섯번 지고 웃고 올라 간 뒤
조찰히 늙은 사나히의   남긴 내음새를 줏는다?   시름은 바람도 일지 않는 고요에
심히 흔들리우노니   오오 견듸랸다   차고 兀然히   슬픔도 꿈도 없이   長壽山속 겨
울 한밤내 —

—『지용 시선』, 44~45쪽

長壽山 1

伐木丁丁 이랬거니 아람도리 큰솔이 베혀짐즉도 하이 골이 울어 멩아리 소리 쩌르렁 돌아옴즉도 하이 다람쥐도 좃지 않고 뫼ㅅ새도 울지 않어 깊은산 고요가 차라리 뼈를 저리우는데 눈과 밤이 조히보담 희고녀! 달도 보름을 기달려 흰 뜻은 한밤 이골을 걸음이랸다? 웃절 중이 여섯판에 여섯번 지고 웃고 올라 간 뒤 조찰히 늙은 사나히의 남긴 내음새를 줏는다? 시름은 바람도 일지 않는 고요에 심히 흔들리우노니 오오 견듸랸다 차고 兀然히 슬픔도 꿈도 없이 長壽山속 겨울 한밤내 ——

—— 『백록담』, 12쪽

장수산 2

  풀도 떨지 않는 돌산이요 돌도 한 덩이로 열두 골을 고비 고비 돌았세라 찬 하늘이 골마다 따로 씌우었고 얼음이 굳이 얼어 디딤돌이 믿음직하이 꿩이 기고 곰이 밟은 자욱에 나의 발도 놓이노니 물소리 귀뚜리처럼 즉즉하놋다. 피락 마락 하는 햇살에 눈 우에 눈이 가리어 앉다 흰 시울 아래 흰 시울이 눌리워 숨쉬는다 온 산중 내려 앉는 획진 시울들이 다치지 않이! 나도 내던져 앉다 일찍이 진달래 꽃 그림자에 붉었던 절벽 보이한 자리 우에!

풀도 떨지 않는 돌산이오 돌도 한덩이로 열두골을 고비고비 돌았세라 찬 하늘이 골마다 따로 씨우었고 얼음이 굳이 얼어 드딤돌이 믿음즉 하이 꿩이 긔고 곰이 밟은 자옥에 나의 발도 놓이노니 물소리 귀또리처럼 喞喞하놋다. 피락 마락하는 해ㅅ살에 눈우에 눈이 가리어 앉다. 흰 시울 아래 흰 시울이 눌리워 숨쉬는다 온 산중 나려앉는 휙진 시울들이 다치지 안히! 나도 내더져 앉다 일찍이 진달레 꽃 그림자에 붉었던 絶壁 보이한 자리 우에!

—『지용 시선』, 46~47쪽

長壽山 2

　풀도 떨지 않는 돌산이오　돌도 한덩이로　열두골을 고비고비 돌았세라　찬 하늘이 골마다　따로 씨우었고　어름이 굳이 얼어　드딤돌이 믿음즉 하이　뼝이 긔고 곰이 밟은 자옥에　나의 발도 노히노니　물소리　귀또리처럼 喞喞하놋다.　피락 마락하는 해ㅅ살에　눈우에 눈이 가리어 앉다.　흰시울 알에 흰시울이　눌리워 숨쉬는다　온산중 나려앉는 휙진 시울들이　다치지 안히!　나도 내더져 앉다　일찍이 진달레 꽃그림자에 붉었던　絶壁 보이한 자리 우에!

—『백록담』, 13쪽

백록담

1

절정에 가까울수록 뻐꾹채 꽃 키가 점점 소모된다. 한 마루 오르면 허리가 슬어지고 다시 한 마루 우에서 모가지가 없고 나중에는 얼굴만 갸웃 내다본다. 화문처럼 판 박힌다. 바람이 차기가 함경도 끝과 맞서는 데서 뻐꾹채 키는 아주 없어지고도 팔월 한철엔 흩어진 성신처럼 난만하다. 산 그림자 어둑어둑하면 그러지 않아도 뻐꾹채 꽃밭에서 별들이 켜든다. 제자리에서 별이 옮긴다. 나는 여기서 기진했다.

2

암고란, 환약같이 어여쁜 열매로 목을 축이고 살아 일어섰다.

3

백화 옆에서 백화가 촉루가 되기까지 산다. 내가 죽어 백화처럼 흴 것이 숭없지 않다.

4

귀신도 쓸쓸하여 살지 않는 한 모롱이, 도체비꽃이 낮에도 혼자 무서위 파랗게 질린다.

5

바야흐로 해발 육천 척 우에서 마소가 사람을 대수롭게 아니 여기고 산다. 말이 말끼리 소가 소끼리, 망아지가 어미 소를 송아지가 어미 말을 따르다가 이내 헤어진다.

6

첫 새끼를 낳노라고 암소가 몹시 혼이 났다. 얼결에 산길 백 리를 돌아 서귀포로 달아났다. 물도 마르기 전에 어미를 여읜 송아지는 움매 — 움매 — 울었다. 말을 보고도 등산객을 보고도 마구 매어달렸다. 우리 새끼들도 모색이 다른 어미한테 맡길 것을 나는 울었다.

7

풍란이 풍기는 향기, 꾀꼬리 서로 부르는 소리, 제주 휘파람새 휘파람 부는 소리, 돌에 물이 따로 구르는 소리, 먼 데서 바다가 구길 때 쏴 — 쏴 — 솔소리, 물푸레 동백 떡갈나무 속에서 나는 길을 잘못 들었다가 다시 측년출 기어간 흰돌박이 고부랑길로 나섰다. 문득 마주친 아롱점말이 피하지 않는다.

8

고비 고사리 더덕순 도라지꽃 취 삿갓나물 대풀 석이 별과 같은 방울을 달은 고산 식물을 색이며 취하며 자며 한다. 백록담 조찰한 물을 그리어 산맥 우에서 짓는 행렬이 구름보다 장엄하다. 소나기 놋낫 맞으며 무지개에 말리우며 궁둥이에 꽃물 이겨 붙인 채로 살이 붓는다.

9

가재도 기지 않는 백록담 푸른 물에 하늘이 돈다. 불구에 가깝도록 고단한 나의 다리를 돌아 소가 갔다. 쫓겨온 실구름 일말에도 백록담은 흐리운다. 나의 얼굴에 한나절 포긴 백록담은 쓸쓸하다. 나는 깨다 졸다 기도조차 잊었더니라.

白鹿潭

1

絶頂에 가까울수록 뻑국채 꽃 키가 점점 消耗된다. 한마루 오르면 허리가 슬어지고 다시 한마루 우에서 목아지가 없고 나종에는 얼골만 갸웃 내다본다. 花紋처럼 版박힌다. 바람이 차기가 咸鏡道끝과 맞서는 데서 뻑국채 키는 아주 없어지고도 八月 한철엔 흩어진 星辰처럼 爛漫하다. 山그림자 어둑어둑하면 그러지 않어도 뻑국채 꽃밭에서 별들이 켜든다. 제자리에서 별이 옮긴다. 나는 여기서 기진했다.

2

巖古蘭 丸藥 같이 어여쁜 열매로 목을 추기고 살어 일어섰다.

3

白樺 옆에서 白樺가 髑髏가 되기까지 산다. 내가 죽어 白樺처럼 흴것이 숭없지 않다.

4

鬼神도 쓸쓸하여 살지 않는 한모롱이, 도체비꽃이 낮에도 혼자 무서워 파랗게 질린다.

5

바야흐로 海拔六千呎 위에서 마소가 사람을 대수롭게 아니여기고 산다. 말이 말끼리 소가 소끼리 망아지가 어미소를, 송아지가 어미말을, 따르다가 이내 헤여진다.

6

첫새끼를 낳노라고 암소가 몹시 혼이 났다. 얼결에 山길 百里를 돌아 西歸浦로 달아났다. 물도 마르기 전에 어미를 여힌 송아지는 움매애 움매애 울었다. 말을 보고도 登山客을 보고도 마고 매여달렸다. 우리 새끼들도 毛色이 다른 어미한테 맡길 것을 나는 울었다.

7

風蘭이 풍기는 香氣, 꾀꼬리 서로 불으는 소리, 濟州회파람새 회파람부는 소리, 돌에 물이 따로 굴으는 소리, 먼 데서 바다가 구길때 쏴아 쏴아 솔소리, 물푸레 동백 떡갈나무속에서 나는 길을 잘못 들었다가 다시 측년출 긔여간 횐돌바기 고부랑길로 나섰다. 문득 마조친 아롱점말이 避하지 않는다.

8

고비 고사리 더덕순 도라지꽃 취 삭갓나물 대풀 石茸 별과 같은 방울을 다른 高山植物을 색이며 취하며 자며 한다. 白鹿潭 조찰한 물을 그리어 山脈 우에서 짓는 行列이 구름보다 莊嚴하다. 소나기 놋낫 맞으며 무지개에 말리우며 궁둥이에 꽃물 익여 붙인채로 살이 붓는다.

524

9

가재도 긔지 않는 白鹿潭 푸른 물에 하눌이 돈다. 不具에 가깝도록 고단한 나의 다리를 돌아 소가 갔다. 쫓겨온 실구름 一抹에도 白鹿潭은 흐리운다. 나의 얼골에 한나잘 포긴 白鹿潭은 쓸쓸하다. 나는 깨다 졸다 祈禱조차 잊었더니라.

—『지용 시선』, 48∼51쪽

白鹿潭

1

絶頂에 가까울수록 뻑국채 꽃키가 점점 消耗된다. 한마루 오르면 허리가 슬어지고 다시 한마루 우에서 목아지가 없고 나종에는 얼골만 갸옷 내다본다. 花紋처럼 版박힌다. 바람이 차기가 咸鏡道끝과 맞서는 데서 뻑국채 키는 아조 없어지고도 八月 한철엔 흩어진 星辰처럼 爛漫하다. 山그림자 어둑어둑하면 그러지 않어도 뻑국채 꽃밭에서 별들이 켜든다. 제자리에서 별이 옮긴다. 나는 여긔서 기진했다.

2

巖古蘭, 丸藥 같이 어여쁜 열매로 목을 축이고 살어 일어섰다.

3

白樺 옆에서 白樺가 髑髏가 되기까지 산다. 내가 죽어 白樺처럼 흴것이 숭없지 않다.

4

鬼神도 쓸쓸하여 살지 않는 한모롱이, 도체비꽃이 낮에도 혼자 무서워 파랗게 질린다.

526

5

바야흐로 海拔六千呎우에서 마소가 사람을 대수롭게 아니녀기고 산다. 말이 말끼리 소가 소끼리, 망아지가 어미소를 송아지가 어미말을 따르다가 이내 헤여진다.

6

첫새끼를 낳노라고 암소가 몹시 혼이 났다. 얼결에 山길 百里를 돌아 西歸浦로 달어났다. 물도 마르기 전에 어미를 여힌 송아지는 움매 — 움매 — 울었다. 말을 보고도 登山客을 보고도 마고 매여달렸다. 우리 새끼들도 毛色이 다른 어미한틔 맡길것을 나는 울었다.

7

風蘭이 풍기는 香氣, 꾀꼬리 서로 불으는 소리, 濟州회파람새 회파람부는 소리, 돌에 물이 따로 굴으는 소리, 먼 데서 바다가 구길때 쏴 — 쏴 — 솔소리, 물푸레 동백 떡갈나무속에서 나는 길을 잘못 들었다가 다시 측넌출 긔여간 흰돌바기 고부랑길로 나섰다. 문득 마조친 아롱점말이 避하지 않는다.

8

고비 고사리 더덕순 도라지꽃 취 삭갓나물 대풀 石茸 별과 같은 방울을 달은 高山植物을 색이며 취하며 자며 한다. 白鹿潭 조찰한 물을 그리여 山脈우에서 짓는 行列이 구름보다 莊嚴하다. 소나기 놋낫 맞으며 무지개에 말리우며 궁둥이에 꽃물 익여 붙인채로 살이 붓는다.

9

가재도 긔지 않는 白鹿潭 푸른 물에 하눌이 돈다. 不具에 가깝도록 고단한 나의 다리를 돌아 소가 갔다. 쫓겨온 실구름 一抹에도 白鹿潭은 흐리운다. 나의 얼골에 한나잘 포긴 白鹿潭은 쓸쓸하다. 나는 깨다 졸다 祈禱조차 잊었더니라.

—『백록담』, 14~17쪽

옥류동

골에 하늘이
따로 트이고,

폭포 소리 하잔히
봄 우레를 울다.

날가지 겹겹이
모란꽃잎 포기이는 듯.

자위 돌아 사뭇 질듯
위태로이 솟은 봉오리들.

골이 속 속 접히어 들어
이내(晴嵐)』가 새포롬 서그럭거리는 숫도림.

꽃가루 묻힌 양 날아올라
나래 떠는 해.

보라빛 햇살이
폭 지어 빗겨 걸치이매,

기슭에 약초들의
소란한 호흡!

들새도 날아들지 않고
신비가 한껏 저자 선 한낮.

물도 젖어지지 않아
흰 돌 우에 따로 구르고,

다가 스미는 향기에
길초마다 옷깃이 매워라.

귀뚜리도
흠식 한 양

옴짓
아니 긴다.

玉流洞

골에 하늘이
따로 트이고,

瀑布 소리 하잔히
봄우뢰를 울다.

날가지 겹겹히
모란꽃잎 포기이는듯.

자위 돌아 사폿 질ㅅ듯
위태로히 솟은 봉오리들.

골이 속 속 접히어 들어
이내(晴嵐)가 새포롬 서그러거리는 숫도림.

꽃가루 묻힌양 날러올라
나래 떠는 해.

보라빛 해ㅅ살이
幅지어 빗겨 걸치이매,

기슭에 藥草들의
소란한 呼吸!

들새도 날러들지 않고
神秘가 한끗 저자 선 한 낮.

물도 젖여지지 않어
흰 돌 우에 따로 구르고,

닥아 스미는 향기에
길초마다 옷깃이 매워라.

귀또리도
흠식 한양

옴짓
아니 긘다.

─『지용 시선』, 52~55쪽

玉流洞

골에 하늘이
따로 트이고,

폭포(瀑布) 소리 하잔히
봄우뢰를 울다.

날가지 겹겹히
모란꽃닢 포기이는 듯.

자위 돌아 사풋 질ㅅ듯
위태로히 솟은 봉오리들.

골이 속 속 접히어 들어
이내(晴嵐)가 새포롬 서그러거리는 숫도림.

꽃가루 묻힌양 날러올라
나래 떠는 해.

보라빛 해ㅅ살이
幅지어 빗겨 걸치이매,

기슭에 藥草들의
소란한 呼吸!

들새도 날러들지 않고
神秘가 한끗 저자 선 한낮.

물도 젖여지지 않아
흰돌 우에 따로 구르고,

닥어 스미는 향기에
길초마다 옷깃이 매워라.

귀또리도
흠식 한양

옴짓
아니 긘다.

— 『백록담』, 22~25쪽

인동차

노주인의 장벽에
무시로 인동 삼긴 물이 내린다.

자작나무 덩그럭 불이
도로 피어 붉고,

구석에 그늘지어
무가 순 돋아 파릇하고,

흙냄새 훈훈히 김도 사리다가
바깥 풍설 소리에 잠착하다.

산중에 책력도 없이
삼동이 하이얗다.

忍冬茶

老主人의 腸壁에
無時로 忍冬 삼긴 물이 나린다.

자작나무 덩그럭 불이
도로 피어 붉고,

구석에 그늘 지어
무가 순돋아 파릇 하고,

흙냄새 훈훈히 김도 사리다가
바깥 風雪소리에 잠착하다.

山中에 冊歷도 없이
三冬이 하이얗다.

                                    ──『지용 시선』, 56~57쪽

忍冬茶

老主人의 腸壁에
無時로 忍冬 삼긴물이 나린다.

자작나무 덩그럭 불이
도로 피여 붉고,

구석에 그늘 지여
무가 순돋아 파릇 하고,

흙냄새 훈훈히 김도 사리다가
바깥 風雪소리에 잠착 하다.

山中에 冊歷도 없이
三冬이 하이얗다.

— 『백록담』, 30~31쪽

폭포

산골에서 자란 물도
돌베람빡 낭떠러지에서 겁이 났다.

눈덩이 옆에서 졸다가
꽃나무 알로 우정 돌아

가재가 기는 골짝
죄그만 하늘이 갑갑했다.

갑자기 호숩어질랴니
마음 조일 밖에.

흰 발톱 갈가리
앙증스레도 할퀸다.

어쨌든 너무 재재거린다.
나려질리자 쫄뼷 물도 단번에 감수했다.

심심산천에 고사리밥
모조리 졸리운 날

송홧가루
노랗게 날리네.

산수 따라온 신혼 한 쌍
앵두 같이 상기했다.

돌부리 뾰죽뾰죽 무척 고부라진 길이
아기자기 좋아라 왔지!

하인리히 하이네 적부터
동그란 오오 나의 태양도

겨우 끼리끼리의 발꿈치를
조롱조롱 한나절 따라왔다.

산간에 폭포수는 암만해도 무서워서
기엄기엄 기며 나린다.

瀑布

산ㅅ골에서 자란 물도
돌베람빡 낭떨어지에서 겁이 났다.

눈ㅅ뎅이 옆에서 졸다가
꽃나무 알로 우정 돌아

가재가 긔는 골작
죄그만 하늘이 갑갑했다.

갑자기 호숩어질랴니
마음 조일 밖에.

흰 발톱 갈갈이
앙징스레도 할퀸다.

어쨌던 너무 재재거린다.
나려질리자 쭐뼷 물도 단번에 감수했다.

심심 산천에 고사리ㅅ밥
모조리 졸리운 날

송화ㅅ가루
놓랗게 날리네.

山水 따라온 新婚 한쌍
앵두 같이 상긔했다.

돌뿌리 뾰죽 뾰죽 무척 고브라진 길이
아기자기 좋아라 왔지!

하인리히 하이네ㅅ적부터
동그란 오오 나의 太陽도

겨우 끼리끼리의 발굼치를
조롱 조롱 한나잘 따러왔다.

산간에 폭포수는 암만해도 무서워서
긔염 긔염 긔며 나린다.

—『지용 시선』, 58~61쪽

瀑 布

산ㅅ골에서 자란 물도
돌베람빡 낭떨어지에서 겁이 났다.

눈ㅅ뎅이 옆에서 졸다가
꽃나무 알로 우정 돌아

가재가 긔는 골작
죄그만 하늘이 갑갑했다.

갑자기 호숩어질랴니
마음 조일 밖에.

흰 발톱 갈갈이
앙징스레도 할퀸다.

어쨌던 너무 재재거린다.
나려질리자 쭐ㅅ뻣 물도 단번에 감수했다.

심심 산천에 고사리ㅅ밥
모조리 졸리운 날

송화ㅅ가루
놓랗게 날리네.

山水 따러온 新婚 한쌍
앵두 같이 상긔했다.

돌뿌리 뾰죽 뾰죽 무척 고브라진 길이
아기 자기 좋아라 왔지!

하인리히 하이네ㅅ적부터
동그란 오오 나의 太陽도

겨우 끼리끼리의 발굼치를
조롱 조롱 한나잘 따러왔다.

산간에 폭포수는 암만해도 무서워서
긔염 긔염 긔며 나린다.

——『백록담』, 38~41쪽

나비

시키지 않은 일이 서둘러 하고 싶기에   난로에 싱싱한 물푸레 갈아 지피고   등피 호 호 닦아 끼우어 심지 튀기니   불꽃이 새록 돋다   미리 떼고 걸고 보니 칼렌다 이튿날 날짜가 미리 붉다   이제 차츰 밟고 넘을 다람쥐 등솔기같이 구부레 벋어나갈 연봉 산맥 길 우에 아슬한 가을 하늘이여   초침 소리 유달리 뚝딱거리는 낙엽 벗은 산장 밤   창유리까지에 구름이 드뇌니   후 두 두 두 낙수 짓는 소리   크기 손바닥 만한 어인 나비가 따악 붙어 들여다본다   가엾어라 열리지 않는 창   주먹 쥐어 징징 치니 날을 기식도 없이 네 벽이 도리어 날개와 떤다   해발 오천 척 우에 떠도는 한 조각 비 맞은 환상   호흡하노라 서툴리 붙어 있는 이 자재화 한 폭은 활활 불 피어 담기어 있는 이상스런 계절이 몹시 부러웁다   날개가 찢어진 채   검은 눈을 잔나비처럼 뜨지나 않을까 무서워라   구름이 다시 유리에 바위처럼 부서지며   별도 휩쓸려 내려가 산 아래 어느 마을 우에 총총하뇨   백화 숲 희부옇게 어정거리는 절정   부유스름하기 황혼 같은 밤.

나비

시기지 않은 일이 서둘러 하고싶기에 煖爐에 싱싱한 물푸레 갈어 지피고 燈皮 호 호 닦어 끼우어 심지 튀기니 불꽃이 새록 돋다 미리 떼고 걸고 보니 칼렌다 이튿날 날자가 미리 붉다 이제 차즘 밟고 넘을 다람쥐 등솔기 같이 구브레 벋어 나갈 連峯 山脈길 우에 아슬한 가을 하늘이여 秒針 소리 유달리 뚝닥 거리는 落葉 벗은 山莊 밤 窓유리까지에 구름이 드뉘니 후 두 두 두 落水 짓는 소리 크기 손바닥만한 어인 나비가 따악 붙어 드려다 본다 가엽서라 열리지 않는 窓 주먹쥐어 징징 치니 날을 氣息도 없이 네 壁이 도리어 날개와 떤다 海拔 五千呎 우에 떠도는 한조각 비맞은 幻想 呼吸하노라 서툴리 붙어 있는 이 自在畵 한幅은 활 활 불 피어 담기어 있는 이상스런 季節이 몹시 부러웁다 날개가 찢어진채 검은 눈을 잔나비처럼 뜨지나 않을가 무섭어라 구름이 다시 유리에 바위처럼 부서지며 별도 휩쓸려 나려가 山아래 어늬 마을 우에 총총 하뇨 白樺숲 희부옇게 어정거리는 絶頂 부유스름하기 黃昏같은 밤.

—『지용 시선』, 62~63쪽

나븨

시기지 않은 일이 서둘러 하고싶기에   煖爐에 싱싱한 물푸레 갈어 지피고   燈 皮 호 호 닦어 끼우어 심지 튀기니   불꽃이 새록 돋다   미리 떼고 걸고 보니 칼렌 다 이튿날 날자가 미리 붉다   이제 차즘 밟고 넘을 다람쥐 등솔기 같이 구브레 벋어 나갈 連峯 山脈길 우에 아슬한 가을 하늘이여   秒針 소리 유달리 뚝닥 거리는 落葉 벗은 山莊 밤   窓유리까지에 구름이 드뉘니 후 두 두 두 落水 짓는 소리   크기 손 바닥만한 어인 나븨가 따악 붙어 드려다 본다   가엽서라 열리지 않는 窓   주먹쥐 어 징징 치니 날을 氣息도 없이 네 壁이 도로혀 날개와 떤다   海拔 五千呎 우에 떠 도는 한조각 비맞은 幻想   呼吸하노라 서툴러 붙어있는 이 自在畵 한幅은 활 활 불 피여 담기여 있는 이상스런 季節이 몹시 부러웁다   날개가 찢여진채   검은 눈을 잔나비처럼 뜨지나 않을까 무섭어라   구름이 다시 유리에 바위처럼 부서지며   별 도 휩쓸려 나려가 산 아래 어닌 마을 위에 총총 하뇨   白樺숲 희부옇게 어정거리는 絶頂   부유스름하기 黃昏같은 밤.

—『백록담』, 44~45쪽

진달래

　한 골에서 비를 보고　한 골에서 바람을 보다　한 골에 그늘 딴 골에 양지　따로따로 갈아 밟다　무지개 햇살에 빗걸린 골　산벌떼 두름박 지어　위잉위잉 두르는 골　잡목 수풀 누릇 불긋 어우러진 속에 감초혀 낮잠 듭신 칡범 냄새 가장자리를 돌아　어마 어마 기어 살아 나온 골　상봉에 올라 별보다 깨끗한 돌을 드니　백화 가지 우에 하도 푸른 하늘……　포르르 풀매……　온 산중 홍엽이 수런수런거린다　아랫절 불 켜지 않은 장방에 들어 목침을 달구어 발바닥 꼬아리를 슴슴 지지며　그제사 범의 욕을 그놈 저놈하고 이내 누웠다　바로 머리맡에 물소리 흘리며 어느 한 곬으로 빠져나가다가　난데없는 철 아닌 진달래 꽃사태를 만나　나는 만신을 붉히고 서다.

진달래

한골에서 비를 보고   한골에서 바람을 보다   한골에 그늘 딴골에 양지   따로 따로 갈어 밟다   무지개 해ㅅ살에 빗걸린 골   山벌떼 두름박 지어   위잉 위잉 두르는 골   雜木수풀 누룻 붉웃 어우러진 속에 감초혀 낮잠 듭신 칙범 냄새 가장자리를 돌아   어마 어마 긔여 살어 나온 골   上峰에 올라 별보다 깨끗한 돌을 드니   白樺가지 우에 하도 푸른 하눌 ……포르르 풀매…… 온산중 紅葉이 수런 수런 거린다   아랫ㅅ절 불켜지 않은 장방에 들어 목침을 달쿠어 발바닥 꼬아리를 슴슴 지지며   그제사 범의 욕을 그놈 저놈하고 이내 누었다   바로 머리 맡에 물소리 흘리며 어늬 한 곬으로 빠져 나가다가   난데없는 철아닌 진달래 꽃 사태를 만나   나는 萬身을 붉히고 서다.

—『지용 시선』, 64~65쪽

진달래

　　한골에서 비를 보고　한골에서 바람을 보다　한골에 그늘 딴골에 양지　따로 따로 갈어 밟다　무지개 해ㅅ살에 빗걸린 골　山벌떼 두름박 지어　위잉 위잉 두르는 골　雜木수풀 누룻 붉웃 어우러진 속에 감초혀 낮잠 듭신 칙범 냄새 가장자리를 돌아　어마 어마 긔여 살어 나온 골　上峰에 올라 별보다 깨끗한 돌을 드니　白樺가지 우에 하도 푸른 하눌 ⋯⋯포르르 풀매⋯⋯ 온산중 紅葉이 수런 수런 거린다　아랫ㅅ절 불켜지 않은 장방에 들어 목침을 달쿠어 발바닥 꼬아리를 슴슴 지지며　그 제사 범의 욕을 그놈 저놈하고 이내 누었다　바로 머리 맡에 물소리 흘리며 어늬 한 곬으로 빠져 나가다가　난데없는 철아닌 진달레 꽃사태를 만나　나는 萬身을 붉히고 서다.

—『백록담』, 46~47쪽

꽃과 벗

석벽 깎아지른
안돌이 지돌이,
한나절 기고 돌았기
이제 다시 아슬아슬하고나.

일곱 걸음 안에
벗은, 호흡이 모자라
바위 잡고 쉬며 쉬며 오를 제,
산꽃을 따,
나의 머리며 옷깃을 꾸미기에,
오히려 바빴다.

나는 번인처럼 붉은 꽃을 쓰고,
약하여 다시 위엄스런 벗을
산길에 따르기 한결 즐거웠다.

물소리 끊인 곳,
흰 돌 이마에 회돌아 서는 다람쥐꼬리로
가을이 짙음을 보았고,

가까운 듯 폭포가 하잔히 울고,
멩아리 소리 속에
돌아져 오는
벗의 부름이 더욱 고왔다.

삽시 엄습해 오는
빗낱을 피하여,
짐승이 버리고 간 석굴을 찾아들어,
우리는 떨며 주림을 의논하였다.

백화 가지 건너
짙푸르러 찡그린 먼 물이 오르자,
꼬아리같이 붉은 해가 잠기고,

이제 별과 꽃 사이
길이 끊어진 곳에
불을 피우고 누웠다.

낙타털 케트에
구기인 채
벗은 이내 나비같이 잠들고,

높이 구름 우에 올라,
나룻이 잡힌 벗이 도리어
안해같이 예쁘기에,
눈 뜨고 지키기 싫지 않았다.

꽃과 벗

원문 1

石壁 깎아지른
안돌이 지돌이,
한나잘 긔고 돌았기
이제 다시 아슬아슬 하고나.

일곱 걸음 안에
벗은, 呼吸이 모자라
바위 잡고 쉬며 쉬며 오를제,
山꽃을 따,
나의 머리며 옷깃을 꾸미기에,
오히려 바빴다.

나는 蕃人처럼 붉은 꽃을 쓰고,
弱하야 다시 威嚴스런 벗을
山길에 따르기 한결 즐거웠다.

물소리 끊인 곳,
흰돌 이마에 회돌아 서는 다람쥐 꼬리로
가을이 짙음을 보았고,

가까운듯 瀑布가 하잔히 울고,
멩아리 소리 속에
돌아져 오는
벗의 불음이 더욱 곻았다.

삽시 掩襲해 오는
비ㅅ낯을 피하야,
짐승이 버리고 간 石窟을 찾어들어,
우리는 떨며 주림을 의논하였다.

白樺 가지 건너
짙푸르러 쩡그린 먼 물이 오르자,
꼬아리 같이 붉은 해가 잠기고,

이제 별과 꽃 사이
길이 끊어진 곳에
불을 피고 누었다.

駱駝털 케트에
구기인채
벗은 이내 나븨 같이 잠들고,

높이 구름 위에 올라,
나룻이 잡힌 벗이 도로혀
안해 같이 여쁘기에,
눈 뜨고 지키기 싫지 않었다.

──『지용 시선』, 66~70쪽

꽃과 벗

石壁 깎아지른
안돌이 지돌이,
한나잘 긔고 돌았기
이제 다시 아슬아슬 하고나.

일곱 거름 안에
벗은, 呼吸이 모자라
바위 잡고 쉬며 쉬며 오를제,
山꽃을 따,
나의 머리며 옷깃을 꾸미기에,
오히려 바빴다.

나는 蕃人처럼 붉은 꽃을 쓰고,
弱하야 다시 威嚴스런 벗을
山길에 따르기 한결 즐거웠다.

새소리 끊인 곳,
흰돌 이마에 회돌아 서는 다람쥐 꼬리로
가을이 짙음을 보았고,

가까운듯 瀑布가 하잔히 울고,
멩아리 소리 속에
돌아져 오는
벗의 불음이 더욱 곻았다.

삽시 掩襲해 오는
비ㅅ낯을 피하야,
김승이 버리고 간 石窟을 찾어들어,
우리는 떨며 주림을 의논하였다.

白樺 가지 건너
질푸르러 쩡그린 먼 물이 오르자,
꼬아리같이 붉은 해가 잠기고,

이제 별과 꽃 사이
길이 끊어진 곳에
불을 피고 누었다.

駱駝털 케트에
구기인채
벗은 이내 나븨 같이 잠들고,

높이 구름우에 올라,
나룻이 잡힌 벗이 도로혀
안해 같이 여쁘기에,
눈 뜨고 지키기 싫지 않었다.

──『백록담』, 34~37쪽

부록

정지용의 시, 감정의 절제와 언어 감각

정지용의 시단 활동

정지용의 본격적인 시 창작은 일본 교토(京都) 도시샤(同志社) 대학교 유학 시절부터 시작된다. 정지용이 1925년 학내 동인지《가(街)》에 일본어 시「신라의 석류(新羅の柘榴)」,「풀밭 위(草の上)」,「한낮(まひる)」등을 발표한 사실은 일본 와세다 대학교의 호테이 토시히로 교수가 확인하여 처음 소개했다. 후쿠오카 대학교의 구마키 츠도마(熊木勉) 교수는 정지용이《동지사대학예과학생회지(同志社大學豫科學生會誌)》와 동인지《자유시인(自由詩人)》에도 잇달아 많은 일본어 시와 산문을 발표했다는 사실을 조사 발표했고, 이러한 사실은 최근 젊은 연구자 김동희 씨를 통해 국내에도 널리 알려지게 되었다. 정지용이 1927년 일본 근대시 동인지《근대풍경(近代風景)》(北原白秋 주간)에 작품을 발표하기 전에 이미 30여 편의 시와 산문을 일본어로 발표했다는 것은 그의 창작 활동이 학창 시절부터 왕성했음을 말해 준다. 더구나 정지용은 유학생 잡지《학조》를 비롯하여 통해 국내의《조선지광》등에 이를 국문으로 다시 발표함으로써 일본어와 한국어를 통한 이중 언어적 글쓰기 방식을 시의 창작에서 다양하게 실험했음을 확인할 수 있다. 선행 연구자들의 조사가 없었다면 정지용의 초

기 시 창작 활동의 전모를 밝혀내기 어려웠을 것으로 생각된다.

정지용의 이중 언어적 시 창작은 1920년대 후반《조선지광》등을 통해 그의 시가 국내의 독자들과 만나게 되면서 끝난다. 그는 일본어를 통한 시 창작을 중단하고 국내 문단 활동을 시작하게 된다. 그의 문단적 존재는 김영랑과 박용철을 만나 1930년《시문학》동인으로 참여하면서 특이한 시적 개성으로 자리 잡게 되었다. 정지용은 1929년 봄 대학을 졸업한 후 휘문고등보통학교에서 교편을 잡았으며, 1933년 8월에 문단 및 예술계의 작가 9명이 결성한 문학 단체 '구인회'에 가담하여 계급 문학에 반대했고 '순수 예술'을 내세우면서 모더니즘적 경향의 문학을 확립하는 데 크게 기여했다. 이 무렵 잡지《가톨릭청년》의 편집에 간여하면서 종교적 성격의 시편을 남기기도 했다. 이 시기의 작품들은 소박하고도 순수한 시정을 담아 놓은 동시, 자연에 대한 새로운 인식을 바탕으로 절제된 개인의 정서를 감각적인 언어로 표현한 서정시, 절대 신앙의 경지를 노래한 종교시 등으로 구분할 수 있는데, 이들은 대부분 첫 시집『정지용 시집』(1935)에 묶였다. 정지용은 1930년대 후반 이태준과 함께《문장》지의 시 부문 고선위원(考選委員)이 되어 박두진, 조지훈, 박목월 등을 비롯하여 이한직, 박남수 등 많은 역량 있는 신인을 배출하기도 했다. 이 시기의 시에서 정지용은 자신의 주관적 정서를 철저히 배제하고 감각적인 언어로 시적 대상을 소묘적으로 그려 냄으로써 대상으로서의 자연 그 자체를 공간적으로 재구성하고 있다. 여기에서 말하는 자연은 인간이 그 속에 의존하거나 동화하는 세계가 아니라 자연 그대로의 모습이다. 이러한 시적 특성은 두 번째 시집『백록담』(1941)을 통해 확인할 수 있다.

정지용은 8·15광복과 함께 이화여자대학교 교수로 옮겨 문학을 강의하는 한편,《경향신문》주간을 역임하기도 했다. 광복 직후 좌익 문단

조직인 조선문학가동맹에 가담해 시의 정치적 참여를 강조하기도 했던 그는 1950년 한국전쟁 당시 북한으로 끌려가다가 사망했다.

정지용이 일제 강점기에 발표한 대부분의 시는 두 권의 시집『정지용 시집』과『백록담』에 수록되어 있다. 초기의 일본어 시 몇 편과 그 후의 몇몇 작품을 제외하고는 시인 자신의 손에 의해 제대로 수습 정리되어 시집으로 묶인 셈이다. 그런데 정지용은 초기 작품의 경우 잡지 발표 후『정지용 시집』에 수록하는 과정에서 상당 부분 개작했다. 특히 초기의 일본어 시는 일본어로 발표한 뒤에 다시 국내의 문예지에 국문으로 발표하면서 부분적으로 개작하여 발표한 경우가 많다. 이러한 작품 텍스트의 정착 과정을 정확하게 파악하기 위해 이 전집에서는 최초의 잡지 발표 원전을 그대로 옮겨 실었고 시집의 경우와 비교할 수 있도록 발표 순서대로 배열했다. 그런데 시집『백록담』의 작품들은 이러한 개작의 흔적이 거의 보이지 않는다. 잡지에 발표했던 원전과 시집 수록 내용이 대부분 그대로 일치한다.

정지용은 광복 이후 시 창작 활동을 제대로 실천하지 못했다. 몇몇 행사시를 제외하고는 이렇다 할 작품을 남기지 못했다. 근래 서지학자 김종욱 선생, 박태일 교수, 소장학자 이순옥 씨 등이 소중한 작품 몇 편을 발굴 조사하여 소개함으로써 이 시기 정지용의 시적 경향을 확인할 수 있는 자료가 되었다. 광복 직후 1946년 6월 을유문화사에서 펴낸 시선집『지용 시선』을 보면 수록 작품 25편이 식민지 시대에 발간한 두 시집에서 골라낸 것이며 신작은 하나도 포함되어 있지 않다. 이 선집은 정지용 자신이 펴낸 것이기 때문에 그가 광복 이전의 두 권의 시집에서 자신의 어떤 작품에 유별난 관심을 두고 있었는지를 확인할 수 있는 중요한 자료가 된다. 특히 부분적이긴 하지만 시어와 그 표기 등에서 볼 수 있는 개작의 흔적을 가볍게 넘길 수 없다는 점도 주목할 필요가 있다. 이 전집 1권에『정

정지용의 시, 감정의 절제와 언어 감각

지용 시집』의 87편과 『백록담』의 25편에 『지용 시선』의 중복되는 25편을 다시 덧붙인 이유가 여기 있다. 정지용이 단행본 시집이나 시선집에 수록하지 않은 일부 작품과 광복 직후에 발표한 작품, 일본어 시와 번역시는 모두 함께 별도로 이 전집 3권에 정리하여 놓았다.

시집 『정지용 시집』과 시적 모더니티

정지용의 첫 시집 『정지용 시집』은 1935년 시문학사에서 간행했다. 이 시집은 광복 직후 1946년 건설출판사에서 표지의 장정을 바꾸어 그대로 재판했다. 정지용의 초기 작품 세계를 보여 주는 동시, 시조, 서정시, 산문시 등 다양한 형식의 작품들이 대부분 망라되어 있는데, 총 87편의 시와 2편의 산문을 5부로 나누어 수록하고 있다. 시집의 말미에 《시문학》 동인이었던 박용철의 발문이 붙어 있다. 이 시집의 1부에는 「바다 1」·「바다 2」·「유리창 1」·「유리창 2」·「홍역(紅疫)」 등 16편, 2부에는 「향수(鄕愁)」·「카페 프란스」·「말 1」·「말 2」 및 '바다'를 제목으로 하는 작품 5편을 포함하여 39편, 3부에는 「홍시」·「삼월(三月) 삼질날」·「병(瓶)」·「할아버지」 등의 동시를 포함한 23편, 4부에는 「갈릴레아 바다」·「또 하나 다른 태양」 등 종교시 9편, 5부에는 산문 2편이 실려 있다.

정지용이 보여 주고 있는 새로운 시법으로서 가장 중요시되어야 하는 것은 예리하고도 섬세한 언어적 감각이라고 할 수 있다. 시의 언어에 대한 자각은 물론 그 이전의 김소월이나 동시대의 김영랑의 경우에도 그 중요성이 인정된다. 이들은 모두 시를 통해 전통적인 정서에 알맞은 율조의 언어를 재창조했기 때문이다. 정지용의 경우 이들과는 달리 율조의 언어에 매달린 것이 아니라, 언어의 조형성(造形性)에 대한 탐구에 관심을 집중한다. 그는 시의 언어를 통해 음악적인 가락의 미를 창조한 것이 아니라 공간적인 조형의 미를 창조한다. 이 같은 특징은 언어의 감각성을 최대한 살려 내고자 하는 시인의 노력에 의해 가능해지는 것이다. 정지용은 생활 속에서 감각의 즉물성과 체험의 진실성에 가장 잘 부합될 수 있는 일상어를 그대로 시의 언어로 채용한다. 그러므로 정지용의 시에는 상태와 동작을 동시에 드러내는 형용동사들이 많이 쓰이며 이를 한정하는 고유어로 된 부사들을 자주 활용하여 사물의 상태와 움직임을 예리하게 포착하고 있는 것이다. 이 같은 특징은 『정지용 시집』에 수록되어 있는 '바다'를 소재로 한 연작시에서 가장 잘 드러난다.

바다는 뿔뿔이
달어 날랴고 했다.

푸른 도마뱀떼 같이
재재발렀다.

꼬리가 이루
잡히지 않었다.

흰 발톱에 찢긴
珊瑚보다 붉고 슬픈 생채기!

가까스루 몰아다 부치고
변죽을 둘러 손질하여 물기를 시쳤다.

정지용의 시, 감정의 절제와 언어 감각

이 앨쓴 海圖에
손을 싯고 떼었다.

찰찰 넘치도록
돌돌 굴르도록

회동그란히 바처 들었다!
地球는 蓮잎인양 옴으라들고…… 펴고……

— 「바다 2」¹ 전문

    앞의 시에서 정지용이 노래하고 있는 바다는 시인 자신의 내면적인 감정의 세계와는 일정한 거리를 두고 있다. 감각적인 인식의 대상으로 바다라는 대상 자체를 섬세하게 묘사할 뿐이다. 여기에서의 묘사라는 말은 물론 언어적인 압축과 긴장을 수반하는 시적인 묘사를 일컫는다. 이 묘사의 언어는 시적 대상으로서의 바다에 대한 지배적인 인상을 예리하게 포착하여 구체적인 시적 이미지를 구축하기 위해 동원되고 있는 것이다. 실제로 앞의 시에서 전체적인 시적 텍스트를 구성하고 있는 각각의 연들은 모두가 이미지 덩어리들이다. 시적 대상으로서의 '바다'가 시인의 재기발랄한 심상을 통해 새롭게 아주 작은 공간 속에 섬세하게 구성되어 나타난다. 이때 느끼게 되는 감각적 선명성은 모두 일상적인 언어의 시적 변용을 통해 가능해진 것이다. 이 같은 즉물적인 언어적 감각은 그의 『백록담』의 시들에서 더욱 고조된 긴장을 수반한 채 정밀성(靜謐性)을 더하고 있다.

    정지용이 그의 시에서 활용하고 있는 또 하나의 시법은 주관적 감정

---

1   정지용, 『정지용 시집』(시문학사, 1935), 5~6쪽.

의 절제와 정서의 균제(均齊)라고 할 수 있다. 이 같은 방법은 정지용과 함께 시문학파라는 문단적인 유파로 분류되었던 다른 어떤 시인도 감당해 내지 못한 방법이다. 그는 개인적이고도 감정적인 것들을 철저하게 배제하면서 사물과 현상을 순수 관념으로 포착하여 이것을 시를 통해 표현하고자 한다. 이러한 시적 표현은 사물의 언어와 교신하는 그의 특이한 언어 감각을 바탕으로 기왕의 고정된 감각과 인식을 모두 해체시켜 새롭게 재구성하고자 하는 시적 지향을 보여 주고 있는 것이다. 어린 딸을 잃은 슬픔을 노래한 것으로 알려진 「유리창」 같은 작품을 보면, 이 같은 감정의 절제된 표현을 쉽게 확인할 수 있다.

> 琉璃에 차고 슬픈것이 어린거린다.
> 열없이 붙어서서 입김을 흐리우니
> 길들은양 언날개를 파다거린다.
> 지우고 보고 지우고 보아도
> 새까만 밤이 밀려나가고 밀려와 부디치고,
> 물먹은 별이, 반짝, 寶石처럼 백힌다.
> 밤에 홀로 琉璃를 닥는것은
> 외로운 황홀한 심사 이어니,
> 고흔 肺血管이 찢어진 채로
> 아아, 늬는 山ㅅ새처럼 날러 갔구나!
>
> ──「琉璃窓 1」[2] 전문

이 시에는 '새까만 밤'으로 표상되는 무한의 세계가 그려져 있다. 그리고 서정적 자아는 유리창을 경계로 하여 거기에 대면해 있다. 여기에

2　앞의 책, 15쪽.

서 유리창은 무한의 세계를 끌어와 보여 주는 하나의 신비로운 예술로 표상된다. 그러므로 유리창에 입을 대고 입김을 불어 보면서 서정 자아는 지금 이곳의 세계와 저기 밤의 세계를 상상력의 힘으로 서로 연결하게 된다. 창 밖 어둠 속에 빛나는 별빛을 보는 순간 자신의 슬픔과 열망 같은 것은 모두 소멸되고, 밀려오는 밤 속으로 자신도 깊이 빠져들고 있다. 그러나 이 시에서 딸을 잃은 슬픔이라든지 시인 자신의 감정의 동요 같은 것은 엄격하게 절제되어 있다. 다만 유리창이라는 경계를 통해 섬세하게 통어되었던 별빛과의 심정적 거리를 유리창 밖으로 날아가 버린 '새'라는 시적 표상을 통해 극적으로 제시하고 있는 것이다.

시집 『백록담』과 자연의 재발견

정지용의 두 번째 시집 『백록담』은 1941년 문장사에서 간행했고, 광복 직후 1946년 백양당(白楊堂)에서 재판이 나왔다. 이 시집의 작품은 첫 시집 이후 주로 1930년대 후반부터 1940년에 이르기까지 발표한 25편의 시가 모두 4부로 나누어 수록되어 있으며 5부에 8편의 산문을 수록하고 있다. 그 내용을 보면, 1부는 「장수산 1」·「백록담」·「비로봉」 등 18편, 2부는 「선취」·「유선애상」의 2편, 3부는 「춘설」·「소곡」의 2편, 4부는 「파라솔」·「슬픈 우상」·「별」의 3편, 그리고 5부의 산문은 「노인과 꽃」·「꾀꼬리와 국화」 등 8편으로 구성되어 있다.

정지용의 시에서 절제된 감정과 언어의 균제미(均齊美)는 시집 『백록담』에 이르러 거의 절정에 이른다. 이 시집에 수록되어 있는 「장수산」이나 「백록담」과 같은 작품에서는 시적 심상 자체가 일체의 동적인 요소를 배제한다. 그리고 명징한 언어적 심상으로 하나의 고요한 새로운 시공의 세계를 창조해 낸다. 이러한 시적 방법에서 우리는 정지용이 체득하고 있는 은일(隱逸)의 정신을 보게 된다. 자연의 역동성을 거부하고 있는 정지용의 태도가 지나치게 소극적인 세계 인식이라고 폄하할 사람도 있겠지만, 우리 시가 도달하고 있는 정신적인 성숙의 경지를 정지용이 보여 주고 있다는 사실을 부인하기는 어려울 것이다.

> 伐木丁丁 이랬거니 아람도리 큰솔이 베혀짐즉도 하이 골이 울어 멩아리 소리 쩌르렁 돌아옴즉도 하이 다람쥐도 좃지 않고 뫼ㅅ새도 울지 않어 깊은산 고요가 차라리 뼈를 저리우는데 눈과 밤이 조히보담 희고녀! 달도 보름을 기달려 흰 뜻은 한밤 이골을 걸음이랸다? 웃절 중이 여섯판에 여섯번 지고 웃고 올라 간뒤 조찰히 늙은 사나히의 남긴 내음새를 줏는다? 시름은 바람도 일지 않는 고요에 심히 흔들리우노니 오오 견듸랸다 차고 兀然히 슬픔도 꿈도 없이 長壽山속 겨울 한밤내 ─

— 「長壽山 1」[3] 전문

시 「장수산」은 산중의 고요를 시각적 심상을 통해 정밀하게 형상화하고 있다. 이 작품의 시적 대상이 되고 있는 것은 겨울 달밤의 산중이다. "조히보담 희고녀"와 같은 감각적 심상을 빌려 구체화하고 있는 밤의 정밀과 고요는 눈 덮인 산중의 달밤을 하나의 깊은 정신적 공간으로 새롭게 형상화하고 있다. 그러므로 이 작품은 고요한 자연의 정경과 깊은 내면 의식을 교묘하게 조화시켜 놓음으로써 시적 표현이 도달할 수 있는 하나의 성취를 보여 준다.

이 시에서 가장 중요한 의미를 담고 있는 시어는 "고요"라는 말이다. 장수산이라는 시적 대상을 하나의 정밀의 세계로 형상화하는 데 "고요"

---

3 정지용, 『백록담』(문장사, 1941), 12쪽.

정지용의 시, 감정의 절제와 언어 감각

라는 시어의 기능은 매우 중요하다. 이 말은 시적 대상과 대응하는 서정 자아의 내면 의식을 함께 제시하고 있다. 장수산의 고요 속에서 오히려 서정 자아의 내면 의식은 깊은 시름으로 빠져든다. 그러나 그 시름을 견 인의 정신으로 극복하고자 한다. 이 같은 의식은 인간과 자연이 일체화 되는 과정이라고 할 수 있다. 이 시의 구성에서 의도적으로 시행의 종결 을 거부하며 호흡을 지속시키고자 한 점이라든지, 내면 의식의 추이를 보여 주는 일종의 독백적인 어투 등을 시적 진술의 방법으로 활용하고 있는 것은 모두 이 같은 과정을 형상화하기 위한 기법적인 배려라고 할 수 있다. 물론 이것이 견고하게 이루어진 하나의 형식적인 고안으로 이 어진 것은 아니다.

「백록담」 같은 작품의 경우에도 더욱 파격적인 형태적 고안을 통해 그 시적 성과를 보여 준다. 백록담이라는 산의 정상에서 서정 자아는 땅 위의 꽃과 하늘의 별이 하나로 어우러지는 황홀한 정경을 시적 심상을 통해 포착한다. 그리고 이 과정에서 시정신의 고양을 스스로 드러낼 수 있게 되는 것이다. 여기에서 주목해야 할 것은 정지용의 시가 보여 주는 절제된 감정의 세계가 섬세한 언어 감각을 통해 가능해지고 있다는 사실 이다. 이 언어 감각은 물론 시적 대상에 대한 깊은 통찰을 바탕으로 성립 되는 것이다. 정지용은 대상에 대한 언어적 소묘를 통해 하나의 독특한 시적 공간을 형상화하고 있다.

(가)

老主人의 腸壁에
無時로 忍冬 삼긴물이 나린다.
자작나무 덩그럭 불이

도로 피여 붉고,

구석에 그늘 지여
무가 순돋아 파릇 하고,

흙냄새 훈훈히 김도 사리다가
바깥 風雲소리에 잠착 하다.

山中에 冊歷도 없이
三冬이 하이얗다.

—「忍冬茶」⁴ 전문

(나)

돌에
그늘이 차고,

따로 몰리는
소소리 바람.

앞섰거니 하야
꼬리 치날리여 세우고,
종종 다리 깟칠한

4　앞의 책, 30~31쪽.

　　　　　　　정지용의 시, 감정의 절제와 언어 감각

山새 걸음거리.

여울 지여
수척한 흰 물살,

갈갈히
손가락 펴고.

멎은듯
새삼 돋는 비ㅅ낯

붉은 닢 닢
소란히 밟고 간다.

—「비」[5] 전문

앞의 인용 작품들은 비교적 단순한 구성을 보이는 것들이지만 그 시
적 심상이 예사롭지 않다. (가)의 「인동차」는 겨울 깊은 산골에 묻혀 있
는 은자(隱者)의 자태를 떠올리게 한다. 첫 구절의 "노주인"이라는 말에
서 이미 그러한 시적 분위기를 느낄 수 있다. 이 작품이 그려 내고 있는
시적 공간은 현실 세계와는 거리를 두고 있으며, 역동적인 요소를 전혀
발견할 수 없는 정적인 세계라고 할 수 있다. 그러나 이 같은 정적인 세
계의 내면을 시인은 매우 강렬한 감각적 언어로 묘사한다. 불이 붉게 지
펴져 피어오르는 "자작나무 덩그럭 불", 구석에 놓인 채 "무가 순돋아 파
릇하고"와 같은 구절에서 볼 수 있는 선명한 언어 감각은 이 시가 만들어

5   앞의 책, 28~29쪽.

내는 고요의 세계가 결코 침묵의 그것이 아님을 말해 준다. 작품의 마지막 구절에서 "삼동(三冬)이 하이얗다"는 것은 겨우내 눈 덮인 산야를 말하지만, 그 눈 속에서도 생명의 싹이 소리 없이 돋아남을 보게 된다.

(나)의 「비」는 정지용의 언어 감각과 시적 상상력이 얼마나 뛰어난 형상성을 드러내고 있는가를 잘 보여 준다. 이 작품은 가을비가 떨어지기 시작하는 순간을 공간적으로 형상화한다. 이 과정에서 동적(動的)인 심상을 특이하게 공간적으로 배치함으로써 늦가을 산골짜기에 떨어지기 시작하는 빗방울과 그 수선스러운 분위기를 섬세하게 포착해 내고 있다. 구름, 소소리 바람, 산새, 물살, 빗낱으로 이어지는 시적 심상의 결합은 시각적인 것과 청각적인 것의 조화를 충분히 느낄 수 있게 한다. 특히 "붉은 닢 닢/ 소란히 밟고 간다."라는 마지막 구절은 붉게 물든 나뭇잎 위로 소란스럽게 떨어지는 빗방울을 감각적이면서도 사실적으로 묘사하고 있다.

정지용은 자연 그대로의 질서와 자연 그대로의 미를 추구한다. 정지용이 그의 시를 통해 발견한 이러한 자연은 어떤 의미에서 존재 그 자체를 의미한다. 그리고 이 시적 공간이 바로 일제 강점기 말에 정지용이 만들어 낸 이른바 '산수시'의 새로운 경지라고 할 수 있다. 정지용이 일체의 주관적 감정을 억제한 채 시적 대상을 관조하면서 만들어 낸 이 새로운 시의 세계는 자연의 세계와 동화하거나 합일화하기를 소망했던 전통적인 자연관을 벗어나고 있다. 정지용은 오히려 자연과 거리를 둠으로써 거기에 그렇게 존재하는 자연을 새롭게 발견한다. 자연이라는 것을 철저하게 대상화하면서 그것을 언어를 통해 소묘적으로 재구성하고 있는 셈이다. 정지용의 시가 도달하고 있는 지점이 바로 그것이다.

시선집 『지용 시선』과 시적 감각

정지용이 광복 직후 자신의 시 세계를 스스로 정리한 것은 1946년 6월 을유문화사에서 출간한 『지용 시선』을 통해서라고 할 수 있다. 정지용은 그의 「산문」이라는 글에서 다음과 같이 일제 강점기 자신의 시작 활동에 대해 회고한 바 있다.

일제 시대에 내가 시니 산문이니 죄그만치 썼다면 그것은 내가 최소한도의 조선인을 유지하기 위하였던 것 이외의 아무것도 아니었다.

해방 덕에 이제는 최대한도로 조선인 노릇을 해야만 하는 것이겠는데, 어떻게 8·15 이전같이 왜소위축한 문학을 고집할 수 있는 것이랴?

자연과 인사에 흥미가 없는 사람이 문학에 간여하여 본 적이 없다.

오늘날 조선 문학에 있어서 자연은 국토로 인사는 인민으로 규정된 것이다.

국토와 인민에 흥미가 없는 문학을 순수하다고 하는 것이냐?

남들이 나를 부르기를 순수시인이라고 하는 모양인데 나는 스스로 순수시인이라고 의식하고 표명한 적이 없다.

사춘기에 연애 대신 시를 썼다. 그것이 시집이 되어 잘 팔리었을 뿐이다. 이 나이를 해 가지고 연애 대신 시를 쓸 수야 없다.

사춘기를 훨석 지나서부텀은 일본놈이 무서워서 산으로 바다로 회피하여 시를 썼다.

그런 것이 지금 와서 순수시인 소리를 듣게 된 내력이다.

그러니까 나의 영향을 다소 받아 온 젊은 사람들이 있다면 좋지 않은 영향이니 버리는 것이 좋을까 한다.

─「산문」[6] 부분

6   정지용, 『산문』(동지사, 1949), 28~31쪽.

정지용의 앞의 글에서 주목해야 할 점은 일제 강점기의 그가 '최소한 도의 조선인'으로 살아남기 위해 시를 썼다고 주장하고 있는 대목이다. 그는 스스로 자신의 시들이 '왜소위축된 문학'이었음을 인정하고 광복과 함께 '최대한의 조선인'으로 살아가고자 한다. 광복 직후의 상황 속에서 그가 끝내 '백록담'처럼 차고 맑게 남아 있을 수 없었던 점은 어느 정도는 납득할 수 있다. 그는 어쩌면 '백록담'이 아닌 '대하 장강'의 현실을 꿈꾸고 있었을지도 모를 일이다. 실제로 정지용은 잡지《문장》이 폐간될 무렵을 자신의 시적 생활 가운데 가장 피폐했던 시기로 기억하고 있다. 정치 감각과 투쟁 의욕을 시에 집중시키기에는 그 자신이 무력한 소시민에 지나지 않았으므로 그는 오직 왜소위축한 시에 매달렸다는 것이다. 그러나 광복과 더불어 새로운 발전과 비약이 요구되는 상황에서 그도 최대한도의 조선인임을 자각하게 된다. 그가 시를 버리고 산문의 현실로 뛰어든 것이다. 그러나 건국 투쟁에 이바지할 수 있는 시를 강조하고 있는 정지용 자신은 사실 시의 창작에 제대로 손을 대지 못하고 있었다.

『지용 시선』은 모두 6부로 구성되어 있으며 총 25편의 시와 산문을 수록하고 있다. 1부: 「유리창」, 「난초」, 「촉불과 손」, 「해협」, 2부: 「석류」, 「발열」, 「향수」, 3부: 「춘설」, 「고향」, 4부: 「불사조」, 「나무」, 「다른 하늘」, 「또 하나 다른 태양」, 「임종」, 5부: 「장수산 1」, 「장수산 2」, 「백록담」, 「옥류동」, 「인동차」, 「폭포」, 「나비」, 「진달래」, 「꽃과 벗」 등의 23편이다. 6부는 「노인과 꽃」, 「꾀꼬리와 국화」 등 산문 2편이다. 이 가운데 1부, 2부, 4부의 작품들은 모두 『정지용 시집』의 87편 가운데 고른 것이며, 5부, 6부는 『백록담』의 작품을 고른 것이다. 3부의 「춘설」은 『백록담』의 작품이며, 「고향」은 『정지용 시집』에 수록된 작품이다. 『정지용 시집』에서 뽑아낸 13편의 작품을 보면, 초기의 동시 작품들이 모두 제외되

정지용의 시, 감정의 절제와 언어 감각

었고 섬세한 언어 감각을 잘 드러내고 있는 시편과 종교시 5편을 포함시 켰다. 『백록담』에서는 10편의 시와 산문 2편을 뽑았다. 여기에 수록한 두 편의 산문을 '산문시'라고 규정하는 연구자도 있지만 이 전집에서는 시적 산문으로 분류하기로 한다. 정지용의 두 권 시집이 모두 말미에 산문 몇 편을 함께 수록하던 방법을 그대로 따른 것과 마찬가지라고 할 것이다.

『지용 시선』의 수록 작품 가운데 시적 텍스트의 정본화 작업과 관련 하여 주목해야 할 시가 몇 편이 있다. 그중의 하나는 유명한 시 「향수」이 다. 이 시의 5연을 보면 첫 행의"하늘에는 성근 별"이라는 구절이 『정지 용 시집』의 "하늘에는 석근 별"과 그 표기가 부분적으로 달라졌다. '석 근'이라는 시어를 '성근'이라고 고쳐 놓은 것이다. 이 변화는 『정지용 시 집』의 "하늘에는 석근 별"에서 볼 수 있는 분명한 오식(誤植)을 바로잡았 다는 점에서 매우 중요한 의미가 있다. 일부 연구자 가운데에는 『정지용 시집』의 「향수」에서 '석근'이라는 단어를 '섞다'에서 온 것으로 잘못 읽 고 있는 경우가 있다. 여기에서 '성근'은 '성글다'에서 온 것으로 '사이가 촘촘하지 않고 뜨다'라는 뜻을 지닌 '성기다'와 같은 말이다.

　　　하늘에는 성근 별

　　　알 수도 없는 모래성으로 발을 옮기고,

　　　서리 까마귀 우지짖고 지나가는 초라한 집웅,

　　　흐릿한 불빛에 돌아 앉어 도란 도란거리는 곳,

　　　　　　(『지용 시선』)

　　　하늘에는 석근 별

　　　알 수도 없는 모래성으로 발을 옮기고,

　　　서리 까마귀 우지짖고 지나가는 초라한 집웅,

흐릿한 불빛에 돌아앉어 도란 도란거리는 곳,

　　　　　(『정지용 시집』)

　시집『백록담』에 수록했던 시「꽃과 벗」의 경우에도 중요한 변화를 볼 수 있다. 이 작품은 4연의 첫 행 "새소리 끊인 곳"은『지용 시선』에서 "물소리 끊인 곳"으로 고쳤다. 부분적인 것이지만 시인 자신의 손에 의해 이루어진 아주 의미 있는 개작이라고 할 수 있다. 이 작품의 텍스트는 결국『지용 시선』의 표기대로 정본화해야 할 것이다.

　물소리 끊인 곳,
　흰돌 이마에 회돌아 서는 다람쥐 꼬리로
　가을이 짙음을 보았고,

　　　　　(『지용 시선』)

　새소리 끊인 곳,
　흰돌 이마에 회돌아 서는 다람쥐 꼬리로
　가을이 짙음을 보았고,

　　　　　(『백록담』)

정지용 시의 성격

　정지용은 한국 현대시의 전개 과정에서 대상에 대한 지적 통찰, 절제된 감정, 시적 언어와 그 감각적 표현에 빛나는 성취를 보여 준 시인으로 손꼽힌다. 그의 시는 자기감정의 분출에 의해 이루어지는 1920년대의

　　　　　　　　　　　정지용의 시, 감정의 절제와 언어 감각

서정시와는 달리, 시적 대상에 대한 다양한 감각적 경험을 선명한 심상과 절제된 언어로 포착해 내고 있다. 이 같은 시 창작의 방법은 시적 언어에 대한 자각과 새로운 표현 기법에 대한 인식을 통해 가능했던 것이라고 할 수 있다. 정지용의 시는 종교적인 구도의 세계를 노래한 일련의 시들을 제외한다면 거의 일관되게 시적 대상으로서의 자연을 노래하고 있다. 어떤 연구자들은 종교적인 시들을 제외한 초기의 시와 후기의 시를 각각 감각적인 시와 동양적인 시라는 서로 다른 차원의 세계로 구분하기도 하지만, 그가 초기의 시에서부터 시집『백록담』의 경우에 이르기까지 시를 통해 발견한 것은 자연 그 자체였다는 것을 부인할 수는 없다. 물론 정지용 이전에도 시를 통해 자연을 노래한 경우는 허다하게 많은 것이 사실이다. 여기에서 시를 통한 자연의 발견이라는 명제를 유달리 정지용의 시에서만 문제 삼는 것은 시적 대상으로서의 자연을 노래하는 방법이 그 이전의 서정시와는 본질적으로 차이를 드러내고 있기 때문이다. 그의 시는 자연을 통해 자신의 주관적인 정서와 감정의 세계를 토로하고 있는 것이 아니라 오히려 자신의 감정을 억제하면서 자연에 대한 자신의 인식 그 자체를 감각적 언어를 통해 새롭게 질서화하고 있다. 이 새로운 시법은 모더니즘이라는 커다란 문학적 조류 안에서 설명되기도 하고 이미지즘이라는 이름으로 규정되기도 한다.

정지용 시 연보

연도	작품명	발표지
1926년 6월	카예 ─ 쯔란스	《學潮》창간호
	슬픈 印像畵	《學潮》창간호
	爬虫類動物	《學潮》창간호
	「마음의 日記」에서 ─ 시조 아홉 수	《學潮》창간호
	서쪽 한울	《學潮》창간호
	씩	《學潮》창간호
	감나무	《學潮》창간호
	한울 혼자보고	《學潮》창간호
	쌀레〔人形〕와 아주머니	《學潮》창간호
11월	Dahlia	《新民》19호
	紅椿	《新民》19호
	산에ㅅ 색시, 들녁 사내	《文藝時代》창간호
	산에서 온 새	《어린이》4권 10호
	넘어가는 해	《新少年》4권 12호
	겨울ㅅ밤	《新少年》4권 12호
	내안해 내누이 내나라	《衛生과 化粧》2호
12월	굴쑥새	《新少年》4권 12호

연도	작품명	발표지
1927년 1월	녯 니약이 구절	《新民》2호
	甲板 우	《文藝時代》2호
2월	바다	《朝鮮之光》64호
	湖面	《朝鮮之光》64호
	샛밝안 機關車	《朝鮮之光》64호
	내 맘에 맞는 이	《朝鮮之光》64호
	무어래요?	《朝鮮之光》64호
	숨끼내기	《朝鮮之光》64호
	비들기	《朝鮮之光》64호
	이른 봄 아츰	《新民》22호
3월	鄕愁	《朝鮮之光》65호
	바다	《朝鮮之光》65호
	柘榴	《朝鮮之光》65호
	종달새	《新少年》5권 3호
	산소	《新少年》5권 3호
5월	쌧나무 열매 — To Sister P	《朝鮮之光》67호
	엽서에 쓴 글	《朝鮮之光》67호
	슬픈 汽車	《朝鮮之光》67호
	할아버지	《新少年》5권 5호
	산넘어 저쪽	《新少年》5권 5호
6월	산에서 온 새	《新少年》5권 6호
	해바라기 씨	《新少年》5권 6호
	五月消息	《朝鮮之光》68호
	幌馬車	《朝鮮之光》68호
	船醉	《學潮》2호
	鴨川	《學潮》2호
7월	말-마리 로란산에게	《朝鮮之光》69호

연도		작품명	발표지
		發熱	《朝鮮之光》69호
		風浪夢	《朝鮮之光》69호
	8월	太極扇에 날리는 꿈	《朝鮮之光》70호
	9월	말	《朝鮮之光》71호
1928년	5월	우리 나라 여인들은	《朝鮮之光》78호
	9월	갈매기	《朝鮮之光》80호
1930년	1월	겨울	《朝鮮之光》89호
		琉璃窓	《朝鮮之光》89호
	3월	일은 봄 아츰	《詩文學》창간호
		Dahlia	《詩文學》창간호
		京都鴨川	《詩文學》창간호
		船醉	《詩文學》창간호
	5월	바다	《詩文學》2호
		피리	《詩文學》2호
		저녁 햇살	《詩文學》2호
		甲板 우	《詩文學》2호
		紅椿	《詩文學》2호
		湖水 1	《詩文學》2호
		湖水 2	《詩文學》2호
		청개구리 먼 내일	《新小說》3호
		배추 벌레	《新小說》3호
	8월	아츰	《朝鮮之光》92호
	9월	바다 1	《新小說》5호
		바다 2	《新小說》5호
	10월	絶頂	《學生》2권 9호
		별똥	《學生》2권 9호
1931년	1월	琉璃窓 2	《新生》27호

연도	작품명	발표지
4월	성부활주일	《별》46호(4. 10)
10월	無題	《詩文學》3호
	柘榴	《詩文學》3호
	뺏나무 열매	《詩文學》3호
	― 엇던 脣腫 알른 이에게 餞別하기 위한	
	바람은 부옵는데	《詩文學》3호
11월	촉불과 손	《新女性》10권 11호
12월	아츰	《文藝月刊》2호
1932년 1월	산넘어 저쪽	《文藝月刊》3호
	옵바 가시고	《文藝月刊》3호
	蘭草	《新生》37호
	밤	《新生》37호
4월	바람	《東方評論》창간호
	봄	《新生》37호
	바다	《부인공론》1권 4호
	石臭	《부인공론》1권 4호
6월	달	《新生》42호
7월	조약돌	《東方評論》2호
	汽車	《東方評論》2호
	故鄕	《東方評論》2호
8월	뉘우침	《별》62호(8. 10)
1933년 6월	海峽의 午前 二時	《가톨닉靑年》창간호
	毘盧峰	《가톨닉靑年》창간호
9월	臨終	《가톨닉靑年》4호
	별	《가톨닉靑年》4호
	恩惠	《가톨닉靑年》4호
	갈닐네아 바다	《가톨닉靑年》4호

연도		작품명	발표지
	10월	時計를 죽임	《가톨닉靑年》5호
		歸路	《가톨닉靑年》5호
1934년	2월	다른 한울	《가톨닉靑年》9호
		쏘 하나 다른 太陽	《가톨닉靑年》9호
	3월	不死鳥	《가톨닉靑年》10호
		나무	《가톨닉靑年》10호
	7월	卷層雲 우에서	《朝鮮中央日報》(7. 2)
	9월	勝利者 金안드레아	《가톨닉 靑年》16호
1935년	1월	갈메기	《三千里》58호
	3월	紅疫	《가톨닉靑年》22호
		悲劇	《가톨닉靑年》22호
	4월	다른 한울	《詩苑》2호
		또 하나 다른 太陽	《詩苑》2호
	8월	다시 海峽	《朝鮮文壇》24호
		地圖	《朝鮮文壇》24호
	10월	시집 『鄭芝溶詩集』 발간	詩文學社 刊(신작시 89편 수록)
	12월	바다	《詩苑》5호
1936년	3월	流線哀傷	《詩와 小說》창간호
	6월	明眸	《中央》32호
	7월	瀑布	《朝光》9호
1937년	6월	毘盧峯	《朝鮮日報》(6. 9)
		九城洞	《朝鮮日報》(6. 9)
	11월	玉流洞	《朝光》25호
1938년	3월	슬픈 偶像	《朝光》29호
	4월	삽사리	《三千里文學》2호
		溫井	《三千里文學》2호
	6월	明水臺 진달래	《女性》27호

연도		작품명	발표지
	8월	毘盧峰	《靑色紙》2호
		九城洞	《靑色紙》2호
1939년	3월	長壽山·1	《文章》2호
		長壽山·2	《文章》2호
	4월	春雪	《文章》3호
		白鹿潭	《文章》3호
	7월	地圖	《學友會俱樂部》창간호
		달	《學友會俱樂部》창간호
1940년	1월	天主堂	《太陽》창간호
	8월	지는 해	《朝鮮日報》10일
1941년	1월	朝餐	《文章》22호 新作 鄭芝溶 詩集
		비	《文章》22호 新作 鄭芝溶 詩集
		忍冬茶	《文章》22호 新作 鄭芝溶 詩集
		붉은 손	《文章》22호 新作 鄭芝溶 詩集
		꽃과 벗	《文章》22호 新作 鄭芝溶 詩集
		盜掘	《文章》22호 新作 鄭芝溶 詩集
		禮裝	《文章》22호 新作 鄭芝溶 詩集
		나븨	《文章》22호 新作 鄭芝溶 詩集
		호랑나븨	《文章》22호 新作 鄭芝溶 詩集
		진달레	《文章》22호 新作 鄭芝溶 詩集
	9월	시집 『白鹿潭』 발간	文章社(신작시 33편 수록)
1942년	1월	窓	《春秋》12호
	2월	異土	《國民文學》
1946년	1월	愛國의 노래	《大潮》창간호
		그대들은 돌아오시다	《革命》창간호
	3월	追悼歌	《大東新聞》3월 2일
	6월	시집 『지용 詩選』 발간	乙酉文化社(대표시 25편 수록)

연도	작품명	발표지
1949년 5월	꽃 없는 봄	《婦人》
1950년 1월	倚子	《彗星》
2월	曲馬團	《文藝》7호
	妻	《새한일보》4권 1호
	女弟子	《새한일보》4권 1호
	碌磻里	《새한일보》4권 1호
6월	늙은 범(四四調五首)	《文藝》8호
	네 몸매	《文藝》8호
	꽃분	《文藝》8호
	山 달	《文藝》8호
	나비	《文藝》8호

일본어 시

연도	작품명	발표지
1925년 3월	新羅の柘榴	《街》22권 3호
7월	草の上	《街》2권 7호
	まひる	《街》2권 7호
11월	カフツエ-·フラン	《同志社大学予科学生会誌》4호
	車窓より	《同志社大学予科学生会誌》4호
	いしころ	《同志社大学予科学生会誌》4호
	仁川港の或る追憶	《同志社大学予科学生会誌》4호
12월	シグナルの燈り	《自由詩人》1호
	はちゆう類動物	《自由詩人》1호
	なつぱむし	《自由詩人》1호

연도	작품명	발표지
	扉の前	《自由詩人》1호
	雨に濡れて	《自由詩人》1호
	恐ろしき落日	《自由詩人》1호
	暗い戸口の前	《自由詩人》1호
	詩·犬·同人(산문)	《自由詩人》1호
1926년 2월	遠いレール	《自由詩人》2호
	帰り路	《自由詩人》2호
	眼	《自由詩人》2호
	まつかな汽関車	《自由詩人》2호
	橋の上	《自由詩人》2호
	幌馬車	《自由詩人》2호
	山娘野男	《同志社大学予科学生会誌》5호
	公孫樹	《同志社大学予科学生会誌》5호
	夜半	《同志社大学予科学生会誌》5호
	雪	《同志社大学予科学生会誌》5호
	耳	《同志社大学予科学生会誌》5호
	チャップリンのまね	《同志社大学予科学生会誌》5호
	ステッキ	《同志社大学予科学生会誌》5호
3월	螺旋形の街路	《自由詩人》3호
	笛	《自由詩人》3호
	酒場の夕日	《自由詩人》3호
4월	窓に曇る息	《自由詩人》4호
	散弾のやうな卓上演説	《自由詩人》4호
	― 亡国·退廃·激情のスケッチ	
	停車場(산문)	《自由詩人》4호
	退屈さと黒眼鏡(산문)	《自由詩人》4호
	日本の布団は重い(산문)	《自由詩人》4호

연도		작품명	발표지
	5월	初春の朝	《自由詩人》5호
		原稿紙上の夜行列車	《自由詩人》5호
		(京釜線の汽車にて)(산문)	
	6월	雨蛙	《同志社大学予科学生会誌》6호
		海辺	《同志社大学予科学生会誌》6호
	11월	窓に曇る息	《同志社大学予科学生会誌》7호
		橋の上	《同志社大学予科学生会誌》7호
		眞紅な汽関車	《同志社大学予科学生会誌》7호
		幌馬車	《同志社大学予科学生会誌》7호
	12월	かつふえ·ふらんす	《近代風景》1권 2호
1927년	1월	海 1	《近代風景》2권 1호
	2월	海 2	《近代風景》2권 2호
		海 3	《近代風景》2권 2호
		みなし子の夢	《近代風景》2권 2호
	3월	悲しき印象畫	《近代風景》2권 3호
		金ほたんの愛唱	《近代風景》2권 3호
		湖面	《近代風景》2권 3호
		手紙一つ(산문)	《近代風景》2권 3호
	4월	幌馬車	《近代風景》2권 4호
		初春の朝	《近代風景》2권 4호
		春三月の作文(산문)	《近代風景》2권 4호
	6월	甲板の上	《近代風景》2권 5호
	7월	まひる	《近代風景》2권 6호
		遠いレール	《近代風景》2권 6호
		夜半	《近代風景》2권 6호
		耳	《近代風景》2권 6호
		帰り路	《近代風景》2권 6호

연도	작품명	발표지
10월	郷愁の青馬車	《近代風景》2권 9호
	笛	《近代風景》2권 9호
	酒場の夕日	《近代風景》2권 9호
12월	眞紅な汽関車	《近代風景》2권 11호
	橋の上	《近代風景》2권 11호
1928년 2월	旅の朝	《近代風景》3권 2호
10월	馬 1, 2	《同志社文學》
1929년 9월	かつふえふらんす	《空腹祭》
1939년 12월	ふるさと	《徽文》7호

정지용 연보

1902년

6월 20일(음력 5월 15일), 충청북도(忠淸北道) 옥천군(沃川郡) 옥천면(沃川面) 하계리(下桂里) 40번지에서 아버지 연일(延日) 정(鄭)씨 태국(泰國)과 어머니 하동(河東) 정(鄭)씨 미하(美河) 사이의 장남으로 태어났다. 부친은 옥천에서 한약종상(韓藥種商)을 운영했고 비교적 여유 있는 생활을 했다.

정지용의 아명(兒名)은 지용(池龍)이었고, 지용(芝溶)이 본명이다. 문필 활동을 하면서 국문으로 '지용'이라는 필명을 자주 썼다. 일제 강점기 말 창씨개명을 강요당하자 대궁수(大弓修)라고 고쳤다. 천주교의 세례명은 방지거〔方濟各, 方濟角〕('프란시스코'의 중국어식 표기)이다.

1910년(9세)

4월, 충북 옥천공립보통학교(현재 죽향초등학교)에 입학하여 1914년에 졸업했다.

1913년(12세)

고향에서 충북 영동군(永同郡) 심천면(心川面) 초강리(草江里) 은진(恩津) 송(宋)씨 명헌(明憲)의 딸 송재숙(宋在淑) 씨와 결혼했다.

1918년(17세)

옥천공립보통학교를 졸업(1914. 3)한 후 향리에서 한문을 수학하다가 상경하여 1918년 4월, 휘문고등보통학교에 입학했다. 재학 당시 교우로는 같은 학교 3년 선배인 노작(露雀) 홍사용(洪思容), 2년 선배인 월탄(月灘) 박종화(朴鍾和), 1년 선배인 영랑(永郞) 김윤식(金允植), 동급생인 이선근(李瑄根), 박제찬(朴濟瓚), 1년 후배인 이태준(李泰俊) 등이 있다.

휘문학교 재학 중 박팔양(朴八陽) 등과 동인을 구성하여 동인지《요람(搖籃)》을 프린트판으로 발간했다고 하지만 전하지 않는다.

1919년(18세)

12월,《서광(曙光)》지 창간호에 단편 소설「삼인(三人)」을 발표했다.

1922년(21세)

3월, 휘문고보 4학년을 수료했지만 이해부터 학제가 개편되어 5년제 고등보통학교
가 되면서 다시 5학년으로 진입했다.

1923년(22세)

대정(大正) 12년 3월, 휘문고등보통학교 5년을 졸업했다. 학적부에 따르면 각 학년
별 석차는 1학년 1/88, 2학년 3/62, 3학년 6/61, 4학년 4/61, 졸업 성적은 8/51이다.
휘문고보의 재학생과 졸업생이 함께하는 문우회의 학예부장을 맡아《휘문(徽文)》
창간호의 편집위원이 되었다. 당시 학예부는 일본인 교사 新垣永男과 김도태(金道
泰) 선생의 지도 아래 정지용과 함께 박제찬, 이길풍(李吉風), 김양현(金亮鉉), 전형
필(全鎣弼), 지창하(池昌夏), 이경호(李璟鎬), 민경식(閔慶植), 이규정(李圭貞), 한
상호(韓相浩), 남천국(南天國) 등이 부원으로 참여했다.《휘문》창간호를 보면 정
지용이 번역 소개한 타고르의 시「기탄잘리」의 일부와 희랍 신화「黎明의 女神 오로
라」,「퍼스포니와 水仙花」등이 수록되어 있다. 4월, 휘문고보 동창인 박제찬과 함께
일본 교토의 도시샤 대학교에 입학했다.

1925년(24세)

3월, 도시샤 대학교 재학생들이 주도했던 시 전문 동인지《가(街)》에 참여하여 일본
어 시「新羅の柘榴」(《가(街)》, 1925. 3)를 발표했다. 7월에도 일본어 시「草の上」와
「まひる」를《街》(1925. 7)에 발표했다.《동지사대학예과학생회지(同志社大學豫科
學生會誌)》제4호(1925. 11)에「カフツエ－·フランス」를 비롯하여「仁川港の或る追
憶」등을 발표했으며,《가》의 동인들이 주축이 되어 새로 구성한 동인지《자유시인(自
由詩人)》창간호(1925. 12)에「シグナルの燈り」,「はちゆう類動物」등을 발표했다.

1926년(25세)

6월, 일본 교토의 조선인 유학생 잡지《학조(學潮)》창간호에「카예－쯔란스」등 9
편의 시를 발표한 것을 위시하여《신민(新民)》,《문예시대(文藝時代)》에「Dahlia」,

「紅椿」등 3편의 시를 발표하면서 본격적인 창작 활동을 시작했다.《동지사대학예과학생회지》와《자유시인》에 일본어 시를 꾸준히 발표하면서 이해 12월 일본의 시인 키타하라 하쿠슈우(北原白秋)가 주재하던 시 전문지《근대풍경(近代風景)》(1권 2호)에 일본어로 쓴 시「かつふえふらんす」를 투고 발표했다.

1927년(26세)
이해 1월부터「甲板 우」,「郷愁」등 30여 편의 시를《신민》,《문예시대》,《조선지광(朝鮮之光)》,《신소년(新少年)》,《학조》등에 잇달아 발표했다. 일본어 시「金ほたんの愛唱」,「甲板の上」등을 비롯한 20여 편을《근대풍경》에 발표했다. 정지용의 생애에서 이해에 가장 많은 시를 발표했다.

1928년(27세)
음력 2월, 옥천면 하계리 자택에서 장남 구관(求寬)이 출생했다. 일본어 시「馬 1·2」를《동지사문학(同志社文學)》3월호에 발표했다.

1929년(28세)
3월, 도시샤 대학교 영문학과를 졸업한 후 귀국해 9월, 모교인 사립 휘문고등보통학교 영어과 교사로 취임했다. 서울 종로구 효자동으로 부인과 장남을 솔거하여 이사했다. 당시 휘문고보 교사로는 이일(李一), 이헌구(李軒求), 이병기(李秉岐) 등이 있었다.
12월, 시「琉璃窓」을 발표했다.

1930년(29세)
3월, 용아(龍兒) 박용철(朴龍喆), 영랑 김윤식, 연포(蓮圃) 이하윤(異河潤) 등과 함께《시문학》동인에 가담했다.
《조선지광》,《시문학》,《대조(大潮)》,《신소설》,《학생》등에「겨울」,「琉璃窓」등 20여 편의 시와 역시(譯詩)「小曲」등 3편(블레이크 시)을 발표했다.

1931년(30세)
12월, 서울 종로구 낙원동 22번지에서 차남 구익(求翼)이 출생했다.

《신생(新生)》,《시문학》,《신여성》,《문예월간》 등에 「琉璃窓 2」 등 7편의 시를 발표했다.

1932년(32세)
「故鄕」,「汽車」 등 10편의 시를 《문예월간》,《신생》,《동방평론》 등에 발표했다.

1933년(32세)
7월, 서울 종로구 낙원동 22번지에서 삼남 구인(求寅)이 출생했다. 삼남 구인은 한국전쟁 당시 인민군으로 끌려갔다가 북한에서 살았다.
8월, 반카프적 입장에서 순수 문학의 옹호를 취지로 이종명(李鍾鳴), 김유영(金幽影)이 발기하여 결성한 구인회(九人會)에 이태준(李泰俊), 이무영(李無影), 유치진(柳致眞), 김기림(金起林), 조용만(趙容萬) 등과 함께 가담하여 활동했다.
6월에 창간된 《가톨릭청년(靑年)》지의 편집을 돕는 한편 그 잡지에 「海峽의 午前二時」 등 8편의 시와 산문 「素描 1·2·3」을 발표했다.

1934년(33세)
서울 종로구 재동 45번지의 4호로 이사했다.
12월, 재동에서 장녀 구원(求園)이 출생했다.
《가톨릭청년》지에 「다른 한울」,「또하나 다른 太陽」 등 4편의 시를 발표했다.

1935년(34세)
10월, 시문학사에서 첫 시집 『정지용 시집』이 간행되었다. 총 수록 시편은 89편이다.
「紅疫」,「悲劇」 등 8편의 시를 《가톨릭청년》,《시원(詩苑)》,《조선문단》 등에 발표했다.

1936년(35세)
3월, 구인회 동인지 《시와 소설》 창간호에 시 「流線哀傷」을 발표했다.
「明眸」,「瀑布」 등의 시를 《중앙》,《조광(朝光)》지에 발표했다.

1937년(36세)
서울 서대문구 북아현동 1번지 64호로 이사했다.

음력 3월, 북아현동 자택에서 부친이 사망했다. 묘지는 옥천면 수북리 선영.
「玉流洞」,「별똥이 떨어진 곳」을《조광》,《소년》지에 발표했다.

1938년(37세)
「꾀꼬리와 菊花」,「슬픈 偶像」,「毘盧峰」 등과「詩와 鑑賞」,「逝往綠」 등의 산문을
《동아일보》,《조선일보》,《삼천리문학》,《여성》,《조광》,《소년》,《삼천리》,《청색지》
등에 두루 발했다.
블레이크와 휘트먼의 시를 번역하여 최재서(崔載瑞) 편의『해외서정시집』에 수록
했다.
천주교에서 주간하는《경향잡지》의 편집을 도왔다.

1939년(38세)
2월에 창간된《문장》지에 이태준과 함께 참여하여 이태준은 소설 부문, 정지용은
시 부문의 고선위원(考選委員)이 되었다. 박두진(朴斗鎭), 박목월(朴木月), 조지훈
(趙芝薰) 등 청록파 시인과 이한직(李漢稷), 박남수(朴南秀), 김종한(金鍾漢) 등 많
은 신인을 추천했다.
「長壽山 1·2」,「白鹿潭」 등 7편의 시와「시의 옹호」,「시와 언어」 등 5편의 평론과
시선후평 및 수필 등 20여 편을《동아일보》,《박문(博文)》,《문장》,《학우구락부》,
《휘문》지에 발표했다.

1940년(39세)
「畵文行脚」 등 기행문과 서평 및 시선후평과 수필, 시「天主堂」 등을《여성》,《태
양》,《문장》,《동아일보》,《삼천리》에 발표했다.

1941년(40세)
1월,「朝餐」,「진달래」 등 10편의 시를《문장》22호 특집「신작 정지용 시집」으로 발
표했다.
9월, 문장사에서 제2시집『백록담』을 간행했다. 총 수록 시편은「長壽山 1」과「白鹿
潭」 등 33편이다.

1942년(41세)

1월, 시 「窓」과 「異土」를 《춘추(春秋)》 12호와 《국민문학》 2월호에 발표했다.

1944년(43세)

제2차 세계 대전 말기에 이르러 일본이 열세해지면서 폭격에 대비하여 내린 서울 소개령으로 부천군 소사읍 소사리로 이사했다.

1945년(44세)

8·15 광복과 함께 휘문중학교 교사직을 사임하고 10월에 이화여자전문학교(현재 이화여자대학교) 교수로 옮겨 문과 과장이 되었다.

1946년(45세)

서울 성북구 돈암동 산11번지로 이사했다.

2월, 좌익계 문인 단체 조선문학가동맹 아동분과위원장을 맡았다.

6월, 을유문화사에서 손수 가려 뽑아 엮은 『지용 시선』이 나왔다. 총 수록 시편은 「琉璃窓」 등 25편인데, 모두 『정지용 시집』과 『백록담』에서 뽑은 것들이다.

신작시 「愛國의 노래」와 「그대들은 돌아오시다」를 《대조》와 《혁명》지에 발표했다.

10월, 경향신문사 주간을 겸했다.

1947년(46세)

경향신문사의 주간직을 사임했다.

서울대학교 문리과대학 강사로 출강하여 「詩經」을 강의했다.

《경향신문》에 「靑春과 老年」 등 7편의 역시(휘트먼 시)와 「斜視眼의 不幸」 등 시문과 수필을 발표했다.

1948년(47세)

2월, 이화여자대학교를 사임하고 녹번리 초당(현재 은평구 녹번동 소재)에서 서예 등으로 소일했다.

2월, 박문출판사에서 『문학독본』을 간행했다. 「斜視眼의 不幸」 등 37편의 시문과 수필 및 기행문이 수록되어 있다.

「散文 1·2」, 「朝鮮詩의 反省」 등의 평론과 수필을 《문학》, 《문장》, 《아동문화》, 《조광》, 《휘문》지에 발표했다.

1949년(48세)
3월, 동지사에서 산문집 『산문』이 나왔다. 총 55편이 실려 있는바, 시문, 수필, 역시 (휘트먼 시) 등으로 엮어 있다.

1950년(49세)
2월, 《문예》지에 「曲馬團」, 「四四調五首」를 발표했다.
한국전쟁 당시 녹번리 초당에서 좌익계 인사들에 의해 연행되었다.
서울 수복 직전 인민군에 의해 북으로 끌려가다가 경기도 포천 근처에서 포격으로 사망한 것으로 알려졌다.

1971년
3월 20일, 부인 송재숙(세례명, 프란시스카)이 서울 은평구 역촌동 자택에서 별세했다.

1982년
6월, 장남 구관이 주선하고 문단 원로 조경희, 송지영, 이병도, 모윤숙, 김동리, 김춘수, 정비석, 김정옥, 방용구, 한갑수, 박화성, 최정희, 박두진, 조풍연, 윤석중, 백철, 구상, 이희승, 양명문, 서정주, 피천득, 이봉구, 이헌구, 김팔봉 등 많은 문인이 적극 참여하여 그동안 묶여 있던 정지용 저작들에 대한 복간 운동을 했지만 불허되었다.

1988년
월북 문인 해금 조치와 함께 모든 작품이 공개되었다.

엮은이
권영민

충남 보령에서 태어났다. 서울대학교 국문과를 졸업하고 동 대학원에서 박사 학위를 받았다. 서울대학교 국문학과 교수로 재직했고, 하버드 대학교 객원교수, 캘리포니아 버클리 한국 문학 초빙교수, 도쿄 대학교 한국 문학 객원교수 등을 역임했으며, 현재 서울대학교 명예 교수, 버클리 대학교 겸임 교수로 활동 중이다. 주요 저서로 『한국 현대문학사』, 『우리 문장 강의』, 『서사 양식과 담론의 근대성』, 『한국 계급문학 운동 연구』, 『한국 민족문학론 연구』, 『한국 현대문학의 이해』, 『이상 문학의 비밀 13』, 『오감도의 탄생』, 『정지용 시 126편 다시 읽기』, 『문학사와 문학비평』 등이 있다. 현대문학상, 김환태평론문학상, 만해대상 학술상, 세종문화상 등을 수상했다.

정지용 전집
1 시

1판 1쇄 펴냄   2016년 11월 4일
1판 4쇄 펴냄   2024년 4월 30일

엮은이   권영민
발행인   박근섭, 박상준
펴낸곳   (주) 민음사

출판등록   1966. 5. 19. 제16-490호
주소   서울시 강남구 도산대로1길 62(신사동)
              강남출판문화센터 5층 (우편번호 06027)
대표전화   02-515-2000 | 팩시밀리 02-515-2007
홈페이지   www.minumsa.com

ISBN 978-89-374-3354-2 (04810)
ISBN 978-89-374-3353-5 (세트)

• 잘못 만들어진 책은 구입처에서 교환해 드립니다.